星製薬と関連会社の便箋の裏面に書かれた「ボッコちゃん」と「おーい　でてこーい」の下書き。作品名は「おせじをいわないボッコちゃん」「穴」となっていた。

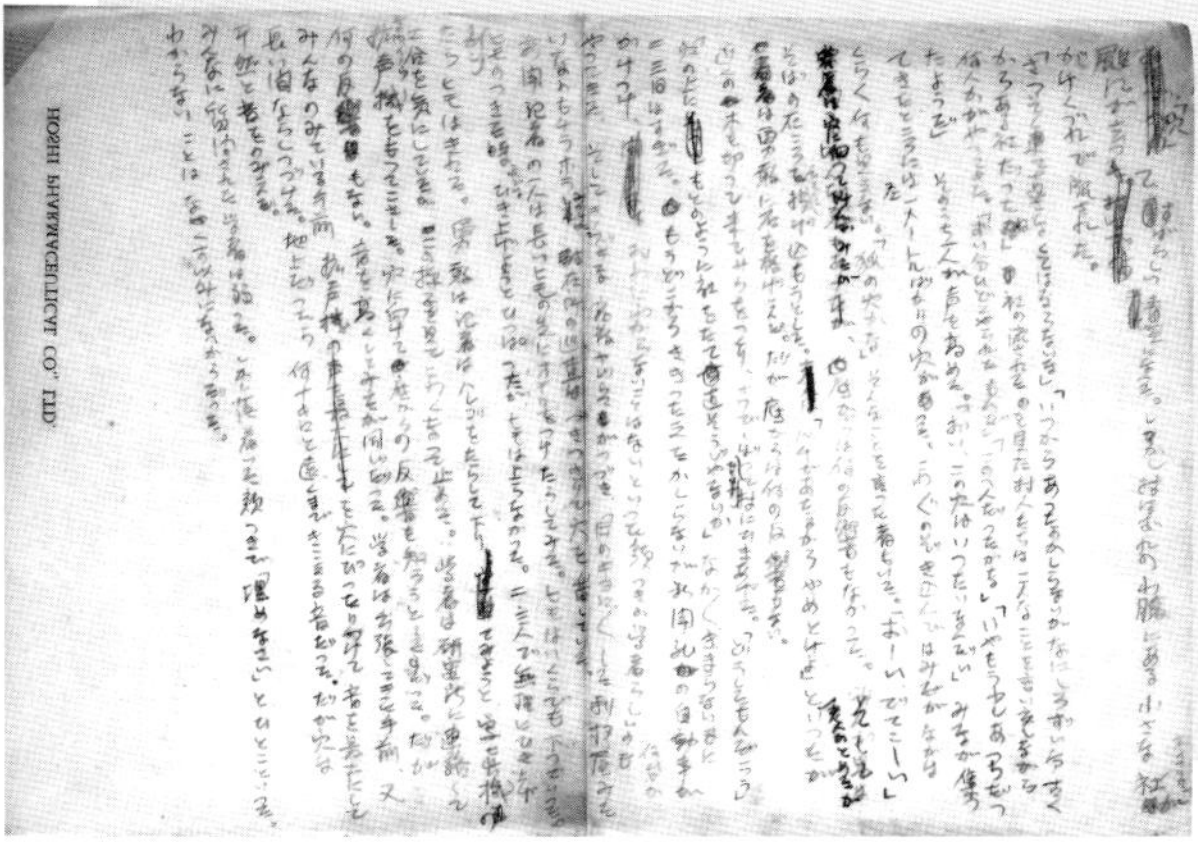

星製薬には贔屓の写真館があって、
記念写真を撮影していた。
幼少時の「親一」と家族。
左から弟・協一、父・一、親一、母・精、妹・鳩子。

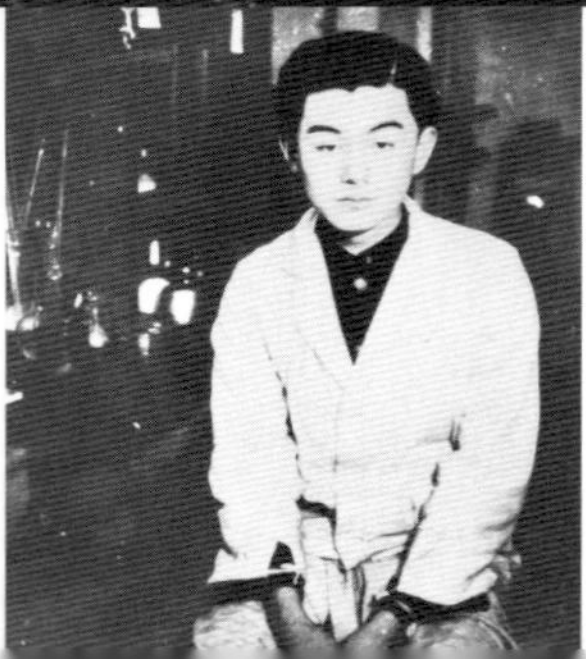

昭和20年4月、東京帝国大学農学部に進学。
専攻は農芸化学、研究テーマはペニシリンだった。

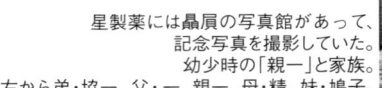

星一が海外渡航する際は、家族と星製薬の社員、星製薬商業学校の生徒たちが送迎に出た。右は昭和９年10月に父を見送った際のことを綴った親一、小学校２年生時の作文「お父様の洋行」。

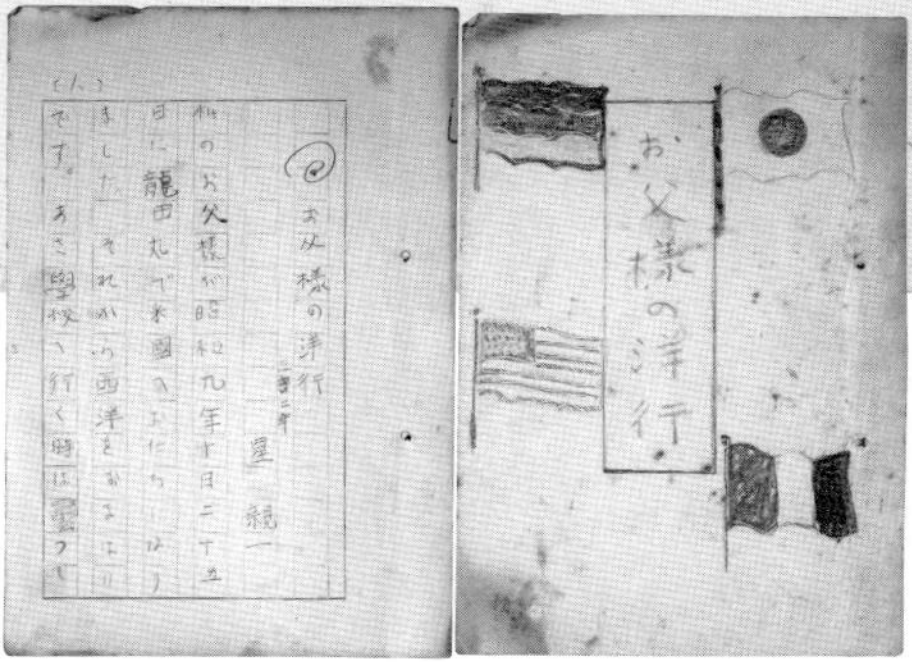

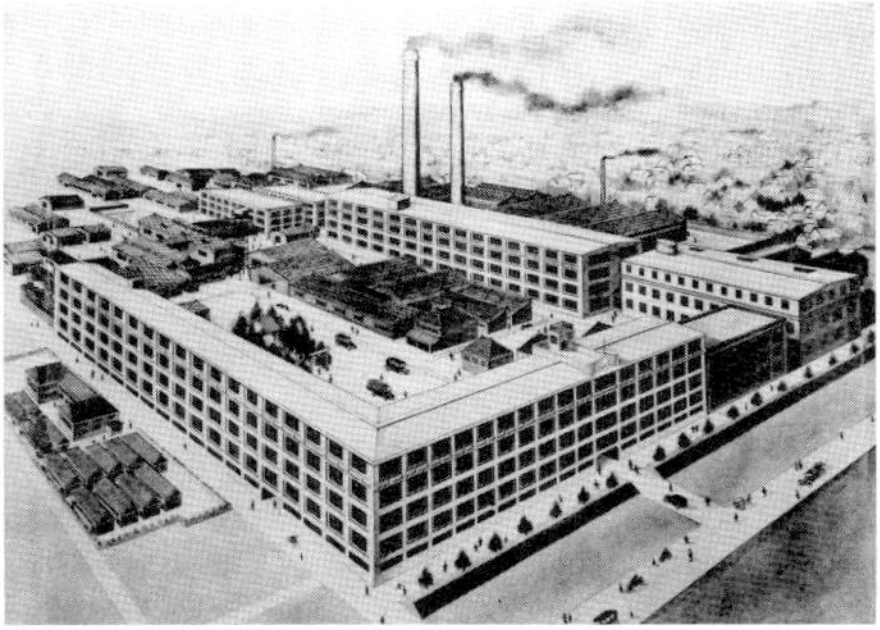

東京大崎にあった星製薬の概観図。
（“Illustrated Album OF HOSHI PHARMACEUTICAL COMPANY, LIMITED”より）

昭和26年1月、星一がロサンゼルスで急逝。
青山墓地に埋葬される父を見守る親一(写真中央)。　　写真提供　平和田紀子

親一は24歳で星製薬を引き継ぐことに。
しかし、わずか1年半で社長の座を大谷米太郎(起立している人物)に譲った(右から2番目が親一)。

新潮文庫

星新一

一〇〇一話をつくった人

上巻

最相葉月著

新潮社版

8908

目次

口絵写真・遺品提供　星香代子

星新一　上巻

一〇〇一話をつくった人

序章　帽子

香代子は、新一が鼻歌をうたうのを聞いたことがない。ふたりで冗談をいって笑うこともなければ、感情をあらわにして喧嘩《けんか》することもない。夫婦は無口であった。

未明まで仕事をしている新一が目を覚ますのは、いつも、正午過ぎである。不機嫌そうな顔で食堂に現れ、ダイニング・チェアに腰掛けるや右足を座面の端にぐいと持ち上げる。テーブルの上に新聞を広げ、椅子《いす》に立て膝《ひざ》ついたまま目玉焼きをおもむろに箸《はし》でつまんで口に運ぶ。睡眠薬が頭に残って朦朧《もうろう》としているためか、香代子が話しかけても、ふんふんと頼りなくうなずくだけである。

家事には何ひとつ関心がない。電気釜《でんきがま》の使い方ぐらい覚えてちょうだいよといってみたこともあるが、いいよいいよと面倒くさそうに首をふる。相談ごとを切り出しても、どうでもいいよ、なんでもいいよ、とそっけない返事しかしない。香代子はいつしか、家のことは自分で解決しなければならないと思うようになっていた。

その代わり、夫の仕事にはまったく口出ししない。お酒と睡眠薬の飲み過ぎが気になりはしたが、夜になるほど頭が冴《さ》えて興奮しながら執筆している以上、そうでもしなければ眠れないのだろう。せんないこととあきらめた。

香代子が新一の作品を読むのは、いつも雑誌や新聞に発表されたあとである。おもしろかった、わからなかった、というほかに感想を口にした覚えはない。ましてや、批判したことなど一度もない。新一も、発表前の原稿を香代子に読ませて感想を求めるようなことはなかったので、それでよかったのだろう。編集者が訪れても茶菓を供するだけで席をはずし、会話に加わることはなかった。

踏み込んではいけない世界のように思えたのだ。二人の娘たちがまだ小さいときには仕事の邪魔をしないようにと、二人を連れて、香代子の実家がある大磯《おおいそ》でしばらく過ごしたこともあった。

いつだったか、夫が一日中家にいることに息が詰まりそうになり、たまにはスポーツでもやってみればいいのに、といってみたことがある。すると、新一は、とんでもないといった面もちでいった。

「スポーツなんかやって頭がからっぽになっちゃったら、なんにも書けなくなるよ。頭をもやもやさせてないと書けないんだよ、小説なんて」

まるで作家の仕事場に娘たちを連れて同居しているみたい。香代子はため息をついた。たまりかねて、税金自動支払機と一緒に住んでいる気がするわ、だとか、ケージの中のニワトリと暮らしているみたい、などと不満をぶつけてみたこともある。それでも、

「いいじゃない、金の卵を生むんだから」

と、即座に切り返されれば、だまりこむしかなかった。

だから、夕方になってようやく頭のすっきりした新一が、「ちょっと出てくる」と近所の戸越《とごし》銀座商店街へ散歩に出かけていくと、がっくりと全身の力が抜けた。今夜は銀座に飲みに行くというときは、喜んで送り出した。昭和三十六年三月に結婚してからそんな暮らしがずっと続いていた。

家族がゆったりとした時間を過ごせるようになったのは、新一がショートショートを一〇〇一編書き上げた昭和五十八年の秋以降である。「ボッコちゃん」や「おーいでてこーい」など、四百字詰めの原稿用紙にして二十枚以内のショートショートといううごく短い物語を二十五年以上にわたって書き続けた新一は、かねてから親しい編集者に、山口百恵が最後のステージでマイクを置いて消えたように、目標を達成できたらペンを擱《お》いて潔《いさぎよ》く引退したいと、もらしていた。

その願いどおり、付き合いのあった九つの出版社の九つの雑誌に一〇〇一編目と称する九作品をほぼ同時期に発表したのち、休筆を宣言した。五十七歳だった。

出版社が主催するショートショート・コンテストの選評や随筆はその後も書いていたが、執筆量はぐんと減った。睡眠薬を飲まなくても眠れる日が少しずつ増えていった。毎日のように映画を見に出かけ、ときには知人の出版パーティや文学賞のパーティに顔を出し、帰りに銀座のなじみのバーでビールや水割りを飲み、終電までには必ず帰宅した。品川区戸越にある自宅へは、新橋から地下鉄都営浅草線に乗れば二十分もかからない距離である。

「原稿を書かないのがこんなに体にいいとは思わなかったよ」

そういいながら、晴れ晴れとした表情で酒を飲む新一の姿が銀座でたびたび目撃されている。

東京高等師範附属中学校の同級生だった四人の親友との食事会に夫婦そろって出かけるようになったのもそのころからである。はじめはよそよそしく遠慮がちだったそれぞれの妻たちも会を重ねるごとに次第に打ち解け、やがて、外食ではなく互いの自宅へ順番に招いて手料理を振る舞うようになった。還暦のときにはみんなでそろいの赤いちゃんちゃんこを作り、湯河原温泉で遊んだ。夫の友人たちが話す学生時代の新一のエピソードは、どれもこれも初めて耳にする話ばかり。香代子にとっても心躍るひとときだった。

ただ、香代子は、新一がその年齢のわりにはずいぶん老化が早いのではないかと感じていた。学生時代より住み慣れた戸越から港区高輪《たかなわ》のマンションに引っ越してからは、一〇〇一編の執筆に全身のエネルギーが吸い取られてしまったかのように、髪は真っ白に、からだは日に日にやせ衰えていき、入れ歯が合わない、などとたびたび不満をもらすようにもなった。まだ六十代なのに、八十代の老人のように見えた。酒場でたびたび転倒するようになり、編集者や作家の友人たちは、長年飲み続けた酒と睡眠薬がからだを蝕《むしば》んだのだと考えた。香代子も、酒の飲みすぎでアルコール中毒症になったのではないかと思い、精神科を受診させてみたが検査の結果は、異常なし、だった。

口腔《こうくう》がんの宣告を受けたのは平成六年八月三十日、新一が六十七歳のときである。はじめに診察を受けた東京医科歯科大学医学部附属病院の医師は、

「作家さんだから知っておられたほうがいいでしょう」

といい、あと三年生きられるかどうかわからないことを本人に告げた。九月に入ってまもなく、ふたりで日本医科大学付属病院の丸山ワクチン説明会に出かけ、東京慈

恵会医科大学附属病院で再度、口腔がんⅡ期という確定診断を受け、手術に臨むことになった。

新一は、このことを絶対に他言せぬよう香代子にいいきかせた。編集者にも友人たちにもいってはならない。もちろん、親戚《しんせき》にも一切知らせぬようにと強く念を押した。

顎《あご》のがんは歯茎まで浸食し、下顎を変形させていた。電磁波の体への影響がテレビや雑誌で話題になり始めたころでもあり、娘たちは、もしかしたらいつも電子レンジの前に立っていたから顎のがんなんかになったのかもしれないと香代子にいった。新一は、タイマーの使い方がよくわからないため、電子レンジを使うときは時計を見ながらじっと前で待ち、時間がくると無理やりスイッチを切っていた。そんな家電音痴が病気の引き金になったにちがいない。そう思わずにはいられなかったのである。

このときの手術でがんは取り除かれたものの、すべての歯を失い、総入れ歯となった。

その後も入退院を繰り返し、ようやく退院すると再び外を出歩いた。夜は相変わらず出版社のパーティに出かけ、帰りには必ず銀座のバーに立ち寄った。どんなに混み合ったパーティ会場でも、一七八センチある新一の姿はすぐ目にとまるため、昔は、編集者や作家らがすぐに歩み寄って来て挨拶《あいさつ》したものだった。だが、会場の片隅に置かれた椅子にぽつんとひとり力弱く背を曲げて腰掛けているこのころの新一には、旧知の編集者がひとことふたこと声をかける程度になっていた。

「星さん、おやせになりましたね。ちゃんと食べてますか」

ある編集者が心配して訊《たず》ねると、新一は、

「いま、絶食してるんだよ」

と、小さく笑った。

手術をしてからはもう、アイスクリームやヨーグルトなどのデザート類か、やわらかい流動食のようなものしか食べられなくなっていた。

最後の入院となったのは、平成八年四月四日である。朝、部屋でアイスクリームを食べたまま新一がいつまでたっても出てこないので、心配になった香代子が部屋をのぞいてみると、床に転んで身動きできずに横たわっていた。あわてて救急車を呼び、主治医に電話を入れて慈恵医大病院に向かった。肺炎を併発しており、すぐに鼻からチューブを差し込むタイプの人工呼吸器が装着された。

その年は正月から体調もずいぶん良くなり、二月には次女夫婦が住むハワイに行き、家族水いらずで一週間ほどのんびり過ごしたばかりだった。帰国してからも、夫婦で江戸東京博物館やレインボーブリッジに出かけていた。

ようやくここまで元気になったのに……。香代子は信じられなかった。人工呼吸器をはずすことができたのは、それから二週間以上過ぎた四月二十日だった。思ったよりも顔色はよく、新一はしきりに話をしようともがいた。ハワイから帰国した次女や新一の弟も見舞いにやってきて、声をかけると「うん、うん」と返事をした。四月二十二日には、医者に「あと何日ぐらい入院するんですかね」と訊ねたり、香代子に「水が飲みたい」といったりするまでに快復していた。

ところが、その夜中のこと。午前二時、香代子のもとへ病院から電話がかかってきた。人工呼吸器をはずしたあとに補助的につけていた酸素マスクがいつのまにかはずれ、看護師が気づいたときには新一の呼吸が停止していたというのである。香代子が病院に到着したとき、新一は再び人工呼吸器につながれていた。今度は鼻ではなく、喉元《のどもと》が切開され、太いチューブが気管支に差し込まれていた。それは、次はそう簡単には人工呼吸器がはずせないことを意味していた。香代子は、日記に書いた。

機械まかせ。生存しているけれど、まったく反応がない。

集中治療室ならまだよかったのかもしれないが、一般病棟のため発見が遅れた。患者の腕が引っかかったり寝返りをしたりするぐらいでも酸素マスクははずれる、というのが病院側の説明だった。そうでなくとも呼吸機能は弱っているのだから、痰《たん》がつまるだけで窒息することもある。その危険性に対処する措置はとられていてもよいはずだったが、香代子は、病院の先生方も一生懸命に治療してくれたのだからと自分にいい聞かせ、それ以上彼らの責任を問いつめることはしなかった。それよりも今は、夫の治療に全力を尽くしてもらうほうが大切だと考えた。

しかし、呼吸停止による三、四分間の低酸素状態は脳に深刻なダメージを残した。自発呼吸はあったため数か月後に再び人工呼吸器ははずされたが、依然として喉に開けられた気管孔へは二十四時間、酸素が吹きつけられていた。

新一は眠り続けた。ときおり目を開けることもあったが、意識はそこにはないようだった。

「わかったら握り返してちょうだい」

そういって香代子が手を握ると、握り返したことがあった。もしやと思い、もう一度同じように握ってみたが、今度はまったく反応がなかった。それでも、香代子はあきらめなかった。毎朝、病室にやってくると、「パパ、おはよう」と声をかけた。新一はニュース番組が好きだったため、いつもテレビをつけて音が聞こえるようにしておいた。

学生時代の友人とごく限られた人々のほかは面会謝絶となった。しかし、人の口に戸は立てられない。新一の病態が深刻であることは、まもなく出版界の噂《うわさ》やスキャンダルを掲載する情報誌を通じてあいまいなまま世間に知られることになった。

平成九年三月。香代子は、慈恵医大病院からそろそろ転院してほしいと告げられた。治療しても容態の変わらない患者が個室をいつまでも占有することは、大学病院ではむずかしい。紹介された病院は不便な場所にあったため、香代子は、自宅から通いやすい高輪の東京船員保険病院（現・せんぽ東京高輪病院）を選んだ。院長が、新一の旧制東京高校時代の同窓生であることも心強かった。

転院の日、桜が満開だった。あざやかに咲き誇る桜に勇気づけられ、香代子は新一の快復を信じて毎日のように病室に通い、声をかけ続けた。これまでは胃腸を通さない中心静脈からの栄養輸液ばかり投入されていたため床ずれがひどかったが、転院後は主治医が静脈栄養に経管栄養チューブを加えて新一の免疫力《めんえきりょく》を高めようとしたため、皮膚はもとどおりに治った。目をきょろきょろさせることもあったし、口をもぐもぐさせて手を動かし、今にも話しかけてきそうな表情をすることもあった。イギリスのダイアナ妃の葬儀がテレビ中継されたときには、香代子は、パパはこういう報道番組が好きだったわねと思い立ち、画面がよく見えるようにテレビの位置を調整してみた。たまたまそのとき、部屋に入ってきた院長が、画面にじっと見入っている新一を見て、
「あれ、星くん、なんだか本当に見ているみたいだね」
と、驚いた。

その年の十二月三十日午後六時二十三分。

香代子はその時刻、一日の介護を終えて長女や孫たちと近所のホテルで食事をとっていた。前の年もこうして年末年始を乗り切ったのだから、今年もきっと大丈夫と安心していた。ところが、自宅へ戻ると留守電がいくつも点滅している。胸騒ぎがした。急いで病院に駆けつけると、すでに新一は仏のようなやさしい顔で永遠の眠りについていた。枕元《まくらもと》では、二匹のクマのぬいぐるみが新一をじっと見守っていた。

一年と八か月、パパは、私のために生きていてくれたのね——。

香代子はそう思って、泣いた。

年が明けた平成十年一月四日、自宅の居間で親族だけの密葬が営まれた。新一は無宗教だったが、星家は代々神道《しんとう》であるため、葬儀社に勤める親族を通じて神主が呼ばれた。ひとりの親しい編集者によって作家や友人らに新一の逝去が伝えられ、その夜のNHKニュース、翌日には全国の新聞で一斉に報道されることとなった。朝日新聞は、五日の夕刊一面でこれを伝えている。

日本のSF小説の開拓者の一人で、ショートショートの名手として知られる作家の星新一（ほし・しんいち、本名・親一＝しんいち）氏が、十二月三十日午後六時二十三分、間質性肺炎のため、東京都港区の病院で死去していたことが五日分かった。七十一歳だった。葬儀・告別式は十四日午後一時から港区南青山二の三三の二〇の青山葬儀所で。喪主は妻香代子（かよこ）さん。

孫たちの結婚に悪い影響が出てはいけないという知り合いの医師の勧めで、新一ががんで闘病していたという事実はこれまで伏せられていた。口腔がんのおもな原因は喫煙や飲酒などの生活習慣であり、遺伝性ではないことがわかったのは最近である。よって、今、初めてここに記すこととなった。

東京都港区高輪にあるマンションの書斎の壁に掛かった新潮社製のカレンダーは、今も新一が最後に入院した平成八年四月のままになっている。図柄は、東山魁夷《ひがしやまかいい》の「春の曙《あけぼの》」。四月十四日に予定していた「デズニーランド　ホテル」にも、二十六日に参加することになっていた東京大学農学部農芸化学科の「クラス会」に行くことも叶《かな》わなかった。窓側を向いた仕事机の上には、台湾製の亀《かめ》の文鎮と腕時計が置かれたままになっており、タッパーの中には飲みかけの薬がいくつも入っていた。書棚に並ぶのは比較的新しい本や雑誌ばかりで、古典や辞典類はほとんどない。新しい本はいずれも出版社や作家から送られてきた贈呈本で、戸越から高輪に転居した平成五年以降はもう、ほとんど仕事をしていなかったことがうかがわれた。椅子に腰かければ右手が届く場所にも薬瓶や箱が散らばっている。ホスロール、快眠精、チコタール、メラトニン、パンセダン、メンテック、リスロンS、アタラックスP、カーフェソフト……、疲労快復剤や睡眠薬などだった。新一が薬好きであることは聞いていたが、この様子だと日常的に愛飲していたようである。

書棚の最下段には、「サンデー毎日」のがん特集号が差し込んである。

「読もうと思ったのかしらねえ」

香代子は目を落とし、そういった。

「戸越から高輪に引っ越しをしたときに、本はずいぶん人にさしあげて、それ以外はほとんど伊豆《いず》の別荘に運んだようなんです。だからここにはもう、何もなくて。病院に行ったときのまま。いろいろな方が本を送ってくださっていたんですけど、最後のほうはもう封を開けることもできなくなっていましたので、申し訳ないんですけどそのままになっているんです」

机の下には、未開封の書籍小包がいくつも積み重ねてあった。

「主人がいなくなってから、しばらくはおかしかったですね。外に出かけると、知らない人ばかりで。昔はそんなこと感じたことなんかなくて、ひとりで出かけるのも全然平気だったんですけど。だれも知らなくて、さびしくて、さびしくて、家に帰るとほっとする。外に出かけるのがこわいので、ずっと家にいました。でも、ようやく今は……、やはり時間なんですね。時間しかないんですね」

新一が世を去ってから、七年が過ぎようとしていた。

「死んだあとのことなんかどうでもいいよって何もいってくれなかったんです。困ることは本当にたくさんあるんですよ。いつだったか入院したときに、あの世から通信できる手段があったら教えてよっていったら、うん、なんていってくれてたんですけどね。なんにもないです。夢さえ見ない」

一度も、ですか。

「一度だけ、です。亡《な》くなって一週間か二週間ぐらいのときだったでしょうか。すごく生々しい夢を見たんです。寝ている主人が突然うあーっと起きあがって、ああ、よく寝たーっていうんです。ずいぶん寝てたんだからさぞかし気持ちいいでしょうね、って私がいったら、うーん、ですって。それで私はなぜか、あら大変だ、電話して知らせなきゃっていって駆け出すんです。そこで目が覚めてしまったんですけどね。だれに知らせようとしたのかはわからないのですが……。そのあとは全然夢を見ません。見ているのかもしれないけど、忘れてる。それは私の脳の問題なのでしょうね」

この日、私は、香代子に見せてもらおうと思っていた新一の遺品がひとつあった。取材を進めるなかで、晩年かぶっていた英国紳士風の帽子に鍵《かぎ》が縫い付けてあったという複数の証言を得ていたのである。銀座のバーのママがそれに気づいて新一に訊ねたところ、地下鉄のホームで行き倒れになっても自分には家があることを証明するため、などと笑って説明したのだという。

その話を聞いたとき、私はすぐさま新一の、「鍵」というショートショートを思い出した。道端で不思議な形をした鍵を拾った男性が、鍵に合うドアを探して生涯歩き続ける話である。その鍵で開くものさえ見つかれば、万事が解決して新たな世界が開けるはずだと信じ、ただひたすら歩くのである。

香代子はそんなことはまったく知らなかったという表情で、クローゼットから新一がかぶっていた帽子をいくつか取りだした。新一のトレードマークだった「ホシヅル」というツルのキャラクターバッジがついたもの、幼い少女をかたどったブローチがついたもの、そして、夏用のベージュ色の帽子を手にしたとき、はっとした。たしかに、帽子に小さな銅色の鍵のアクセサリーが縫い付けられている。

「あら、ほんとうだわ。全然知りませんでした」

「鍵」という作品を思い浮かべたものですから。

「さあ、それはどうでしょうか……。昔から、あの人はこういう小さいブローチが好きでしたからね」

香代子は、鍵のブローチと実際の作品を結びつけることには違和感を抱いているようだった。星の創作は、料理のようなもの。何か思いつくとメモをとり、そのメモをあれこれ組み合わせて物語をつくる。実際に経験したことや日常生活を描いた作品はほとんどなく、娘たちの夜泣きがひどかったときに書いた「あーん。あーん」しか思い浮かばない。星新一のショートショートは完全につくりもの。現実が投影されることはない。香代子は以前、私にそう語っていた。

「鍵」は、新一の代表作のひとつである。読者投票では必ず上位に登場し、友人の作家、小松左京も、ある雑誌の取材に、もっとも好きな新一の作品だと語っている。もちろん、香代子のいうように、たんに小さな細工物が好きだったからつけただけなのかもしれない。でも、「鍵」を知る人が新一の帽子に実際に鍵がついているのを見たならば、やはりこんなふうにあれこれと詮索《せんさく》してしまうだろう。まるで、「鍵」のようじゃないかと。

年老いた男はもう、この鍵に合うドアは存在しないとあきらめ、鍵にあう錠を作り、部屋のドアにそれを取り付ける。するとその夜、その鍵を開けて幸運の女神が現れ、男に告げた。不老長寿や若返り以外の望みならなんでも叶えてあげると。だが、男は答える。

「なにもいらない。いまのわたしに必要なのは思い出だけだ。それは持っている」

新一が自分の死後に遺品を渉猟しに訪れる者を見越して、このような「いたずら」を仕掛けていたというのは考えすぎだろうが、それにしても私には、ほうら、まんまと引っかかった、という新一の笑い声が聞こえたような気がした。新一のいたずらっぽい仕草や物言いを知る作家仲間や編集者の話をすでにいくつも耳にしていた私は、ほとんど冗談としか思えない振る舞いの中にも、かすかだけれど鋭利な何かが潜んでいることを確信し始めていた。鍵を帽子に縫い付けた理由の九九パーセントまでがちょっとした遊び心にすぎなかったとしても、一パーセントの真意があるかもしれぬと想像していた。この帽子の「鍵」にこめられた新一の思いもまた、この取材で探してみようと、そう考えた。

「これまで、いろんな方が星の話を書いてくださいましたけど、読むたびに、全然ちがうなあと思っていたんです。家では、ぼおっとしていつもうつ状態ですが、外で人と会うときにはだいたいアルコールが入りますからね、お酒が入るほど躁《そう》状態になるんでしょうね。主人の言葉を集めた語録を読んでいると、とんでもないことばかりいってたみたいですね。でも、娘たちだって、家で父親が冗談をいって笑っている姿なんか一度も見たことがないんですよ」

内と外ではチャンネルを完全に切り替えていたのだろうか。新一のファンクラブが編集した「星語録」という発言集にも代表的なものは掲載されている。「命短し襷《たすき》に長し」とか、「弘法《こうぼう》も木から落ちる」のように、あれ、なんか変だな、と一瞬思って、ああそうかと吹き出してしまう合成ことわざもある。家では披露しなかったのだろうか。

「ないですね。でも、だれでも、家庭用の顔、作家の顔がありますでしょ。家にいてまで作家の顔を見せてほしいとは思わなかったです。人によって見方はちがうでしょうし、だれでも別の顔をもっているのですから、それはそれでいいのでしょう」

取材を開始して半年ほど過ぎたころから、私は、遺品にまだ何も手がつけられていないという香代子に代わり、伊豆の別荘に残された百箱以上の段ボール箱の整理を申し出ていた。これから箱を開け、新一を知る関係者の取材をしていけば、香代子の知らない新一の顔が次々と見えてくるだろう。そのなかには星製薬時代の資料も含まれているはずである。

新一は、随筆でたびたび、自分が星製薬の創業者・星一《はじめ》の長男であり、父親の死と同時に社業を継ぐが、債鬼《さいき》に追われて会社を手放したと書き記している。星製薬といえば、大正から昭和の初期にかけて国内の医療用モルヒネ生産を一手に取り扱うと同時に、全国で初めて薬品や生活雑貨のチェーンストア・システムを採用した巨大企業であった。

「くすりはホシ」の看板は全国津々浦々の薬局に掲げられ、その知名度の高さから、星一は戦前には衆議院議員、戦後初の参議院選挙では全国区でトップ当選を果たしている。新一も東京大学農学部農芸化学科在学中にしばらく、父親の秘書として国会に足を運んだり、旅に同行したりしていた。

それから間もなく、昭和二十六年一月に星一は旅先のロサンゼルスで肺炎のため客《かく》死《し》、新一は弱冠二十四歳で星製薬株式会社の代表取締役社長となった。

ところが、蓋《ふた》をあけてみれば会社は借金だらけ、世間知らずの若者の手には到底負えず、すぐにお手上げとなった。のちにホテルニューオータニを創業する大谷重工業社長の大谷米太郎に社の立て直しをまかせ、しばらくして新一は経営から一切手を引き、社を去る。作家になったのは、だから背水の陣であった。

と、おおよその経緯はそんなところである。こうしたあらすじは随筆でたびたびふれられており、新一の熱心な読者には周知のことだ。だが、香代子も星製薬について それ以上のことは何も知らされていなかった。

「結婚したころに訊《たず》ねたことがあったんですけど、その話はしないでくれ、とひどく怒られたんです。私もそれでずいぶん傷ついたものですから、もうそれからはふれることはありませんでした。おやじのことがあるからとずっといっていましたから、星製薬のことは、歳《とし》をとったら聞かせてもらえるのだろう、一〇〇一編を書き終えたらそのことを書くのだろうと思っていたのです。それが、あんな体になったために、とうとうわからないままになってしまいました」

高輪のマンションの居間には、新一が元気なころの写真とともに直筆の色紙が飾られている。

意中生羽翼　筆下起風雲　　星新一

「どなたかに頼まれて書いたものだったんですけれど、結局、取りにお見えにならなかったんです。主人は無宗教でしたから神棚もなにもありませんので、それで祭壇のように飾ってみたんです。簡単なものですけれど……」

五十歳のころ雑誌の取材で香港《ホンコン》を旅したときに占い師から示された言葉で、それ以来非常に気に入り、色紙を頼まれるとこの言葉を書いていたという。

東京高等師範附属中学時代の担任で、敬宮愛子《としのみやあいこ》内親王の名付け親のひとりでもある漢学者の鎌田《かまた》正に訊ねたところ、宋《そう》の蘇軾《そしょく》の「羽化登仙《うかとうせん》」をふまえたものではないかとのことだった。「羽化登仙」とは、風雲に乗じて昇天して仙人となり、俗界を離れて自由奔放になる心境を意味する中国の古い信仰で、漢詩によく現れる言葉だ。

意中　羽翼を生じ　筆下　風雲を起こす

何を書くべきかと思いをめぐらすうちにわが身に羽翼が生え、その構想を執筆しようとすると風雲が起きた——。

彼の作品は、この言葉のようにまったく奇想天外にて、羽化登仙に一脈通じるものがあるやに存じます。発想の飛躍ぶり、その奇抜さは父・星一の血筋を引くようにも思われます。

鎌田の手紙はそう結ばれていた。

少し前、私は鎌田に面会していた。明治四十四年生まれの鎌田はすでに多くの教え子たちに先立たれている。耳が不自由ながらも驚くべき記憶力の持ち主で、当時の成績表を繰りながら、慈《いつく》しむように教え子たちの思い出をたどっていた。

新一の色紙の文字は、太い黒のサインペンで一文字ずつはっきりとした楷書《かいしょ》で記されている。達筆ではない。どちらかといえば、子供っぽい筆跡だ。「星」の字の「日」を大きく書いて「生」の上に載せる、バランスのよくない「星」。サインを頼まれると、新一はいつもこのように頭でっかちの「星」の字を書いたという。それはまるで、火星人みたい、といわれるほど頭の大きかった、星新一その人のようである。

第一章 パッカードと骸骨《がいこつ》

東京市本郷区駒込《こまごめ》曙町《あけぼのちょう》に住む精《せい》のもとに、一通の手紙が届いた。

精子様

拝啓

一、月末故《ゆえ》に忙しくて御伺ひ出来ません。あなたも親一も丈夫で居《お》らるゝこと何よりであります。

二、郷里の役場から手紙が土曜日に来ました。持つて行かうと思ひましたが、遅れますから手紙で差上げます。

至急作製あなたの印を捺《お》し至急御廻送願上ます。私から先方に送ります。

以上

あて名は、小金井精子様。戸籍名は精、星新一の母である。「親一」とは、新一の実名。消印は大正十五年九月二十八日、差出人は星一。ここからしばらく、作家・星新一になるまでの出来事については実名の「親一」を用いることにする。

この手紙、親一の生年月日を知る者からみれば、ちょっと奇妙である。曙町の家で親一が誕生したのは大正十五年九月六日深夜二時五分。それからすでに二十日以上が過ぎている。それなのに、父親である星一は妻、精に対して「星」ではなく旧姓の「小金井」を使い、妻と息子のいる家に忙しくて「帰れません」ではなく、「御伺ひ出来ません」と書いている。内容は、消印から推察すれば、親一の出生届を星一の本籍（福島県石城《いわき》郡《ぐん》錦村《にしきむら》大字《おおあざ》江栗《えぐり》字《あざ》花ノ井一一八）を管轄する役場に提出するための手続きの件だろうか。

実は、これよりひと月半ほど前、八月十日に書かれた手紙（消印不明）には、「二、入籍の方は漸《ようや》く出来ました。大変遅れまして皆さんに御心配かけました」とある。要件を事務的な文書のように箇条書きにするのはいつものことで、星一の特徴のようである。

親一の二歳年下で昭和三年生まれの弟、協一《きょういち》が、平成三年に九十五歳で逝去した精の相続手続きをする際に調べたところ、両親の婚姻届が受理されたのは、大正十五年八月九日であることが判明した。つまり、精が親一を妊娠したときはまだ独身であり、臨月近くになってようやく二人の結婚が成立したことになる。

しかも、両者とも晩婚である。星一は五十二歳、精は三十歳。男性なら二十代、女性なら十代後半から二十代前半に結婚するのが一般的だった当時とすれば、何か特別な事情があったのではないかと思えるほどである。

その事情とは何であったか。親一誕生までの両親の半生について、まずは記しておきたい。

父、星一についてであるが、父親の遅い結婚について、作家になってからの「新一」は「おやじ」(『きまぐれ星のメモ』所収)という随筆にその理由を記している。それは、仕事ひと筋の独身主義者で、結婚する暇などなかった、というものである。


星一は明治六年、のちに福島県石城郡錦村の村会議員となる星喜三太《きさんた》とトメの長男として誕生した。

維新政府の施策と、西欧の思想、自由民権という新しい言葉が時代の先端として地方に押し寄せていた明治初期に幼年時代を過ごしたことは、星一という人物を見る場合、ことに重要な背景である。喜三太は星一が小学二、三年のころに、国会開設の勅語を暗記させたといい、小学校ではアメリカの教科書を翻訳したものが教本に使用されていた。

四年制の小学校を卒業後は平町の授業生養成所、すなわち小学校教員の養成所を経て小学校で教師をしていたが、東京で学びたいという志をもち、上京。満十七歳で神田にある夜間制の東京商業学校（一橋大学の前身とは別）に入学した。

当時は学生の渡米熱が盛んで、貨物船に乗り込んでアメリカに行って大学を卒業した、などという記事が新聞を飾ることもよくあった。星一も渡米して実業家になることを決意し、その前に国内を見ておこうと関西から九州、沖縄まで新聞の売り子などをしながら旅をした。渡米までに、東京商業学校の元校長で大阪朝日新聞主筆だった高橋健三夫妻に世話になったことは、近い将来、星一が新聞発行を手がけるにあたり大きな影響を与えることとなった。

二十歳で単身渡米。アメリカでは、アルバイトをしながらコロンビア大学に入学して経済学と統計学を学び、このころペンシルバニア大学の研究室で助手をしていた野口英世と知り合い、同郷ということもあり、生涯の親友となった。

在米日本人向けの新聞「日米週報」を発行したのは明治三十二年（一八九九）であ

る。この仕事を始めたことが、星一の人生にたびたび大きなチャンスを与えた。日本から著名人がやってくるとそれを記事にするため取材がてら案内人を務めたことから、多くの有力者と知り合うようになったのである。

札幌農学校の教授を退官してカリフォルニアで静養していた新渡戸稲造《にとべいなぞう》、中央新聞の社長だった大岡育造。渡米前に通っていた英語塾の友人、安田作也の紹介で知り合った安田の親類で「東洋の国士」といわれた政界の黒幕、杉山茂丸《しげまる》（夢野久作の父）とは、ニューヨークで再会した。さまざまに手伝いをしたことから杉山には息子のように可愛《かわい》がられるようになり、遅れて伊藤博文《ひろぶみ》が渡米した際には、杉山の推薦で伊藤の臨時秘書として雇われた。

三国干渉後の日本では、日英同盟を支持する者と日露同盟の締結を支持する者に分かれていたが、当時の内閣総理大臣は親英派の桂《かつら》太郎であり、杉山は外債引受交渉のため渡米していた。一方、親露派の伊藤は、エール大学から名誉学位を授与されるためのアメリカ訪問で、この後、ロシアとの戦争を避けるために渡欧することになっていた。伊藤はロシアで会談を重ねつつ妥協の可能性を探るが、桂内閣は日英同盟を締結、やがて日露戦争に突入する。つまりこのとき、星一は、歴史を塗り替えるかもしれない選択肢を握る人物二人に知遇を得ていた。

新聞を発行する資金を調達するために一時帰国すると、やはり杉山の紹介で台湾の民政長官だった後藤新平に会い、五千円の資金を借りて窮地を切り抜けることができた。これが縁となり、後藤が渡米したときに三か月の間、つきっきりで案内をしたことから、星一は以後、後藤から絶大な信頼を得る。

こうして、星一が米国滞在期間中に築いた人間関係は、その後の人生を左右するほどの大きな財産となった。

この間、まったく縁談が舞い込まなかったわけではない。作家になってからの「新一」が父親の幼年期から青春時代を描いた『明治・父・アメリカ』によれば、女子英学塾、のちの津田塾大学を創立した津田梅子の妹、よな子と新渡戸稲造の紹介で知り合い婚約し、ダイヤの指輪を贈った、とある。しかし、このときは新聞の発行と資金調達に追われ、母トメの葬儀にも帰国できなかったほど余裕のない状況である。帰国の目処《めど》もたたぬ婚約者にしびれを切らしたよな子のほうが、新渡戸を通じて婚約をとりやめたいと伝え、指輪を送り返した。

ようやく帰国したのは、明治三十八年、日露戦争の真っ直中《ただなか》だった。渡米中に世話になった人々に挨拶《あいさつ》に歩くうちに、韓国統監に就任することになった伊藤に朝鮮行きを勧められ、三か月の約束で同行する。この伊藤の旅に杉山の推薦で随行していたのが黒龍会の内田良平とのちの総理大臣、廣田《ひろた》弘毅《こうき》だった。内田は頭山満《とうやまみつる》らとともに玄洋社を創立した平岡浩太郎の甥《おい》であり、玄洋社に学んだ後の明治三十四年に黒龍会を設立。この旅は、韓国併合（彼らは合邦と呼ぶ）への布石となるものだった。

星一はこの旅をきっかけに廣田と終生の友人となり、廣田が極東国際軍事裁判でＡ級戦犯の指名を受けたときには、ＧＨＱ最高司令官マッカーサー将軍あてに助命嘆願書を書き送っている。星一が生涯にわたり杉山茂丸に私淑し、内田や頭山といった、欧米帝国主義に対抗し大アジア主義を提唱する玄洋社の国権主義者らと交流を保っていたことは、その後の「新一」の関心事にもなり、執筆活動に影響を与えることとなった。

星一が製薬事業を立ち上げることになったのは、あらゆる分野を研究した結果、少ない元手で大きな利益を挙げられる、将来性のある事業だからであった。明治三十九年には、北浜銀行頭取の岩下清周や代議士片岡直温《なおはる》ら匿名《とくめい》組合からの出資金四百円で星製薬の前身である星製薬所を興《おこ》し、湿布薬イヒチオールの事業化に成功。明治四十一年には衆議院選挙に無所属で立候補し第四位で当選した。事業を大きくしていくためには政界とのつながりをもつ必要があるとの周囲の勧めと郷里の要請があったためで、本人は最後まで政治家になることを躊躇《ちゅうちょ》していた。

そして、明治四十四年には杉山茂丸らの支援によって資本金五十万円で星製薬株式会社を設立する。院電（現在のJR）大崎駅前に近代的な工場を建設して「科学的経営」を目指した。

大正に入ると、後藤新平の口添えもあり、台湾総督府専売局から粗製モルヒネの払い下げを受け、初めてモルヒネの国産化に成功。独占的に製造することが可能となった。

背景には、日本の阿片漸禁《アヘンぜんきん》政策と専売制度がある。これには若干、説明が必要だろう。

十八世紀からイギリスの東インド会社によってもたらされた阿片吸引の悪習は、日《にっ》清《しん》戦争に勝利して台湾を領有することになった日本にとって大きな問題だった。当時、内務省衛生局長だった後藤の発案により、阿片はこれを一気に禁止せずにすべて台湾総督府専売局の管理下におき、専売局が阿片癮者《いんじゃ》と認めた者にのみ阿片煙膏《えんこう》を吸引する許可を与えるという漸禁政策がとられていた。したがって、星製薬が台湾専売局からモルヒネの独占的な製造権を得たことは、後藤の星一への信頼なくしては考えられない。三井物産が独占していたインドやペルシャ、トルコの原料阿片を台湾専売局へ納入する権利も、星一は自らインド市場を視察して安価に購入する独自のルートを開拓して勝ち取った。満州進出にあたっては、医師、薬剤師の派遣を軍部に献言し、医薬品の輸出に関する利権を得ていたとする証言もある。

星一の生前に刊行された大山恵佐《けいすけ》著『努力と信念の世界人　星一評伝』によれば、このころに中国北部の支配者であった張作霖《ちょうさくりん》と会見し、阿片禍を解消する対策として台湾の漸禁策を参考に立案したものを示し、医薬品としてのモルヒネを供給することの重要性を力説したという。張作霖の爆死で計画は頓挫《とんざ》するが、星製薬のモルヒネはよく売れた。これを裏付ける資料としては台湾専売局阿片課に所属した荒川禎三《ていぞう》がいわき民報に連載した「いわき百年と星一」があり、その第八十五、八十六回によれば、星一は「英国モルヒネを駆逐する。中国市場から阿片に関する限り」との勢いで、ポンド六百円のモルヒネを中国に送り込んだという。革命動乱の最中だったが「星印モルヒネ」は飛ぶように売れ、製造が追いつかないほどだった。ちなみに当時の天津《てんしん》、奉天《ほうてん》総領事はのちの総理大臣、吉田茂である。

モルヒネに続き、コカイン、キニーネと国産アルカロイドの生産に着手してからは、アメリカとイギリスに代理店をもち、南米ペルーにコカ薬草園をつくるために三千平方キロメートルの土地を購入するなど、世界的な製薬会社として躍進しようとしていた。とくにドイツ化学界への支援は際立《きわだ》っており、第一次世界大戦で疲弊した研究者たちを支えるため毎年のように研究費を寄付し、ドイツ製の最新機械を買い入れ、エーベルト大統領の特使として空中窒素固定法を発見したフリッツ・ハーバーが大正十三年に来日したときには、大統領親書とベルリン工科大学名誉会員称号を受けている。

この年には再び衆議院選挙に無所属で出馬するが、アメリカの議会政治を見聞した星一は、民主的選挙を目指そうと「選挙大学」という講習会を開催し、選挙権のない婦人たちも加えて啓蒙《けいもう》活動を行った。「政治は奉仕なり。参政は権利にあらずして義務なり」(『人民は弱し 官吏は強し』)という「選挙大学」冒頭の一節から人々は目を白黒させながら熱心に聞き入った。金をばらまくのではなく政治教育を施すことこそ、未来に進歩をもたらすと考えたのだった。

こうして早足で半生をたどってみただけでも、米国留学から星製薬設立、選挙活動と、二十代から三十代の青年期を忙しく過ごした星一が、結婚など眼中になかった、あるいは、事業を軌道に乗せるまでとても所帯を持つ余裕がなかった、というのはおおむね事実だということがわかる。

「新一」は後年、父親の友人だった人物から父親との問答を聞かされ、前出の「おやじ」という随筆で紹介している。

「結婚したらどうだ」と、その友人。

「そんなことは必要でない」と、父。

「しかし、病気になった時、親身に看病してくれる家族があったほうがいいだろう」

「病気には、ならないことにきめている」

「しかし、家族がないと、死ぬ時に寂しい思いをしなくてはならない」

「いや、死なないことにきめている」

万事がこの調子なのだった。持ち前のポジティブ志向が、やがて多くの支持者を引きつけ、医薬品のみならず生活用品も扱う企業として星製薬を躍進させていく。

国内ではホシ胃腸薬などの家庭用医薬品をはじめ、ホシ美化製品（化粧水、ヘアローション、石鹼《せっけん》など）や食料品（ホシポートワイン、ホシ緑茶、ホシ粉ミルクなど）の販売網を一町村一店舗で全国約三万店展開し、一町村で二店舗の特約店希望があった場合には、貧しいほうの店を採用した。金持ちは苦労せずして要求が多いためと知っていたからだった。これらホシチェーンと呼ばれる全国の特約店の子弟を教育するため、大正十一年には後藤新平と新渡戸稲造の協力を得て、星製薬商業学校を創立している。特約店や社債所有者向けの講習会でも、製品を売ってくださいなどとは一言もいわない。自らの思想信条を綴《つづ》った『親切第一』（大正十一年）なるパンフレットを作成して配布し、聴衆に「親切第一」の標語を広めようとした。

親切は、英語でいえばKindness《カインドネス》である。私はこの親切の定義について、いまだ満足なる説明を見出《みいだ》しません。私の言うのは「親切とは人としての積極的になすべきこと」を意味するものであります。君に対しては忠となり、親に対しては孝となり、子に対しては愛となり、友に対しては信となり、他人に対しては同情となり、物に対しては大切となり、動物に対してはあわれみとなるのである。義理という言葉があるが、これには強《し》いられてやるという感じがあり、消極的である。しかるに、親切は自ら進んでなすことにして、積極的である……。

（「星くずのかご」No.8）

こうした星一の考え方は特約店との間の精神的つながりをいっそう強くした。問屋を通さずに品物を直接販売店に卸すことで利益率を高く商品を頒布《はんぷ》するという流通革命、さらには、無月謝、寄宿舎代も無料で薬局の子弟を教育する画期的な教育システム、女性が働きやすいように、会社に託児所や幼稚園を設けるといった福利厚生。これらは当時の読売新聞に紹介されるなど大変な話題となった。

新聞のバックナンバーを調べてみると、正月二日の紙面半分を使用した胃腸薬の宣伝など頻繁に大型の広告を出稿しており、星製薬がいかに当時の日本を代表する企業であったか、その存在の大きさを確認することができる。

昭和初期、後藤新平がすでに政界の第一線から身を退《ひ》いた晩年のころであるが、麻《あざ》布《ぶ》の桜田町にあった後藤の家で六歳まで暮らしていた孫の鶴見俊輔《つるみしゅんすけ》は、星一が祖父のもとへ通う姿を鮮明に記憶している。鶴見が手押し式のカタカタ音がするおもちゃで遊んでいると、毎朝七時過ぎに必ず星一が四角い大型車で後藤のもとにやってきたという。

「後藤はこの部屋で毎朝、星一に会っていたんです」

と、鶴見が間取り図を描いて示したのは、後藤が高齢の母親のためにつくったエレベーター付きの増築部分の洋室である。建築家フランク・ロイド・ライトの助手として来日したアントニン・レーモンドが設計した建築物だった。

「毎朝会っていたということは、つまり、毎日新たなひらめきがあったということです。後藤が星一を評価したのは、星一が星製薬の社長だったからでも国会議員だったからでもない。創意のある人物だったからなのだと思います。後藤自身、ひらめきと根性のある人間で、現金をためることに執着しませんでした。台湾日日新聞の記者だった尾崎秀実《ほつみ》の父親や渡仏《とふつ》した大杉栄を支え、正力松太郎が読売新聞を買収するときにも自分の土地屋敷を抵当に入れてまで資金を援助していたんですよ。創意ある人を応援した。だから自分の手元にはお金が残らなかったのですがね」

ところが、後藤新平の資金源とみなされていた星製薬は、後藤新平と憲政会の加藤高明との対立が際立つにつれ、その影響を直接に被《こうむ》るようになる。憲政会は桂太郎が結成した立憲同志会を母体とし、桂亡《な》きあとは、後藤も加藤も新総裁の有力候補であったが、政友会と変わらず保守的な立憲同志会を批判して後藤が脱党し、加藤が総裁（大正五年には憲政会初代総裁）になってからはさらに両者の対立が深まっていた。後藤は政友会総裁を狙《ねら》っているのではないかと噂《うわさ》が立ったときもあったが、実際はそうではなく、星の援護で新聞通信事業に乗り出そうとしているところだった。そして、大正十四年五月、阿片事件が起こる。「新一」がのちに星一の壮年期を描いた『人民は弱し 官吏は強し』で明らかにする、星一失墜の疑獄事件である。

発端は、大正六年に阿片法が改正され、星製薬以外の製薬会社が原料阿片の輸入とモルヒネの製造に加わったこと、さらに大正十三年に憲政会系の伊沢多喜男が台湾総督に就任したことにある。星製薬が台湾専売局と相談の上で大量に買い付け、横浜の保税倉庫に保管していた原料阿片に対して、税関から即時処分を命じられたのをやむなくロシアの商社に販売することにした。しかし、その売却行為が台湾阿片令に反するとして起訴されたのである。憲政会系の官僚が政財界、警察、裁判所といった国家権力を総動員し、星製薬に圧力を加えた。当時は、武田《たけだ》薬品、田辺製薬、星製薬が御三家と呼ばれ、新興会社の進出が困難な状況にあったが、背後には星製薬の躍進を妨害したい同業他社の画策もあった。

鶴見の回想。

「星は財閥ではなかったでしょう。三井や三菱《みつびし》のような政商ではない。第一次世界大戦後に急成長した鈴木商店とよく似ていますが、政府と太いつながりをもたないと企業は大きくはなれなかった時代です。だから逆に、悪いときは一気にだめになる。財閥が結託してつぶしにかかるのです」

東京青山にあった星一の自宅は家宅捜索を受け、金融機関は星製薬と星一個人への融資を凍結した。融資が受けられないとは、すなわち事業が継続できなくなることを意味する。食品冷凍技術を事業化するため新しく立ち上げようとしていた低温工業株式会社という画期的な計画も、あえなく頓挫した。福島県で星の本家を継ぐ星昭光《あきみつ》によれば、郷里の家や土地は、遠い親族のものも含めてすべて抵当に入れられたという。

親一の母、小金井精との縁談が進行したのはちょうどこのころ、台北の検察局から星一に出頭命令が下る直前の、大正十四年春だった。

精の父親は、東京帝国大学で明治二十一年に初めて医学博士となった十人の教授のうちのひとり、人類学者で解剖学の草分けといわれる小金井良精《よしきよ》で、母親は陸軍軍医総監だった森鷗外《おうがい》の妹、喜美子。また、精の兄の小金井良一は軍医、姉の田鶴子《たづこ》の夫は、やはり東京帝国大学医学部医化学の教授だった柿内《かきうち》三郎という医学一家である。

精の両親からみれば、たとえ優れた実業家だとしても、星一が安心して娘を嫁がせられる相手とは決していえないだろう。新聞各紙は連日のように星の疑惑を書き立てる。チェーン展開や冷凍事業のような、今でこそ時代の最先端をいくアイデアも当時は奇抜に見えて理解されなかった。星一は誇大妄想狂ではないか。そんな悪い噂が良精の耳に入ってくることもあった。

そんなときになぜ、結婚が許されたのか。『人民は弱し 官吏は強し』を書きながら、「新一」も当然ながら疑問を抱いたはずなのだが、あいにく両親の結婚にはふれていない。後年「新一」が書いた祖父の伝記『祖父・小金井良精の記』には、枢密《すうみつ》顧問官で森鷗外と同様、陸軍軍医総監だった医学界の大御所、石黒忠悳《ただのり》が良精に星一の人物を保証したためとある。

　石黒が明治二年に刊行した『贋薬鑒法《がんやくかんぽう》』という薬品試験法の本を星一が大正十一年に復刻して進呈したり、星製薬商業学校の修了証書授与式に石黒が参列したりするなど、親交をもっていたことは「新一」の遺品からも裏付けられる。なにより、石黒の息子で農林省の官僚であった石黒忠篤《ただあつ》が星一の友人で、星の事業を高く評価していた。星一が、自宅を抵当に入れても、ドイツ化学界へ毎月二千円の寄付を続けるような人物であったことも重要な点だった。

　精の年齢については、すでに大学の名誉職となっていた高齢の父親の世話をするために婚期を逃したからだろうと「新一」は周囲に説明していた。

　ところが、調べを進めていくと、それだけではないことがわかった。小金井家のほうにも、条件がよいとはいえないこの縁談に賭《か》けていた事情があったようなのである。この間の事情については、米国在住の親一の妹で三歳年下の鳩子《やすこ》が記憶しており、精の伯父にあたる森鷗外がその経緯について日記に記していたため、確証を得られることになった。

鷗外の大正元年十一月の日記にはこうある。当時の風習として女性の名前に「子」をつけることがよくあり、ここでも精は「精子」と表記されている。

二十二日(金)、雨。稍寒《やや》。朝大下春子文書を持ちて来訪す。山口善六南湖院へ立つべかりしに雨のために止《や》む。赤阪の髪結かま来て妻の髪を結ふ。午後小金井良精の二女精子大嶋《おおしま》大将義昌《よしまさ》の子陸太郎に嫁《か》する儀式星岡茶寮《ほしがおかさりょう》にて行はる。予精子を伴ひて往《ゆ》く。

精、かぞえ十七歳のとき。陸軍大将の大嶋義昌子爵《ししやく》の息子、陸太郎との結婚式が星岡茶寮で行われ、鷗外は精を連れて出かけた、とある。精は一度、結婚したことがあったのである。鷗外が自宅の観潮楼《かんちょうろう》で主宰する雑誌「めさまし草《ぐさ》」に出入りしていた佐佐木信綱はこのとき、精と陸太郎の結婚を祝って詞を書き送っている。その短冊《たんざく》は精の兄、つまり小金井良精と喜美子の長男で海軍軍医だった小金井良一の家にしばらく保管されていたことを良一の娘、つまり親一の従姉《いとこ》にあたる純子《すみこ》も記憶している。

ところが、思いがけない事件が起こる。

この婚礼の日から二十日もせぬうちに、精は小金井家に帰されてしまう。事情を鷗外に伝えたのは、妹の喜美子である。

十一日(水)、晴。(前略)きみ子来て匿名書《とくめいしょ》を大嶋陸太郎に寄せたるものあり云云《うんぬん》の事を話す。(後略)

鳩子によれば、精は大嶋陸太郎と会う前にある弁護士と婚約していたが、その弁護士が上役から勧められた相手と結婚せざるをえなくなり精との婚約を破棄したのだという。「匿名書」とは、その経緯をほのめかして大嶋との結婚を脅《おびや》かそうとする内容だったらしく、これが原因で大嶋家との結婚はあっけなく解消され、新聞沙汰《ざた》にもなった。華族など著名人の結婚離婚、スキャンダルがたびたび新聞紙面を飾ることもあり、女性が一段低く見られていた時代とはいえ、まったく理不尽としかいえない仕打ちである。しかし、この一件がなければ精が星一と結婚することはなく、星新一という作家が誕生することはなかったのだから、運命の綾《あや》を感じずにはいられない。

「母の再婚相手の候補は、五島慶太と父の二人だったと聞いています」と鳩子はいう。五島慶太といえば、のちに東京急行電鉄を創業し、東急王国を築き上げる実業家である。一方で、その強引な企業乗っ取りから「強盗慶太」の異名をもつ。

「五島慶太は本妻が亡くなり再婚相手を求めていたそうですが、結局、ほかの方と一緒になったようです。それで、母の見合い相手が父に決まったわけです。母は最初の結婚が破談になってからしばらく親戚《しんせき》の子供たちのベビーシッター役をさせられていたのですが、鷗外からはよく、大泥棒でも日本一と結婚しろ、などといわれていたそうです」

良精も喜美子も、なんとか娘を嫁に出さねばと必死だったのはたしかなようである。

一方で、独身主義のはずの星一がなぜこのとき結婚しようとしていたか。誰でもよいから結婚しようとしていたわけではないだろう。

ここからは推測になるが、星一に近いある人物(石黒忠悳、忠篤父子か)が、医学界に大きな力をもつ家系の娘との縁談を世話することで、阿片《アヘン》問題で苦境に立っていた星一を支援しようとしたのではないだろうか。それは同時に、胃腸薬のような家庭用医薬品と麻酔剤しか生産していなかった製薬会社にとっては、大学医学部の研究室とのパイプを強化し、新薬開発のための新たな事業に乗り出す布石にもなる。事実、星一には当時、星製薬商業学校を近い将来には薬学専門学校にして医薬品の研究に乗り出したいという野望があった。

　ところが、星一にはこの直前まで一緒に暮らしている女性がいたことが取材を進めるうちに判明した。星家の親族の最長老、星一の二歳下の妹アキの娘、すなわち親一の従姉にあたる下山田菊子によれば、その女性とは、星製薬の営業所が京橋にあった大正のはじめから同居していたという。

「星一が長く一緒にいたのは佐代子という人で、私たちは子供のころ、青山のおばさん、と呼んでいました。手紙が来ると、星佐代子と書いてあったこともありましたけど、籍は入れていなかったみたいです。子供はいなかったんですけど、養子をとりましてね。広いお庭があって、私たちには考えられないほどの暮らしぶりでした。佐代子さんは、福島にいる親戚の子供たちにお人形やらおもちゃのタンスやらを送ってくださって、こまめに心づくしをする人でしたよ。自分が星一の奥さんであることをこちらに意識させるようにしていたんじゃないでしょうか。私の田舎のいとこたちはみんな、星のおばさん、といえば、佐代子さんのことでした。精子さんをおばさんと思っていた人は少ないんじゃないでしょうか」

　十数年一緒に暮らせば、それはもう内縁の妻といえるだろう。ひとりの子供は、佐代子の連れ子だったのではないかと菊子はいう。これまでの取材で、精は生前、星一の郷里の福島を訪ねることはほとんどなかったと聞いていたのだが、こういった複雑な事情があったからなのだろう。親一は後年、友人に、「おやじが世話になった女性はいたが手を打った」と話していることから、星一を支援する誰かが、星一の死後、なんらかの経済的な手当てをしたのかもしれない。

事の前後は判然としないが、青山の自邸を家宅捜索された星一は、これ以上の災難が及ばぬよう佐代子と子供たちと縁を切った可能性はある。そして、自分にとっても会社にとっても、重要な意味をもつ縁談を受け入れた。

精が一連の事情をどこまで知らされていたかはわからない。おそらく見合いをしたころは何も聞いていなかっただろうが、星一との再婚を決意したのは、なにも精自身が結婚そのものを焦《あせ》っていたためではないはずである。願わくば、この人の力になってあげたいと、自分もまた心に傷を負ったひとりの大人の女性だからこそ星一の境遇に同情し、理解しようと向き合い始めていたのではないだろうか。というのも、今回、新一の遺品を整理していくなかで探し当てた阿片事件の裁判記録と顚末《てんまつ》を記録した冊子「阿片事件・別冊」に、次のような歌が精の直筆で記されていたためである。

罪ならぬ御みにとはれていく人の　旅路やすかれ　神の力に

夫となる人の無罪を信ずる、深い祈りではないか。

二人は、大正十五年五月に台湾高等法院第二審で星一が無罪判決を受けたのに対して検察が上告中の八月に入籍。九月六日に長男、親一が誕生した。

親一という名前は、星製薬の標語として掲げていた「親切第一」からつけられた。二年後に生まれた弟の協一の名前も「協力第一」からとったと、星一がのちに良精に説明している。

九月十四日には、上告棄却で無罪判決が確定。入籍が一年近く遅れたのは、双方が裁判の成り行きを見守っていたためと考えれば理解できる。星一が妻子のいる家に「御伺ひ出来ません」と手紙に書いたのも、青山の家が人手に渡り、所持品は競売にかけられ身ぐるみはがされた上に、家でゆっくりする時間もなく東京と台湾を行き来していたためだろう。曙町の小金井家に星一がころがりこむかたちで結婚生活は始まった。ぎりぎりのところまで追いつめられた星一と、星一を信じて生きていこうと決意した精にとり、親一という息子は、人生を再び生き直すための誓いの結晶だったのではないだろうか。

ただ、無罪判決を勝ち取ったものの、生活のほうはなかなか平穏とはならなかった。金融機関の融資は依然として凍結されたまま。星製薬商業学校の土地建物にまで、二桁《けた》順位の抵当権が設定されていた。

ひとたび失った信頼を再び築き直すのには大変な困難が伴う。切羽詰まった挙げ句に芝商事という悪質な高利貸しから訴訟費用を借りていたことがとんでもない事態を招いた。借金を返済しきれなかった会社と星一に対し、芝商事から破産申請が提出されたのである。このため会社は、工場にいっとき千人以上はいた従業員を七百人、続いて三百人と次々に解雇した。これを不服とする元従業員らは争議団体をつくり会社に押し掛けた。この間に、ある社員が警視庁の刑事に贈賄《ぞうわい》したという事件が起こり、星一が被疑者として巣鴨《すがも》刑務所に収監される事態となった。芝商事と警察の陰謀によるものだったが、取調室以外はいつも手錠をかけられ罪人同様に扱われていた。この芝商事事件はその後もしばらく尾を引くことになる。

戦後、この曙町の家に暮らすことになった親一の従姉の小金井純子によれば、親一たちが幼いころはちょうど星製薬の労働争議が激しいときで、庭から星製薬の社員が入ってきて大声で叫んだり投石したりしてそれはひどい騒動だったという。私服と制服の巡査が交代で警戒にあたっていたが、精はときどき聖路加《せいルカ》病院に入院して身を隠した。『祖父・小金井良精の記』には良精の日記が転載されており、週に二、三度は良精が親一や協一を連れて上野の動物園や銀座の三越、近所の肴町《さかなまち》までおもちゃを買いに散歩に出かけていることがわかる。子供たちを頻繁に外に連れ出したのは、当時の家庭事情が大きく影響していたのだろう。星家の長男として誕生した親一はとくに、両親よりも祖父母のもとで大切に育てられた。

小金井良精が建てた本郷の曙町の家は、鶏声《けいせい》が窪《くぼ》といわれた坂上、現在の東洋大学前の坂道を上りきったところにある。隣家が枢密顧問官の桜井錠二男爵邸、近くには画家の藤島武二《たけじ》や物理学者の寺田寅彦《とらひこ》の家もあった、山の手の閑静な高級住宅地である。大正十二年九月一日の関東大震災でも屋根瓦《やねがわら》が落ちた程度でほとんど被害はなかった。

小金井家の五百坪あまりの敷地の周囲はぐるりと檜葉《ひば》で二重に囲われており、戦後、庭木を移植するまでは、朝は雉《きじ》、夜になれば梟《ふくろう》の声が響いた。屋根つきの大きな門をくぐると御影石《みかげいし》の敷石が続き、四枚の格子戸《こうしど》のある玄関の手前右には書生部屋が設けられていた。客が訪れると書生が気づいてすぐに案内できるようになっていたが、良精が名誉職に退いた大正十一年以降はすでに書生はいなかった。

「小金井良精」の表札の横には、小さく「星一」の名があった。本来であれば、良精の長男で軍医の小金井良一が同居しているはずだが、ドイツ留学中で一家が不在だったことから星の一家が住むことができた。すなわち、妻の精と親一、昭和三年に生まれた協一と昭和四年に生まれた鳩子の五人家族である。

格子戸を開けると沓脱《くつぬ》ぎの大きな石があって上がり框《がまち》になっており、その奥が六畳の玄関だった。初めてこの家を訪れた親一の東京高等師範附属中学時代の同級生、越《お》智昭二《ちしょうじ》は、あまりに広くて立派な玄関に驚き、帰宅してから両親に、星んちの玄関はうちの三倍あるよ、と興奮して告げたと語っている。

部屋数は全部で十数間あり、客間として使用していた中央の十畳と十二畳の部屋のうち、十畳のほうにはアップライトのピアノが置かれていた。台所の奥には女中の部屋があり、協一の記憶では、戦前までは二、三人のお手伝いさんがいたようである。

庭に面した縁側は、毎晩雨戸を閉めるのにひと苦労というほど長かった。

庭には黄木香《きもっこう》や一重の白バラ、山吹、ツツジなどが咲き、喜美子が趣味で栽培していた菊が秋になると見事な花を咲かせた。良精は、芝生が一面に張られた庭にネットを張ってよくゴルフの練習をしていたという。子供たちは庭の斜面を筵《むしろ》に乗って滑り降りる遊びが大好きだった。ときには、自転車に乗ったり、ソフトボールを木製バットに紐《ひも》でくりつけてバッティングの真似事《まねごと》をしたりした。バットは星一のアメリカみやげだった。

母屋《おもや》は平屋建てであるが、廊下のつきあたりに星一が建て増しした二階建ての家屋があり、母屋から階段で上り下りができた。二階は良精と喜美子、親一の寝室と良精の書斎になっており、一階の二部屋が星家用。そのうちの一間はガラス天井のサンルームで、アメリカ暮らしの経験がある星一が工夫してつくったものだった。星一は家にいるときはいつも背筋を伸ばして正座しており、鳩子は、胡座《あぐら》をかいた父親の姿を見たことがない。それほどに居候《いそうろう》の身を自覚し、居住まいを正していたのだろう。

良精はドイツでの留学生活が長かったため、朝食はいつも家で焼いたパンとミルクティで、夕食にはミートローフにゆで卵が入った西洋家庭料理のフーカデンなどが出された。

「新一」は後年、弟と妹が立て続けに生まれたから、母親のぬくもりを知らないと香代子にたびたび語っている。協一や鳩子が母親のもとであたりまえのように眠るのとは違い、親一は祖母がくり返し唱える短歌を波枕《なみまくら》に聴いて育った。おばあちゃん子だったのである。

親一の祖母、小金井喜美子の横顔について少し記しておこう。

森鷗外の陰に隠れ、今では『鷗外の思い出』『森鷗外の系族』といった兄の思い出を綴《つづ》った著作でしか接することができなくなってしまったが、歌人あるいは翻訳家として十代のころから評価の高い文学者だったことは、やがて作家となる孫に少なからぬ影響を与えたと考えられる。

喜美子は尋常小学校の生徒だったころから鷗外について和歌を詠《よ》み、明治二十三年には蒲松齢《ほしょうれい》の『聊斎志異《りょうさいしい》』の「画皮《がひ》」を「皮一重《かわひとえ》」と改題して「志がらみ草紙」に発表、これが文芸評論家の石橋忍月《にんげつ》に高く評価された。十九歳のときである。ほかにもレルモントフの「浴泉記《よくせんき》」の翻訳を同じく「志がらみ草紙」に発表し、『小公子』を翻訳した若松賤子《しずこ》とともに「閨秀二妙《けいしゅうにみょう》」と讃《たた》えられた。翻訳家の鴻巣友季子《こうのすゆきこ》は二人を「女流アイドル翻訳家」と評しているが、いい得て妙である。訳詩集『於母影《おもかげ》』でも鷗外や落合直文らに協力し、翻訳を行っていることは鷗外研究者にはよく知られている。

中国の怪奇小説集『聊斎志異』は、作家、星新一に影響を与えた愛読書の一つとして本人がのちに挙げているが、初めて接したのはこの喜美子訳だったのかもしれない。

小金井良精と結婚後は子供が四人もいたことや病気がちだったこともあって翻訳活動は行わなくなるが、親一が生まれたころも和歌は作り続けていた。

喜美子と親一は、夜八時ころに寝床につく。喜美子は寝床に入ってからも辞書を枕元に置いて歌をつくるような人である。与謝野《よさの》晶子《あきこ》に師事して和歌を学んだ歌人でもある従姉《いとこ》の小金井純子は、喜美子に会うたびに「文章を書きなさい」「立派な本を読みなさい」といわれたと語っている。同じことは親一にもいい聞かせたことだろう。純子に喜美子の写真を見せてもらったが、女優の大楠《おおくす》道代に似て、切れ長の目のほっそりとした美人だ。親一の細い目は、祖母譲りなのだろう。

親一は、良精の書斎にもよく出入りした。入ると、ほんのり香ばしい葉巻の匂《にお》いがした。良精は時折、シガーリングを破れないようにそっとはずすと親一の細い指にはめた。人の顔や帆船が描かれたリングもあり、貴族の指輪のようで親一はちょっと得意だった。

書斎には、研究資料の骸骨《がいこつ》が三つもあった。いずれも本物である。顎《あご》の骨がバネでつないであり、口がぱくぱく動く。親一がいじっていると良精は、「これは、ここ、この長さが特徴で、この歯ならびは……」などと専門的な説明を始めた。子供だからといって冗談を交えたり、物語風にアレンジしたりすることなど一切なかった。子供に対しても科学者として向き合っていたのである。

ドイツで学んだ解剖学をもとに形態人類学研究を行った良精は、古代人と現生人との骨学的比較検証を行い、日本の先住民族をアイヌ人とする説を提唱した人類学の泰斗である。アイヌの伝承に残るコロボックルと呼ばれる北方民族こそ先住民族だと唱える人類学者、坪井正五郎と激しい論争を戦わせたことでよく知られている。親一が誕生したころはすでに名誉職に退いていたが、先住民族の研究は続けていた。体力が衰えてフィールドワークが困難になってからは『古事記』をよく読み、日本民族はアイヌ民族、南方民族、大陸渡来のモンゴリアン民族から成るが、そのうちの二派の交流が古事記にうかがえる、とする論文も発表している。

喜美子と良精のもとで大切に育てられた幼い親一と日々寝食をともにしていたのが、「ベア」という名のクマのぬいぐるみだった。親一が生まれたときに良精の友人がドイツみやげにくれたもので、精がつくったシャツとセーターを着せ、寝床にはもちろん旅行にも連れていった。腹を押すとクウと音が鳴り、尻尾《しっぽ》を動かすと首を振る。人形用の椅子《いす》に座らせたり写真を一緒に撮ったりして溺愛《できあい》した。両親に甘えることが許されず、近所の子供たちはもちろん弟や妹たちとも一緒になって遊び回ることの少ない長男の親一にとって、ベアは寂しさをまぎらわせてくれる心の友だった。

高利貸の芝商事から提出されていた破産申請が受理され、星製薬の破産が宣告されたのは、昭和六年十月。登記簿では親一が京北《けいほく》中学付属幼稚園に通い始めた昭和七年の四月二十五日である。その夏の二か月間、星一は税金滞納で市ヶ谷刑務所に収監された。

会社いよいよ破産決定。せい悲観す。（昭和七年十二月二十二日の良精の日記）

株券もすべて紙屑《かみくず》と化した。推理作家の佐野洋や科学ジャーナリストの宮田親平の父親たちも、このとき損害を被《こうむ》った株主である。宮田の父親は、東京の田端《たばた》で薬局を開業していた。

「うちはホシチェーン薬局だったので、父親は星一に相当に心酔していました。星一の講演にもずいぶん行って、日本は学問のみにおいて国を興《おこ》すことができる、というような考え方にいたく共感していたようです。星一は、そういった特約店の店主を集めた講演会でみんなに株式の購入を呼びかけていたわけです」

親平という宮田の名前も、「親切第一」と「後藤新平」に由来するという。宮田の証言は決して珍しい話ではなく、星一には宮田の父親のような信奉者が多かった。星薬科大学に保管されている星製薬の記録によれば、破産宣告を受けてからも麻薬製造販売既得権があったため継続して事業は営んでいたとある。表向きは破産決定でも、宮田の父親のような全国ホシチェーンの販売組織や星製薬商業学校の同窓生たちが任務断行期成団という組織を結成して星製薬の再建に一丸となって協力し、支援していた。昭和八年には破産法に基づく日本初の強制和議（破産手続き中に破産者と債権者が和解し、その和議条件を裁判所が認可して破産手続きを終了させる方法）が実現するが、それに向けた水面下の交渉は行われていたのである。

何も知らない精や良精らはただただ悲嘆に暮れた。幼い親一には父親の状況は何もわからなかったが、進学先として第一希望にしていた東京高等師範附属小学校は、良精の日記によれば、「原因ははなはだ面白から」ぬ理由によって拒絶され、「一《はじめ》の税滞納、収監のためか」と星一の問題が影響した可能性を推測している。代わりに受験したのが、喜美子と精の母校である東京女子高等師範附属小学校だった。こちらも名家の子息子女が通うことでは変わりない名門校、現在のお茶の水女子大学附属小学校である。教員養成校でもあるため、入学試験とクラスの編成は実験的だった。一学年に三つのクラスがあり、一部が女子ばかり四十人でそのまま次の女学校に自動的に進学できるクラス、二部が二部授業といって、一年生と二年生、三年生と四年生、五年生と六年生の二学年ずつで授業を受ける男女それぞれ二十人ずつのクラス、そして、三部が男子十五人、女子十五人の三十人クラスになっていた。教科ごとに教師が異なり、担任教師は自分の専門科目と修身を受け持つという高等教育のような指導体制がとられていた。

まず受験したい部に願書を出し、抽選に当たれば試験を受ける。学校は、現在東京医科歯科大学が建つ御茶ノ水にあり、関東大震災後に建てたバラックの講堂で抽選と試験が行われた。試験は、平均台を歩かせる、先生がいったことを復唱する、水の入った容器を一滴も水をこぼさずにしずしずと別の場所に運ぶ、ニワトリとアヒルの剝《はく》製《せい》を見て違いを述べさせる、といったユニークな内容だ。

親一の同級生、三島恒子《つねこ》（旧姓・百島《ももしま》）の回想。

「ニワトリとアヒルの違いといえば、水搔《みずか》きがあるかないか、くちばしが平たいかどうか、鶏冠《とさか》があるかどうか、といったことでしょう。たくさんのキューピーが遊んでいる絵本を見せられて、それぞれが何をしているか、全体で何が見えるのかも答えさせられましたね。ごはんを食べています、ブランコに乗っています、といったことを答えるとよいのでしょう。正解がない場合も、新しい角度から何が発見できるか特性をみるテストでした」

三部を志望して合格した親一は、昭和八年春に東京女子高等師範附属小学校に入学する。一年目は曙町から御茶ノ水へ通い、二年目からは新校舎の移転に伴い、大塚へ市電で通った。はじめのころは、お手伝いさんが通学に付き添っていた。

男は星、女は百島。そういわれるほど、この二人は病気がちでよく学校を休んだ。三島は、親一が喉《のど》に真綿を巻いていたことを覚えている。

「頭がとっても大きくて三角むすびを逆さにしたみたいな、かわいい方。どこか女性的でおとなしくて、フットベースボールをやっていても、ふにゃふにゃとしか蹴《け》れなくてね。リレーではもたもた走っていましたけれど、おつむはよかった」

担任は、村重嘉勝《むらしげよしかつ》先生といった。東京高等師範を卒業したばかりの村重は、生徒たちの前で「初めて教える学年です」と挨拶《あいさつ》し、そのまま六年間、同じ生徒たちを受けもった。作文教育に熱心で、『綴方《つづりかた》教室』で知られる豊田《とよだ》正子の「赤い鳥」を副読本に、毎週何本も作文を書かせている。親一はいつも人より早く書き上がり、作文を提出すると、あとはほかの生徒たちの机の間をふらふらと歩き回るため、「星、もっとたくさん書きなさい」とたびたび注意された。そんなふうに怒られても親一は「書くことないもん」とにやにや笑っていた。

あるとき、授業中に村重が「ひょうきんとはどういうことか」と質問した。すると、クラスで二番目に背が高く最後列に座っている親一が「はいっ」と手を挙げ、「ぼくみたいなのです」と答えた。一同、大笑いだった。うさぎとカメの物語の途中で突然、「カメが勝ったのは流線形だったからでしょう」と新説を披露して教室をざわめかせたこともあった。空気抵抗の少ないデザインの自動車が出現し、「流線形」という言葉が流行《はや》っていたころだ。

「ふわっとしてクルッとおもしろいのね、発想が」

三島の記憶に刻まれた親一は、教室であれこれ突拍子のない発言をして注目を集める頭の回転の速い少年だった。

同じく同級生だった浅黄悳《あさぎのぼる》の回想。

「大塚仲町の商店街にヘビ屋があって、ガラス容器にヘビがアルコール漬けにされていたんです。〝ガラスを叩《たた》かないでください〟って書いてあるんですけど、それがかかっていて、ぼくたちはいたずらっ子だから叩くわけですよ。そうしたら、ヘビ屋の親父《おやじ》が怒って学校に文句をいいに来てね、先生にひどく怒られた。それでも、懲《こ》りずにまた叩きに行ったもんだから今度は捕まりました。そういうときに星君がどうしてるかというと、自分はいたずらはやらないけど、ぼくたちと一緒にはいてそばでにやにやして見てるんだな、これが。作文は、単純に文章がぼつぼつと続いているだけでうまくはなかった。ショートショートの片鱗《へんりん》はあのころからあったのかなあ。星君が作家になったばかりのときに、村重先生が作品を読んで、小学校んときと変わんねえなあ、なんていってました」

作文は下手。このことは中学の同級生たちも口をそろえていうのだが、実は本人ものちに「作文の成績」(『星新一の世界』所収)という随筆でその成績の悪さを吐露している。国語の試験の点数はきわめてよかったのに、作文となるとからきし駄目。しかも、文章は短いものばかり。たとえば三年生のときに書いた「散歩」と題する次のような文章がある。

夕ごはんがすんでから、そこらを散歩してこようと思つて公園の方へ行つたら、へんな道を見つけた。その道をずんずん上つて行くとケーブルカーのせんろのそばへ出た。公園上から向かふへわたつて、えきの中を通つてかへつた。

以上である。春か夏の休みに星製薬の別荘「星山荘」があった箱根強羅《ごうら》で過ごしたときの一こま。村重には「その道は、どんな道でしたか」と末尾に朱筆を入れられている。親一の文章にはこのように事実だけがぷつぷつと連なってあっさり終わってしまうものが多い。「感想を入れるように」と指摘されているものもある。国語や算数などのようには、作文を熱を入れて勉強する対象だとは考えていなかった、と随筆には書いているが、感情表現をほとんど入れないのが親一の文章の特徴だった。村重はそれでも親一の気持ちを守り立てようと、あれこれアドバイスし、たまに長い文章を書くと、「長く書いたところがよろしい」などと書き添えた。

ところが、そんな中にあって別人のように生き生きとした描写の作文がある。親一が二年生のときに書いた「お父様の洋行」である。そこには、会社の立て直しと海外との交流再開に奔走する星一の姿があった。

私のお父様が昭和九年十月二十五日に龍田丸で米国へおたちになりました。それから西洋をおまはりです。あさ学校へ行く時は曇つていましたがおむかひの来た十一時三十分ごろはだんだんあかるくなりました。自動車で東京駅へついたら旗を立てて人がたくさん来てゐて、お父さんはしきりにおじぎをしてゐました。目ぐろのをぢさん、きしさん、柿内さん、みんないらつしやいました。十二時三十分ごろには人がだんだん多くなつて行きます。

「横はまみなと行」のきしやにのつて行かうとする時、みんなでこう歌をうたひます。しやしん屋がしきりにうつします。ばんざい、ばんざいといふうちにくるまは出ました。

星製薬は昭和八年九月十二日に強制和議が成立、十二月二十六日には破産終結が決定して債権者の妨害なしに営業が再開されることになった。折しも、台湾に植林していたキナ樹がすくすくと成長しており、これに驚喜した星一はマラリアの治療剤であるキニーネ生産に捲土重来《けんどちょうらい》を期し、たびたび台湾に渡り、星規那《キナ》産業株式会社を設立した。

星一の台湾キナ樹視察に随行していた台湾総督府専売局阿片《アヘン》課の荒川禎三は、星一の次のような言葉を耳にしている。実際、語尾に「ネ」をつける特徴ある語り口だったらしい。

人生は面白いネ、今度は借金王から規那王になるネ。台湾の中央山脈は全部規那林にしてしもうからネ。高砂属《ママ》十五万人に職を与えるネ。理蕃《りばん》事業と星の規那事業は併進するネ。きっとなるネ。大《おおい》なる失敗は大なる幸福の前提だネ。星は三千六百五十万円の借金があるがネ。その借金を五年で皆済するネ。東京に戻って直《す》ぐアメリカに行くネ。星を救済するシンジケート団をつくるネ、少し忙しくなってくるネ。人間は常に永遠のことを考えておかねばいかんネ。

(『磐城《いわき》百年史』)

依然として会社の経理は欠損を続け、強制和議債権への支払いは滞っていたが、星製薬商業学校の卒業生や全国のチェーン組織の協力によって、星一の悲願だった薬学専門学校設立へ向けた努力も始まっていた。このころになって初めて、家の中も落ち着きを取り戻したといえるかもしれない。

星一が海外へ出かけるときには、いつも先の作文にあるように星製薬の社員や星製薬商業学校の生徒、親戚《しんせき》が港や駅で見送り、校歌を皆で斉唱した。「自動車」は後藤新平から譲られた黒のパッカードかクライスラーだろう。運転手と大人が六人乗れるリムジンで、クライスラーには一〇一〇番のナンバープレートがつけられていた。毎朝会社から運転手が曙町の家まで星一を迎えに来ており、ふだんは仕事用だったが、休みの日には家族そろって上野の精養軒や日比谷の松本楼に食事に出かけたり、お弁当をもって郊外にピクニックに行ったりするための足となった。

「目ぐろのをぢさん、きしさん、柿内さん」というのはいずれも小金井の親族で、「しゃしん屋」は九段下にあった星製薬お抱え写真館のカメラマンである。お抱えカメラマンがイベントに必ず同行するというのは、星一がアメリカで新聞発行に携わり、広報宣伝を重視していたからだろう。星製薬宣伝部にはのちに松竹で喜劇映画監督となる斎藤寅次郎《とらじろう》や、印刷部には写真植字で知られるモリサワを設立する森沢信夫が在職していた時期があり、星一は彼ら有能な技術者を支援しながら、映像や写真資料、社報、「ホシ家庭新聞」といったチェーン薬局向けに配布する情報紙などさまざまなメディアを製作させていた。

星薬科大学資料室に保管されている十六ミリフィルムには、強制和議が成立した際の祝賀会や星一が台湾のキナ事業を視察したときの様子、また、星一が杉山茂丸と玄洋社の頭山満の交友五十年を祝い、昭和十年五月に丸の内の日本工業倶楽部《クラブ》で開催した金菊《きんぎく》祝賀会の模様も記録されている。日本工業倶楽部は大正六年に当時の有力実業家三百二十九名が日本の工業発展を目的として設立した団体で、初代理事長は三井財閥最高指導者の団琢磨《だんたくま》。星一はその創立メンバーのひとりだった。ちなみに、金菊祝賀会と命名したのは、当時かぞえ十歳の親一である。金婚式銀婚式があるのだから、金、銀のつくいい言葉はないかと悩んでいた星一に、親一が「菊はどうでしょう」と提案して採用された名前だった。

星一のアイデアは、星製薬の広告宣伝からチェーン組織間の情報交換、選挙活動に至るまでいかんなく発揮された。とくに「親切第一」「協力第一」「日本はお母さんの国」といったキャッチフレーズ作りは星一の得意とするところで、全部集めれば一冊の本ができるほどあるといわれた。

自分の顔に微笑《ほほえ》みを絶やすな。仕事と趣味を一致させよ。科学を基礎とした計画を樹《た》てよ。親切第一、人にも物にも時間にも自分にも親切にせよ。親切は平和なり、繁栄なり、幸福なり、等々。

会社の総会や学校の式典で、「諸君！」と呼びかけ、右手を高々と上げながら演説する星一の凛々《りり》しい姿が、写真に記録されている。星一自身、自信に満ちた経営者としての言葉と振る舞いが、社員や生徒、チェーン組織の人心をつかむことを熟知していたのだろう。

親一の記憶にとくに強く刻まれたのは、「改良発明は永遠無窮《むきゆう》なることを知り、たえず、それにむかって企図を怠るなかれ」という言葉である。

その言葉どおり、星一は大変なアイデアマンで、大正時代までに「味噌《みそ》類似食品製造方法」「日本酒濃縮法」「蚕蛹《さんよう》ヨリ栄養剤ヲ製造スル方法」など、薬から代用的な食品の開発に至るまで数多くの特許を取得している。昭和十年には弟の星三郎を代表者に茨城県牛久《うしく》に星食糧品株式会社を設立し、広大な工場で「ホシあじこ」なる天ぷら粉やケチャップ、ソース、芋アメなどを生産した。アイデアは社屋の建築デザインにまで及び、たとえばその一つが社屋前のスロープである。タイヤに付着した汚れが洗い流せるように、車が来ると坂道の上にある二つの蛇口から水が流れるようになっていた。製薬会社なのだから清潔にという、あたりまえではあるがなかなか誰も思いつかない斬新《ざんしん》な発想だった。

ところで、親一の作文「お父様の洋行」は、まだ終わりではない。当時の親一の作文の中ではもっとも長く、後半は次のように続く。東京駅を十二時半過ぎに出た汽車は、一時間もかからずに横浜港駅に着いたようだ。

一時すぎにつきました。すぐにお船へはいつて見ました。お父様のおへやはなかなかりつぱです。ベツトも机もかがみもきれいです。バスつきのおへやですから、戸を少しあけて見たら、まつ白なお風呂《ふろ》と便所とりつぱな大かがみがありました。かばんをおいて甲板へ出て見たらよそのお船がたくさんありました。そこでしやしんをいくつもうつしました。大ぜいのもお父さんとおかあさんとぼくたちだけのもありました。お船の中をまはつて見ました。さろんがりつぱです、日本まもありました。船長さんや、きかん長さんのおへやもいつて見ました。きじゆうきでにもつを上るのはおもしろいと思ひます。下のかんばんもまはつて見ました。三時になりました。がらんがらんがらんとどらがなりました。みんないそいでれつをつくつてがんぺき《ママ》出ましたらお父様はかんばんにいらつしやいます。てつぷのなげあひがはじまりました。何百本もある赤青黄白むらさきの五いろのてつぷが、虹《にじ》のやうにきれいにうごいてゐた。又みんながはたをふつてこう歌をうたひます。お父様もうたつていらつしやる。いよいよ三度目のどらがなつて船がうごこうとするみんな《ママ》が「ばんざい」、「ばんざい」、はたをふる、手をふる、はんけちをふる。ぼくたちもふつた。てつぷがきれた。五しきのかみがごちや〳〵になる。お父様も見えないくらいです。船がだんだんがんぺきからはなれます。お父様りよう手を上ていらつしやる。船がまはつた。うしろのかんばんにまはつてはんけちをふるのが見えます。ぼくたちも一生けんめいふつた。船が赤と白のとうだいのあいだをとほる。指のやうに小さくなるまで見おくつてゐた。もうまはりには人がいなかつた。東京へ自動車でかへつた。ごはんがすんだ時に電ぽうが来た。

「ミオクリアリガタウ、フネガオホキイカラヨイコウカイデス一。」とかいてありました。

よほど興奮し、見たもの聞いたものを書き留めておきたかったのだろう。龍田丸は日本郵船が北米サンフランシスコ航路用に建造した日本一の豪華客船である。八百数十名の乗客と英国風の調度品、一流の調理師を乗せて四十日間あまりの旅をする。星一の風呂つきの部屋は一等客室。楽隊の演奏で星製薬商業学校の校歌が響き、五色のテープが舞う。「はたをふる、手をふる、はんけちをふる。ぼくたちもふつた」の部分は映画の一場面のようで、村重はここに赤い傍点をふっている。ほかの人がいなくなっても、家族だけは父親を乗せた船が指のように小さくなるまで見送った、というこの一節に至るとき、読む者に伝わってくる情感がある。親一が学校から帰ると繰り返し読み、全巻そろえて暗記してしまったという「少年講談」のリズムもある。

父親とのいっときの別れを自分がどう感じたのか、相変わらずそのあたりには何もふれていない。さみしかったのか悲しかったのか、あるいは、立派な船で旅する父親を誇らしく思ったのか、わからない。ただ、ふだんの生活でも自分の感情をあまり口にすることのなかった親一は、綴《つづ》り方教室ではよい成績をとれなかったものの、かぞえ九歳、小学二年生にしては驚くべき観察力と文章力の持ち主ではないか。ストイックとはいわないまでも、文章に対するダンディズムを身につけていたとみることもできるのではないか。状況描写や会話だけで淡々と構成される作文にはたしかに、浅黄のいうように、のちの星新一ショートショートの片鱗《へんりん》が垣間《かいま》見《み》える。

担任の村重は、末尾に次のように寸評を書き入れている。

　大へんよくかけました。お父様のおるすの間によくべんきやうしておいておかへりになつた時、びつくりさせてあげなさい。

星一がアメリカとヨーロッパの旅行から帰国したのは十二月三十日。このころの海外出張で、星一は自社製品の販売を委託していたアメリカのホスケン商会を訪問したり、製薬大手ロイドと会見し、東京にロイド・ホシ製薬を設立するための準備を行ったりしている。親一の「お父様のおかへり」という作文には、やはり社員と家族総出で東京駅へ迎えに行った様子が描かれている。

親一と協一へのおみやげは、懐中時計と望遠鏡とメカノ、鳩子へはシャーリー・テンプル人形。メカノとは一九〇一年、イギリスに誕生したメカノ社が開発した知育玩《がん》具《ぐ》のロングセラー商品で、金属製の単純なパーツをボルトでつなげると自動車や汽車に早変わりし、線路を走らせることもできた。シャーリー・テンプル人形は、一九三〇年代にハリウッドで人気を博した名子役をモデルにした人形である。こうした舶来みやげは、遊びに来た小学校の友だちをたいそううらやましがらせた。

浅黄はたびたび親一の曙町の家に行き、当時はまだ珍しかったサンドイッチをごちそうになったことを記憶している。星一が在宅しているときもあったが、書斎で仕事をしていることが多く、部屋をのぞくのも恐ろしかったという。背が高く、頭は白髪で真っ白。すでに六十代だから当然とはいえ、父親というよりはおじいさんである。

星一はいつも忙しそうで容易に声をかけがたい雰囲気があったが、足を日なたに突き出して水虫の薬を塗っているときだけは、子供たちの緊張もほどけてそばに行けた。

たまに、親一らに一銭玉を三枚持たせて黒髪を抜かせ、「白髪をとったら罰金だぞ」などといって戯《たわむ》れることもあった。そんなとき、精はそばにいて、「罰金とられるよ」と笑っていた。

従姉《いとこ》の小金井純子が強く印象づけられたのが、そんなお金にまつわる話である。星一は、子供たちの成績が上がると、ご褒美《ほうび》だといって現金を渡した。森家や小金井の家ではお金は綺麗《きれい》なものではないから子供がもつものではないと厳しく教育されていたため、たいそう驚いた。白髪頭で胸にポケットのあるかっちりしたデザインの星製薬の制服を着て、子供に現金を渡す叔父。それが、純子の印象に残る星一の姿である。

「新一」の「マネー・エイジ」というショートショートには、子供の試験の成績がよければ現金を与え、悪ければ罰金をとる、星一のような父親が登場する。人物像を借りたにすぎないのだろうが、作品に現実の人間が投影された一例だろう。もちろん現実は物語とは違って、星一は親一たちだけでなく、郷里の福島と茨城にいる親族や血縁でなくても志ある若者には惜しみなく金を与えた。逆に、経済的な援助を求めて星一を訪ねる人々も多かった。郷里の出身者は石城《いわき》造士《ぞうし》会館に住まわせるよう手配し、そこから学校に通わせた。一族で傑出した人物の責務でもあるのだろう。だからなおさら、自分の手元に残るのは借金ばかりなのである。

昭和十年の正月は星山荘がある箱根強羅へ家族で出かけた。一月十三日には、良精の喜寿を祝おうと星一が日本工業倶楽部で昼食会を主催した。良精の孫十四名を含む小金井家の親族一同が集まり、そこには森鷗外の長男、於菟《おと》の姿もあった。四階分が吹き抜けとなった高さ七・七メートルの大食堂の天井にはヨーロッパ製のシャンデリアが輝き、その下では、鹿鳴館《ろくめいかん》や華族会館の名料理長だった渡辺鎌吉の弟子たちによる最高級のフランス料理が供されていた。

昭和三十五年から日本工業倶楽部に勤める齋藤幸夫会館部長によれば、倶楽部に連れて来られる子供たちはいずれも良家の子女で、テーブルマナーをしっかり学んでいたという。清興会という会員の家族を対象とする親睦会《しんぼくかい》向けに映画鑑賞会や落語会、クリスマス会などのイベントが行われることもあった。鳩子はここで初めて、シャーリー・テンプルの映画を見たと語っている。

星製薬は前年の昭和九年十一月に日本初の国産キニーネの生産に成功しており、昭和十年九月には「キナを初めとしてコカ、除虫菊、薄荷《はっか》その他の薬草栽培及び之《これ》に附帯する事業」を目的とする台湾星製薬が設立された（台湾日日新聞、九月四日付）。

星一はこれまで迷惑をかけ続けた罪滅ぼしをするかのように、家族サービスに勤《いそ》しんでいた。

強羅の別荘へは家族で年に三回ほど出かけた。星一は、どんなに忙しくとも家族が滞在している期間の週末には、たとえ半日でも家族と過ごせる時間があれば、必ず東京からやってきた。

強羅は、星一の社交場の一つでもあった。

早雲山《そううんざん》や大涌谷《おおわくだに》からの引き湯で明治二十七年から温泉場として利用されてきた強羅が、別荘地として栄え始めたのは、小田原電気鉄道（現・箱根登山鉄道）が土地を所有し分譲を開始した明治四十五年からである。三井物産の創設者、益田孝が登山線の敷《ふ》設《せつ》と別荘地開発に乗り出すと、東京在住の政財界の知友が次々と購入し、大正期には高級別荘地としてのステータスを築き上げた。

当時の別荘所有者名簿を見ると、三井家当主の三井高棟《たかみね》、大日本製糖社長の藤山雷太、三菱会社初代社長岩崎弥太郎《やたろう》の三男で東京毛布取締役の岩崎康弥、閑院宮載仁《かんいんのみやことひと》親王、資生堂創設者の福原有信などの名が並ぶ。箱根登山鉄道の株主でもあった星一は、強羅駅に近い土地を別荘建設のために購入したほか、福沢諭吉の娘婿《むすめむこ》で東京地下鉄の考案者かつ電力王といわれた福沢桃介と互いに協力し、宿も建てている。こちらは二人の名前をとり、一福《いちふく》旅館と命名された。

星山荘があった土地の住所は、強羅千三百番地ノ三十三。強羅駅から徒歩三分の樹木が生い茂る傾斜地に建つ和風家屋だった。親一たちは、休みをもっぱら強羅で過ごした。登山電車に乗れば、協一や鳩子とトンネルの数を数え、強羅と二の平のあいだの川で蛍狩りをした。日に二度は温泉に入り、竹細工の船を浮かべて遊んだ。親族や学校の友人、会社の関係者もよく訪れ、敷地内に星一が建てた親切第一稲荷《いなり》で商売繁《はん》盛《じょう》を祈念する行事も行われていた。この土地は戦後、人手に渡り、現在は漁業・水産関係の会社の社員保養所となっており、道路沿いの小さな稲荷に当時の面影をかすかにとどめるだけである。

テレビなどない時代、星一は歴史的な瞬間を子供にしっかりと見せておきたいと考えていたのか、大きな行事があれば車を出した。親一を東郷平八郎元帥《げんすい》の国葬に連れて行ったこともある。もっとも、実際には葬儀を見守る人だかりと車の列しか見えなかったのだが。

「新一」の「超高速」(『きまぐれ星のメモ』所収）という随筆に、子供のころ父親と交わした議論が紹介されている。

あるとき、星一は親一に語りかけた。

「いいか、空の星はどんな遠くにあっても、そっちに目をむければ、すぐに実物を見ることができる」

親一はすかさず反論した。

「それはちがうよ。光の速さは一秒に三十万キロだ。だから、いま見ている星も、距離によっては十年前の姿、百年前の姿である場合もあるんだ」

子供向けの科学雑誌を購読していたので、宇宙についてある程度の基礎知識はあったのだ。父親の誤解をなんとかときたいと、親一は理路整然と説明した。すると星一はようやく納得した様子で、しかし、こんな言葉を返した。

「なるほど、見る場合はそうかもしれないな。しかし、考える場合はどうだ。いま地球のことを考えている。つぎに遠い星のことを考える。これにはなんらの時間を要しない。人間の思考は光より速いということになるぞ」

根底から発想を転換することによって固定観念を覆《くつがえ》し、新たな地平に目を向ける。目を白黒させた親一は、このときの父親の言葉を生涯忘れることはなかった。

尋常小学校に通うのが一般的だった時代に東京女子高等師範に子供を通わせていた

のは、親が医者や官吏、商家などでいずれも教育熱心で裕福な家庭が多く、子供たちにも特権階級意識のようなものがあった。革の靴にランドセル、言葉遣いにも特徴があり、男の子は自分を「ぼく」、相手を「きみ」と呼び、語尾には「～したまえ」、女の子は「～あそばせ」とつけた。「あそばせ学校」と呼ばれる所以《ゆえん》である。近所の子供たちとはほとんど付き合いがないため、同級生の結束は堅くなる。当時このようなブルジョワと呼ばれる家庭の子女が通う学校は、官立では東京高等師範と東京女子高等師範、私立は成城や成蹊《せいけい》とされ、とくに官立校は別格であった。

三島恒子は祖父が裁判官、父親は銀行員で、浅黄の父親は東京女子高等師範附属小学校の国語教師である。同じクラスには歌舞伎《かぶき》の小道具で知られる藤浪《ふじなみ》小道具の藤浪光夫（四代目藤浪与兵衛《よへえ》）や画家の樺島《かばしま》勝一の甥《おい》、椛島倫夫《かばしまみちお》などがいた。クラスで雛《ひな》人形を作ることになったとき、藤浪はへちまをつぶして和紙を貼《は》ってから色を塗り、見事な牛車《ぎっしゃ》を完成させた。親一は藤浪と仲が良く、登校時は駕籠《かご》町《まち》で市電を乗り換えていたが、下校時は、藤浪と一緒になると春日町《かすがちょう》で乗り換えた。小道具が保管された蔵では切腹の場面で使用する短刀を見せてもらったり、浅黄と一緒に鎌倉の別荘に呼んでもらったりした。

子供たちの穏やかな日々は、時代の翳《かげ》りが深ければ深いほど色鮮やかに浮かび上がる。親一が小学校に入学する前年の昭和七年には、満州国が成立。生徒たちは五族協和を意味する五色の旗を作り、講堂で式典があったときは竹の棒につけて振りながら歩いた。慰問袋に手紙をつけて戦地へ送り、返事が届くと、「○○さんに、兵隊さんからお返事が来ました」と先生に紹介された。生徒たちはわあと歓声を上げて喜んだ。林間学校でも、朝の授業で先生が「戦況についてお話しします」といって話し始めた。

小学五年生のころからは、親一の作文も戦時色を帯びてきた。「フットベース大会」や「夏休み」といった題の中に、クラス全員が書かされた「戦争で負傷した兵隊さんへ」や「海軍記念日」「支那《しな》事変」「南京《ナンキン》陥落」といったものが混ざる。作文を綴《と》じた表紙には、クレヨンで描かれた花の絵の上下に「東亜は楽しく共栄圏」と勢いのある文字が並んでいる。

「南京陥落」

南京陥落！この言葉を僕たちはどんなに待つてゐたことだらう。十二月の寒い朝。ポス《ママ》とに入つてゐた新聞を取出すより早く開いて見た。第二面には？「出てゐた!!大本営陸軍部発表。あゝ遂《つい》に陥落した。バンザーイバンザーイ。「あゝさうだ。今日は旗行列だ」と思って早くご飯を食べ大急ぎで学校へかけつけた。グラウンドに並び旗を持ちたいこに合はせて「天に代りて不義を討つ。」を歌ひながら颯爽《さつそう》として校門を出た。歌に合はせて旗を振りながらやう〳〵宮城《きゆうじよう》前に来た。新聞社の人が「カチリ。」と写真を写した時はみんな少し気取つてゐた。二重橋でうや〳〵しく最敬礼をして桜田門をくゞり大本営の前で万歳を三唱した。靖国《やすくに》神社でも敬礼と万歳をやつた。又疲れた足を引きずりながら学校に帰つた時にはくた〳〵になつてゐた。夜お父さんと自動車で乗り廻した時はちようちん行列の人で波のやうにきらきら光つてとても美しかつた。支那に行つてゐる兵隊さんもさぞ喜んだことでせう。

本や雑誌は次第に貴重品となっていった。親一は、学校から帰れば月に一冊だけ購入できるお気に入りの「少年倶楽部《クラブ》」や「少年講談」に夢中になり、繰り返し読んだ。江戸川乱歩の少年探偵小説で幻想的な恐怖のおもしろさに引き込まれ、海野十三《うんのじゆうざ》や山中峯太郎の軍事冒険小説に胸を躍らせ、「子供の科学」の原田三夫の天文解説を読んでは、はるか彼方《かなた》の宇宙に想像をめぐらせた。

日本軍が中華民国の首都南京を陥落させた翌年の昭和十三年五月には国家総動員法

が施行され、人的物的資源すべてが政府統制の下に入った。幸せな子供時代は終わりを告げようとしていたが、親一にその実感はあまりなかった。

第二章　熔《と》けた鉄　澄んだ空

「将来は、内閣総理大臣になりたいです」

昭和十四年三月六日、茗荷谷《みようがだに》にある東京高等師範附属中学校（以下、高師中）の入試会場。面接官の鎌田正は驚いた。口頭試問では、ほとんどの生徒がうつむいて恥ずかしそうに話すのに、この生徒は肩で風を切る様子で堂々としている。大言壮語してはばからぬは国会議員の父親の影響か。

星親一、なかなか痛快な男だ。

陸軍予科士官学校から高師中へ漢文の教師として着任して一年、この春の新入生から初めて担任を任せられることになっていた鎌田は、心の中で合格の判を押した。

ところが——。

「おい、驚いたよ。本当に総理大臣になりたいのか」

一緒に面接を受けていた浅黄悳が部屋を出てから訊《たず》ねると、親一はにやりと笑った。

「いや、いうことないからいった」

「なんだ」

「そんな気持ちさらさらない。じゃあ、浅黄は本当に大教育者になろうと思ってるのか」

「いや、親父《おやじ》にそういえっていわれたからだ。たまんねえよ。あんな教育論、延々聞かされても」

浅黄は、国語教師の父親のアドバイスに従って大教育者になりたいといったばかりに、丸眼鏡をかけた貫禄《かんろく》ある面接官に長々とペスタロッチの教育論を聞かされたのだった。

浅黄にああはいったものの、内閣総理大臣になりたいという親一の夢がまるきり冗談だったかというと疑問は残る。祖父と孫ほど年の離れた親子の間では、星製薬創業者の父から子へ厳しい帝王学が伝授された形跡は残っていないが、星一が何度となく親一にいい聞かせていたのは、「親方にならなくてはいかん」(「おやじ」)という言葉だった。他人の指示を待つのではなく、自分が先頭に立ち、自分の判断で責任をもって行動せよ、という意味だろう。当時の親一にはまだあまりよくわかっていなかったが、父親は国会議員であるし、廣田弘毅首相に可愛《かわい》がられたりして、内閣総理大臣という存在に漠然と憧《あこが》れを抱いたことがなかったわけではないのだろう。浅黄に問いつめられて思わず照れ隠しに否定してみせたのかもしれない。

府内の高師中など官立中学は、七年制の私立校と府立中学との間に試験日が設定されていた。東京高等師範附属小学校から無試験で入学できる内部進学生が六十人、外部受験生は六十人しか採らない四、五年制の高師中の競争率は七倍にもなった。

生徒たちはここもほとんどが上流家庭の子弟で、入学試験には筆記や面接以外に、書類による家庭調査があった。ぜいたくな暮らしをしている生徒ばかりの中で耐えられるかどうか、家庭環境に格差があると問題が生じると考えられていたためである。兄弟が入学するケースが多いのはそのためだった。

阿片《アヘン》問題や破産宣告の影響で落選が二度続いていた星一も、昭和十二年の第二十回衆議院総選挙では二回目の当選を果たし、台湾に続き満州でも会社を設立するべくたびたび足を運んでいた。

実は浅黄に教育論をぶった丸眼鏡の面接官は、中学の主事（校長）の馬上《もうえ》孝太郎といい、口頭試問の最後、親一に「お父さんは元気か」と訊ねている。あとで知ったことだが、馬上は星一と同郷の福島県いわきの出身で、志をもって一緒に同じ村から上京した星一の親友だった。自分が合格したのはそのおかげかもしれない、と親一はそのとき思ったという。小学校時代は全然勉強せず、ぎりぎりになってから家庭教師を雇って付け焼き刃の勉強をしただけなのだから。

たしかに馬上がいたことは入試に有利ではあったろうが、だからといって親一の成績が悪かったわけではない。高師中二組の同級生たちによれば、中の上ぐらいで、特に理科はよくできたという。現存する答案用紙を見てみると、英語でときどき七十点前後があるほかは、数学、理科、国語ともにコンスタントに九十点前後。親一を「中の上」といった同級生たちは親一よりさらに優秀だったようだ。一クラス四十人で三クラスの一学年百二十人、親一と浅黄は同じ二組となった。初年度は茗荷谷の古い校舎で授業が行われたが、二年目に大塚へ移転したため、駒込曙町から市電で大塚仲町まで通った。制服は前留めがボタンではなくカギホック型、グログランテープで縁取りをした詰め襟で、海軍士官のようで親一たちは誇らしかった。

二組の担任は鎌田正だった。その後の五年間、クラス替えはなく、同じ生徒たちのまま持ち上がった。自由主義、個性尊重を教育方針とする高師中は、クラブ活動や運動会をはじめとする行事もすべて生徒の自主性を重んじ、生徒自身が運営した。のんびりとした気風で、成績の順位はつけない。教師たちは常々、おおらかな気持ちで勉強しなさいといっていた。

親一が高師中で知り合った同級生とは、その後、生涯にわたり交友を保ち続けることになる。一番のっぽでクラシック音楽に詳しい醍醐忠和《だいごただかず》、人なつこく活動的な仕切り屋、副島有年《そえじまありとし》、ハンサムな秀才の越智昭二、理系課目と運動能力に秀《ひい》でた北代禮一郎《きただいれいいちろう》、そして生徒たちの推薦で級長に選ばれた物静かで温厚な辻康文《つじやすふみ》である。身長の低い順に着席していたため、はじめは背が高くて席が近い最後列の醍醐、星、北代、辻が仲良くなり、途中で背が伸びて後列に下がった越智、最前列にいた副島が加わった。生徒はいずれも、官僚や華族、軍人、企業重役などを親にもつが、彼らにとって親の職業や地位は関係なかった。

越智の座っていた列の一番前にいたのがのちの映画監督・今村昌平で、東宝の監督になる児玉《こだま》進（日露戦争の二〇三高地攻略で名高い児玉源太郎満州軍総参謀長の曾孫《そうそん》）も同級生だった。彼らに浅黄を加えると、こちらはクラスの悪ガキ連中である。とくに今村は授業中、最前列から教師にあれこれと口出しするうるさい生徒だった。ある日、学校に来てから同級生たちの前で「今朝、電車の中で女の人にMを握られてね」といったことから、以後「M平」と呼ばれることになる。

悪ガキといえば、課外授業で箱根に泊りに行ったときには副島がとんでもないいいたずらを思いついた。夜中、仰向けに寝ている生徒のへその穴に万年筆のスポイトを搾《しぼ》ってインクを入れていったのである。児玉らも加わった。気づいた生徒が大騒ぎし、旅館中が知るところとなった。

こういうときの最大の犠牲者はいつも、級長の辻康文だったひとりである。辻が教師に呼ばれて厳重に注意を受ける。ときには仲間をかばおうとして教師と生徒の板ばさみになることもあった。いたずらをした生徒は自分たちの選んだ級長が代わりに怒られたことを申し訳なく思い、自首してようやく事態が収まるという次第だった。

ふだんはあまり目立たぬ無口でおとなしい生徒なのに、親一も教師によく怒られた。誰かが隠れていたずらをすると、それを知っていてニヤニヤする。そのため、問題の生徒ではなく親一のほうが不真面目《ふまじめ》だと注意を受けてしまうのだった。

こんなこともあった。高師中は学習院と定期的にスポーツの対抗戦を行っていたが、ある年に大敗し、応援団の生徒たちの前で先輩が、本当に申し訳なかったと悔し泣きをした。すると、端のほうで親一がニヤニヤしている。

「おまえ、何がおかしいんだ」

と、先輩が怒鳴った。細い目の童顔ゆえか、普通にしていても笑っているように見えるためだった。ほかの生徒の犠牲になって怒られる辻と、表情から誤解を受けて怒られる親一。妙な親近感から二人はとくに心を通わせるようになった。

勉強は自発的にするのが大事という一見のんびりとした教育方針だったが、そういわれると学習意欲のなかなかわかないのが親一である。自宅で予習復習などまったくしない。一年目はバスケットボール部に入ったが、運動がまったく駄目だったため続かず、あまりからだを動かさなくてもよさそうだからと二年目からは射撃部に入部したところ、これが予想外におもしろくて熱中した。射撃部の先輩にはのちに作曲家となる芥川也寸志《あくたがわやすし》や小説家の中井英夫、二年下には弟の協一とその同級生で文芸評論家になる村松剛《たけし》がいた。

親一は、家に帰れば相変わらず江戸川乱歩の探偵小説を読み、読みつくすと今度は谷崎潤一郎に夢中になった。醍醐は、「絶対に人を殺さないのがいいんだ」と『怪人二十面相』を親一から勧められたことを記憶している。逆に、親一のほうは醍醐からクラシック音楽を紹介され、小石川区高田老松町の醍醐家を訪れると必ず手回しの蓄音機でシンフォニーを聴いた。そのうち、星家にも蓄音機がやってくると、軍国歌謡「露営の歌」のレコードを初めて買った。ブルーノ・ワルター、トスカニーニ、フルトヴェングラーといった三大巨匠の指揮による演奏にふれたのもこのころである。

「猛勉強しても駄目な人、たいして勉強していないのに成績のいい人がいますが、星は後者でした。授業はたいていい半分うつらうつらしながら聞いているのに、誰も答えられない質問にふらふらあっと手を挙げて、突然、正解を答えるような頭の良さがあった」と醍醐はいう。

越智も、親一の秀でたところは集中力にあったと語る。

「星は黙って考えている時間が長い。これは学者だったおじいさんの資質を受け継いだからではないでしょうか。ぼくは次々とひらめいて、悪くいえば考えることが移って広がっていくんですけど、星は集中して掘り下げる」

そうはいっても、天性の頭の良さに頼るだけでは長続きしない。二年に進級してまもなく行われた化学の試験で、とんでもない落第点をとった。なにごともひょうひょうと受け流す親一であったが、このときばかりは落第するぐらいなら死んだほうがましとまで思いつめた。そこで心機一転、化学の教科書を一年のものから読み直し、わからないところはわかるようになるまで必死に考えた。すると次の試験では頭がすっきりと整理されて高得点をとり、その後はずっと理系課目が得意になるのである。

相変わらず駄目なのが、作文だった。陸軍予科士官学校で作文の教授嘱託をしていた担任の鎌田は、毎週書かせることで生徒がだんだん表現力を身につけ、うまくなることを知っていた。そこで高師中でも、毎週課題を与えて提出させ、翌週には寸評を書き込んで生徒に返し、授業では全般について講評した。

学年でもっとも作文の成績が良かったのが、のちに新聞記者・国文学者となる槌田《つちだ》満文《みつふみ》クラスが違い、当時はほとんど親交がなかったが、槌田の読書家ぶりは有名で、父兄会のときに親が、「うちの息子は食事中にも本を読んでいて、いうことを聞かないんです。小学生のときからずっとそんなで困っているんです」と嘆くほどだった。

一方、親一の作文には、「子の思想幼稚なり」「多くの書物を読め。思想をつくれ」と、たびたび鎌田の朱が入った。鎌田は、しかし、今では自分の考えが間違っていたのではないかと思っている。

「星君の作文には日本語として少しおかしいところがあって、軟派というわけではないけれど、どこか子供っぽい。今考えれば、あれはアメリカの影響だったんでしょうな。そういうことをあのときのぼくは考えてもみなかった。見る目がなかったと思います」

鎌田が自分の見る目がなかったと語るのは、親一が作家になったことばかりではなく、後年明かされたひとつのエピソードも影響しているのかもしれない。優秀な作文があれば複写して全員に配り、鎌田が解説を加えていたのだが、ある日、今村昌平が書いたものがあまりに素晴らしかったので配布して絶賛したところ、これが某作家の盗作だった。今村はまんまと教師と同級生をだましおおせたわけだ。ところが、ひとり、今村のいたずらに気づいてニヤニヤしていたのが親一だった。親一はそのときはいわなかった。明かされたのは数十年後、作家になってからの「新一」が週刊誌上で、「国語の先生なんてちょろいものだ。今村君の盗作の文章を模範文としてプリントまでして褒め称《たた》えたことがある」と暴露したのである。

　星一が海外から取り寄せる雑誌や新聞を親一が読んでいたかはわからないが、ほかの生徒以上にごく自然に接していたことは間違いないだろう。祖母が翻訳者だから、海外文学にも囲まれていた。鎌田の指摘するように、二十代から三十代をアメリカで過ごした父親の発想法とライフスタイルから受けた影響も大きかったろう。

　もっとも、親一の作文に直接的な影響を与えた本はもっと身近にあったようだ。小学校から愛読していたのは江戸川乱歩の探偵小説や「少年講談」、海野十三や山中峯太郎の軍事冒険小説であり、中学に入ってからは『楚人冠《そじんかん》全集』である。杉村楚人冠の全集が家にあったのは、星一が杉村と交友があったためで、朝日新聞記者時代に杉村廣太郎の筆名で書いた論説と取材記事をまとめた『新聞記事回顧』や、戦時通信員としてヨーロッパに派遣されていた時の記事などを集めた『戦に使して　越後記《えちごき》　ひとみの旅』、とくに関東大震災後に転居した千葉県我孫子町《あびこまち》手賀沼のほとりの農村の生活を綴《つづ》った『湖畔吟』は何度も繰り返し読んで親しんだ。

見た風景、出会った人々、交わした会話、場の雰囲気に至るまで、感情を極力抑えながら、そして時折ユーモアも交えながら、やさしくわかりやすい言葉で淡々と、簡潔に杉村は書く。それでいて、読む者の心にはいつのまにか著者の思いがするりとすべり込んでいる。その絶妙さに親一は強く引かれた。

イギリスのイートン校をモデルとした高師中には、同窓会会則第一条に「進取的かつリベラルな伝統を尊び」とあるように、権威主義に屈しないリベラルの精神があった。

桐《きり》の校章にちなみ校友会は桐蔭会《とういんかい》と呼ばれ、全国の中学に一斉に報国会ができた昭和十六年からは桐蔭報国会となり、生徒は体を鍛えるため全員、運動部に所属しなければならなくなった。富士裾《すそ》野や戸山練兵場では歩兵銃を用いる軍事教練が行われていたが、教官は他校に比べて厳しくなかったと卒業生たちは記憶している。この点、生徒たちの親の職業が大いに影響していたようである。

高師中の校風を物語る興味深いエピソードがある。昭和十三、四年のころ、陸軍大将で当時文部大臣だった荒木貞夫が高師中を見学したいと要請があった。ただひとつ、困ったことがあった。軍人はみな長靴《ちょうか》を履いており、靴を脱がずにどこでも土足で上がるのが普通だった。しかし、高師中は土足厳禁で生徒には上履きを履かせている。生徒に禁じている以上、大臣でも許すわけにはいかないと考える学校側は、配属将校に、荒木大臣にも靴を脱いでもらうようお願いしてほしいと頼んだ。だが、即座に拒否される。そこで学校は校長室の前に上履きを用意し、その前に「土足厳禁」と大書しておいた。さて、荒木大臣はどうしたか。注意書きに目を留めると立ち止まり、おもむろに長靴を脱いで上履きに履き替えた――。

学校の門を出れば軍事色が濃く、軍部に逆らえなくなっていた時代に、自由主義を徹底していた中学があったことは特筆すべきかもしれない。

もっとも、高師中にも、戦争の影響を直接に受け、親一のような山の手育ちには想像もつかぬ悩みを抱えていた生徒たちはいた。そのひとりが、作文で優秀な成績を修めていた槌田満文である。槌田の家は、浅草橋に祖父の代から続く紋章上絵師《もんしょううわえし》で、父親が上野松坂屋の和服の紋を請け負う職人、母親は染め物や洗い張りをする悉皆業《しっかいぎょう》を営んでいた。昭和十二年七月七日の盧溝橋《ろこうきょう》事件をきっかけに勃発《ぼっぱつ》した日華事変以降、戦況は徐々に商売を圧迫し始めていた。決定的な打撃となったのが、昭和十五年七月六日に発せられた「奢侈《しゃし》品《ひん》等製造販売制限規則」である。豪華な刺繍《ししゅう》を施した着物などがぜいたく品として禁じられたことで紋章の未来を悲観した槌田の父親は息子に家業を継がせることをあきらめた。父親のショックは当然、息子にも伝わる。

そうでなくとも、山の手の生活を知らない槌田は、浅草橋から市電に乗って大塚仲町まで通うとき、湯島の坂を上がるころからまるで異国に来たように街の風景ががらりと変わるため、毎日外国旅行をしているような気がしていた。言葉遣いからして違うのである。下町っ子だけで集まって、「ねえ、君、〜したまえ」などとわざと茶化し、憂《う》さ晴らしすることもたびたびだった。そこに、長年続いた家業の挫《ざ》折《せつ》である。

入学に際しては家庭調査を行い、生徒の家庭環境に大きな差はないと考えられていた高師中といえども、生徒は生徒の目線で厳しい現実に向きあっていた。

だがそれとて、尋常小学校を出ただけで働く者が多かった時代には、ぜいたくな悩みであったかもしれない。

親一は、軍国主義に対して距離を置いて見ているところがあった。残された作文を読むと、当時の少年ならば不思議ではない、大東亜共栄圏を称える内容のものも多い。教師に提出する作文なのだから当然だろう。しかし、内心はというと必ずしもそうではなかった。それをそばで感じていたのが同級生の浅黄である。ある日、部活の軍隊式の厳しい規律に関して議論になったとき、それまでずっと黙って話を聞いていた親一が突然、「それは、おかしいよ」とひとり客観的で冷静な意見を述べた。浅黄は、ずいぶん冷めていやがるな、と思ったという。みなが侃々諤々《かんかんがくがく》いい合って、議論が白熱しているときに、「だけど、〜だよね」と、予期せぬ方向から違う見方を提示して周囲をはっとさせる。これはほかの友人たちも指摘する親一の一面だった。星一が親一に教えた発想法が、親一にも浸透し始めていた。

親一が射撃部に入部したのも、他人とは違う親一なりの遠大な計画があったためだ。中学二年のころから右眼だけ近視になりかけたことに気づいた親一は、徴兵検査で不合格になることを思い立ち、読書の際に右眼だけを本に近づけてさらに酷使した。兵隊が嫌いというわけではないが、団体生活が苦手で、規律に縛られることがたまらなくいやだったのだ。案の定、右眼はみるみる悪くなった。実弾射撃では右眼を閉じて左眼で的を狙《ねら》うので支障はなく、内心を教官に悟られることもなかった。あとは、徴兵検査で不合格になれば、万事成功である。

中学三年のときに書いた「鍛錬」という作文からは、親一の胸の内を垣間見る《かいまみ》ことができる。

僕は鍛錬といふ言葉がきらひだ。

「鍛錬をせよ」との言葉を聞くとあゝ又かといふ気になる。鍛錬とは自分でする所に鍛錬の意義がある。何も人に強ひなくてもよささうなものだに。又人が自分はいかにもよく鍛錬をしてゐるぞとえらさうに語るのを聞くのもいやだ。（中略）

金属のやうに強くする。といふのならよい。しかし本来の強い響を失つてしまつて一時間の遊びも鍛錬。一寸《ちよつと》した体操も鍛錬。だいぶねうちが下つた。今に食事も鍛錬。字をかくのも鍛錬か。こんなに安価に使はれてはかなふまい。ならぬ鍛錬するが鍛錬とはいへまいか。

「体と心を強くする」ならば「体と心を強くする」といへばよい。いくら短いのがよい現代だといつても四字にちぢめて「心身鍛錬」とされてはいやだ。「体と心を強くする」といつたやうな美しい響を持つ古代から使はれた大和言葉が次第に消えてごつ〳〵した漢語が使はれるやうになるのはこの上なく淋《さび》しい。

鎌田は、『『鍛錬』といふ言葉の語感から云々《うんぬん》してゐるだけでは物足りなく思ふ」が「最後の言葉も大変よい事を言ってゐる」、たとえば国語について、といった題で「一文をものして貰《もら》ひたい」と朱筆している。読む人と場所次第ではお咎《とが》めを受ける内容かもしれないが、個性を尊重し、伸び伸び育てることを指針とする高師中だったからこそ、親一のような生徒の着眼点も尊重し、さらに思考を深めるよう指導できたのだろう。

しかし、親一がこの作文を書いた昭和十六年の末には、高師中でも抗《あらが》うことのできない時代の荒波が押し寄せる。

「臨時ニュースを申し上げます。臨時ニュースを申し上げます。大本営陸海軍部、午前六時発表。帝国陸海軍は本八日未明、西太平洋においてアメリカ、イギリス軍と戦闘状態に入れり……」

十二月八日のラジオは、午前七時の真珠湾攻撃成功の報に続き、マレー半島コタバル上陸、タイ領シンゴラ上陸など、十二本の臨時ニュースを伝えた。

南雲忠一《なぐもちゅういち》中将率いる機動部隊がハワイ真珠湾のアメリカ艦隊を撃沈したという知らせは日本国民を沸き立たせ、士気を鼓舞した。大学や高等専門学校の学生は当初は徴兵が延期されていたが、昭和十六年からは繰り上げ卒業が始まり、大学を出たばかりの若者の入営が始まった。近隣の家の前では連日のように出征軍人が讃《たた》えられ、戦地へ送られていく。そのなかには、兄や親戚《しんせき》もいる。陸軍中尉《ちゅうい》の父をもつ醍醐忠和は、このまま自分たちはだらだらと安穏を貪《むさぼ》っていてよいものかと真剣に悩んだ。学校で自由を謳歌《おうか》していても、彼ら若者を取り巻く状況は違う。祖父や父親の世代は、連合艦隊を率いて日本海海戦に勝利した東郷平八郎元帥《げんすい》や旅順《りよじゅん》港閉塞《へいそく》戦で部下を思いやって敵弾に倒れた広瀬武夫《たけお》少佐ら、日露戦争の英雄を肌身で知る人々である。高師中にも、海軍兵学校や陸軍士官学校への進学を希望する生徒たちが現れた。進むべき道を心に決めた生徒たちに、鎌田は口を酸《す》っぱくして何度も語りかけた。

「いいか、おまえたちは、生活に何の不自由もしていない良家の子弟だ。だが、日本が負ければおまえたちの生活は一変する。おまえたちはひどいめに遭うぞ。それをいつも考えておけ。おまえたちの家も財産も、ふっとんでしまうんだ。自分をしっかりもち、着実に生きていけ」

それは、リベラルな校風の高師中だったからこそ、また戦況を冷静に見極めることのできた鎌田だったからこそ口にすることのできた言葉であり、まもなく出征する日がくるだろう鎌田自身にいい聞かせているようでもあった。

だが、この期《ご》に及んでも親一は、醍醐らとはまったく違うことを考えていた。日米開戦を知って思い立ったのは、これで英語の試験がなくなるから勉強しなくてもいいということだった。予想は見事に的中し、理系課目を集中して勉強したため、中学四年間で高校に進学できるまでの成績を修めることになった。

親一の暮らしには、まだ大きな変化はなかった。むしろ、一家はふだんと変わらぬ生活を心がけていたようにも見える。

東京に初めて米軍機が飛来し爆弾を落とした昭和十七年四月十八日、そして日本軍が初めてアメリカに大敗した六月のミッドウェー海戦以降も、親一は夏には軽井沢の友人の別荘に出かけ、親一の誕生日の九月六日には、星一の車に乗り一家総出で晩翠《ばんすい》軒《けん》へ食事に出かけている。戦争の影は、富士裾野《すその》での射撃訓練や凸版工場へ勤労奉仕に出かけることのほか、祖父、良精《よしきよ》の日記にある「料理ははなはだ粗末」などの記述にわずかに見られる程度だ。

星一は、翼賛選挙と呼ばれた昭和十七年四月の第二十一回総選挙で、大政翼賛運動を推進するためにつくられた選挙運動団体である翼賛政治体制協議会の推薦を受けずに当選していた。大政翼賛会は、昭和十五年十月、第二次近衛《このえ》内閣で政治経済文化ともに戦争遂行のために統制すべく結成された国民統制組織で、「臣道実践、上意下達、下情上通」のスローガンのもと、道府県支部長には知事が就任し、大日本産業報国会や大日本婦人会から、末端では町内会や隣組までが統合された。

当選者は推薦三百八十一名、非推薦八十五名と、全議席の八割が推薦候補というなか、星一が推薦されなかった理由は判然としない。非推薦で当選したのは、ほかに反戦反軍部を説いた三木武夫や斎藤隆夫《たかお》、尾崎行雄らがいるが、星一が三木や斎藤のように反戦を正面から訴えたわけではない。後年、「新一」が星一の郷里に出向いて親族から話を聞いた上で書いた「父と翼賛選挙」など父親に関する随筆には、若いころに米国留学を経験したオールド・リベラリストであったことや官僚との対立が続いていたからではないかとある。

推薦がなくとも星一陣営の応援態勢は万全だった。韓国統監だった伊藤博文に随行したときに知り合ってから交流が続く元首相の廣田弘毅が推薦文を書き、玄洋社の頭山満やのちの社会党委員長、勝間田清一も推薦人に名を連ねた。星製薬は、傷病兵の痛みや恐怖心を軽減させる軍用モルヒネとマラリア治療薬のキニーネを日本軍に卸していたこともあって軍関係者とのつながりは強く、応援演説には、ノモンハン戦を指揮した荻洲立兵《おぎすりゅうへい》陸軍中将が駆けつけ、在郷軍人が集結し、星一を守り立てた。

星一はこのころ、親一だけを連れて強羅に出かけたり、満州から帰国した際には親一に東京駅まで迎えに来させたりしている。四年修了で寄宿制の高等学校に進学することを決めた時期であり、父親として将来についてなんらかのアドバイスをしたかもしれない。ひとつだけわかっているのは、自分も息子も、死ぬようなことは何ひとつ考えていなかったということだ。

先の随筆「おやじ」には、「父が弱音を吐くのを耳にしたことは一度もなかった。家庭で愚痴をこぼす男性はいないだろうが、あせりや憂鬱《ゆううつ》な表情をも見たことがない。(中略)父のこの忍耐心、あるいは楽天的な性格は、アメリカにおいて形成されたものと思う」とある。満州で軍との会合を終えて帰国する際の飛行機が濃霧のため鳥取県の沖合に墜落し、同乗の軍人が何人も溺死《できし》するという大事故に巻き込まれたときも、海を泳いでいるところを漁船に救助された。心配する家族にはこういったという。

「死なないことにきめている」

そんな星一が、自分が死んだらこうしてくれ、ましてや、息子に対して、お国のために戦ってこい、といった話をしたとは考えにくい。「一億円の懸賞金で、全国民から発明を募集すれば、あらゆる問題が一挙に解決する」と国会で提案して場をざわめかせたように、政策や事業に対しては理想主義的だった星一が、息子には現実的になり、過大な期待を押しつけた形跡も見られない。

ただ、星一が特段口にしなくとも、会社の人間や家族は、長男である親一が会社を継ぐことはあたりまえ、戦死してもらったら困ると考えていただろう。「父上の事業と精神を継承して天下の実業家とならん」と親一の将来に期待する星一の友人からの手紙も残っている。

なにより結婚以来、夫をめぐる事件の数々に振り回され耐えてきた母親の精にとっては、星製薬の再建と星一の完全復権こそが最大の願いであり、高齢の夫を親一が一日も早く支えられるようになってほしいと望んでいただろう。誰より、弟や妹とは別に育てられた親一自身が、自分の運命についてうすうす感じとっていたはずである。理系に進学することを決めたのも、医薬系を専攻する心づもりをしていたためだろう。

仲間のうちで、四年修了で理系に進むことを決意したのは、北代禮一郎と親一の二人だった。当時は中学で一定の成績を修めれば四年で受験して高校に進学できたため、クラスでトップを争うほど優秀だった北代は第一高等学校（一高）へ、親一は一高に次ぐエリート校である東京高等学校（東高）に入学した。昭和十八年春のことである。

旧制高校といえば、大正ロマンあふれる自由闊達《かったつ》な校風を想像する。大正十年、ドイツのギムナジウムやイギリスのパブリックスクールをモデルに創設された東高も、自由主義教育を目指す日本初の官立七年校として、尋常科から高等科まで、首都圏の優秀な生徒たちが集う人気校だった。一高、三高などのナンバースクールのほかに、原敬《たかし》内閣の高等教育機関拡張計画に基づいて全国に設置された地名つき高校の一つで、初代校長の湯原元一は、東京音楽学校と東京女子高等師範の校長を務め、欧米の教育事情を視察した経験をもつ。歴史こそ浅いが、東京帝国大学への進学率は八割近くに達し、東大予備校と目されていた（戦後は一高とともに東大教養学部に再編成）。ただし、東大法学部が全盛であるときも、東高からは約半数が理科系に進学し、官僚や政治家を志す生徒は少なかったという。

卒業生には、哲学の串田《くしだ》孫一《まごいち》、社会学の清水幾太郎、数学の矢野健太郎、指揮者の朝比奈隆《あさひなたかし》、ロケット開発の糸川英夫、生物学の八杉龍一、心理学の南博《ひろし》や宮城音弥《おとや》がいる。のちに、宮城音弥が理論物理学者の武谷三男との対談で、近代的で軽快で、鉄より丈夫という意味で卒業生たちを「ジェラルミン派」と呼んだことから、ジェラルミン高校と称されるようになった。宮城によれば、「何から何まで一高のマネばかりする泥くさい、田舎者的精神をわれわれはもっとも軽蔑《けいべつ》した」（篠原央憲《しのはらひさのり》等編『わが青春旧制高校』）とあることから、当初ジェラルミンという言葉には、のちにいわれるような、都会的でスマートだが重量感に乏しいという否定的な意味はなかったと考えられる。

『東京高等学校史』の記述で目を引くのが、「もともと、東高には理科的要素とも呼ぶべきものが存在している」という一文だ。文科系出身者も含め、合理主義的思考方法や態度が特徴的で、これは都会の中産階層の特色でもあり、近代的合理主義が都会の知識階級に発生したものだとある。日中戦争以降は学士の就職難が続いていたことや、左翼化する生徒は文科系に圧倒的に多く、子弟が危険な運動に走らないよう心配した親の勧めもあって、理科系が選ばれる傾向が高まっていた。

旧制高校の教師は帝大出身者が多いが、東高には、高等師範出身の教師たちが多かったことも、教育制度を特色あるものとしていた。戦後はみな東大教養学部の教授陣に横滑りする優秀な教師たちである。

東京中野にある三階建ての校舎に隣接して「大成寮」という寄宿舎があり、入学一年目は全員入寮が義務づけられた。一人一室ベッド付きのモダンな部屋。朝風呂《あさぶろ》に入ることもできた。洗練された寮生活は、寮歌「大成節」に「部屋はアパート西洋造り一目見りゃんせ大成寮を」などと歌われたほどである。

ところが、昭和十五年、文部省が送り込んだ新しい校長、藤原正の着任とともに、東高の雰囲気はがらりと変容する。新人事は、前任の近沢道元校長の引責辞職によるものだった。東高は昭和初期から左翼運動が盛んで、ビラを配布していた生徒が逮捕されて大量退学処分になったり、生徒が籠城《ろうじよう》して警察と対立したりすることもあり、昭和十四年には再び生徒の逮捕者を出していた。「奥日光にスキーに行く」といって行方を断った三人の生徒が、実は、反戦運動を組織しようと満州へ渡っていたのである。結局、目的を果たせずに帰国したところを治安維持法によって特高警察に逮捕された。この事件の責任をとる形で近沢が辞職し、帝大哲学科出のベテラン、藤原がやってきたのである。

藤原の着任と同時に、教務課長や生徒課長などが帝大出身者で占められるようになった。「国策型」といわれた彼らと、自由主義教育を謳歌した時代を知る高等師範出身者との確執が深まり、理科系の募集という戦時要請のために尋常科の募集が中止されると決まったときには、高等師範系の名教師といわれた人々がこれを悲観して去っていった。

親一が入学した昭和十八年は、尋常科の募集が中止されて東高が急速に崩壊に向かう年だった。高等科は三年制だったが、親一の年には二年制に短縮された。理科の定員は八十名に倍増され、それまでは、第一外国語の専攻によって甲類（英語）と乙類（ドイツ語）に分類されていたが、この年からは将来の進学コースによって振り分けられた。甲類が理学部と工学部、乙類が医学部と農学部である。親一は迷わず乙類を選んだ。

「東京高校は陸軍幼年学校である」とうそぶく藤原校長のもと、連日のように軍事教練が行われた。生徒の人数が増えたことで、一学年の生徒の半数が半年間ずつ寮に入ることになり、四人が一部屋に押し込められた。長髪は禁止、寮内では禁酒、禁煙。帽子を脱ぐだけだった礼式は、軍隊式の挙手敬礼に改められた。まもなく、マントと朴歯《ほおば》の下駄までが禁止され、旧制高校特有の雰囲気とはほど遠いものとなった。

入学直後に報じられた山本五十六《いそろく》の死と、それに続くアッツ島守備隊の玉砕は、親一ら若者にも大きな衝撃を与えていた。日本劣勢の暗雲が垂れこめるなか、それでも一年目はかろうじて授業が行われていた。

理科の教師には大きな影響を受けた、と「新一」は随筆に書いている。具体的な氏名は不明だが、化学の小島穎男《ひでお》、植物・細胞化学の天羽《あもう》良司といった、のちに東大など国立大学の教授となる優秀な人々が親一らの指導にあたっているので、彼らを指すのは間違いないだろう。植物の天羽先生の授業はとくに人気があったという。

授業では、顕微鏡を使用する大学レベルの実験も行われ、専門書を読むこともできた。四年修了で高校に進学した親一は授業になかなかついていけず、成績は芳《かんば》しくなかった。なかでも物理とドイツ語にてこずった。物理は、帝大の物理学科を卒業して理化学研究所に勤める従兄《いとこ》の柿内賢信《かきうちよしのぶ》に教えてもらい、ドイツ語は週に一度、高師中からの友人、北代禮一郎と一緒にドイツ人から直接習うようになった。

通っていたのは、神田にある花井法律事務所で、星一の阿片《アヘン》裁判で弁護士を務めた花井卓蔵の息子、花井忠の自邸でもある。花井卓蔵は日比谷焼き討ち事件や大逆事件を担当した弁護士で、明治後期から昭和初期にかけて近代日本の立法事業に大きく関わり、息子の花井忠は東京裁判で廣田弘毅の弁護人を務め、検事総長となる人物である。星製薬が破産宣告を受けたころには、鉄筋コンクリート三階建ての花井法律事務所の三階会議室に星製薬関係者が連日集まり対策会議を開いていた。

花井家とは家族ぐるみの付き合いで、星一や精も出入りしていたが、親一が高校生だったころは、ロシア革命で追われて来日し、ドイツ大使館の依頼で花井家に滞在していたロシア貴族、ハリエット・シュミットの未亡人が滞在していた。正統派のドイツ語を話す婦人で、親一と北代は作文を厳しく指導された。

東高のドイツ語の授業は厳しく、予習してこなかった弁解は通用しなかった。教師の亀尾《かめお》英四郎は、ふだんはおだやかな口調だったが、だからこそ大声で怒鳴られるより迫力があった。さすがの親一もドイツ語の予習だけは欠かすことがなかった。

しかし、勉学に勤《いそ》しむことのできた日々は短かかった。文科理科ともに外国語の授業が減らされ、授業時間が短縮される。浮いた時間はすべて軍事教練や勤労動員にあてられた。もっとも、これは全国の学校はどこも同様である。

イタリアの降伏で日独伊三国同盟の一角が崩れた昭和十八年秋には、東条英機《ひでき》内閣が理工医学と教員養成系以外の学生・生徒の徴兵猶予《ゆうよ》を停止し、満二十歳になった法文科系の学生たちが徴兵されることになった。学徒出陣である。徴兵を忌避して理科系へ転向する者が出る一方、親一の友人の中では、東京女子高等師範附属小学校で一緒だった藤浪光夫が、早くも早稲田高校から出陣した。親一らより四年先輩だったため東高の在学時に重なることはなかったが、戦艦大和の生還者となり『戦艦大和ノ最期《さいご》』を記す吉田満も、この学徒出陣で武山海兵団に入団している。

このころのことは思い出したくなかったのか、親一は、随筆にほとんど書いていない。残念なことに、親一と親しかった生徒を含め、理科乙類二組の同級生の半数以上がすでに故人となっていた。同じ東高の十九回生には読売新聞社社長となる渡邉恒雄《わたなべつねお》がおり、一学年下には氏家齊一郎、のちの日本テレビ社長がいて、二人はここで知り合うことになるが、文科系のクラスにいた二人との交流はほとんどなかった。神宮外苑《がいえん》で学徒壮行会が行われた直後の東高の創立記念祭で、渡邉が中心となり、校長の藤原や体育教師らを生徒が袋叩《ふくろだた》きにするという大事件が起こったときも、親一らはもっぱら見物する側だった。体育教師らが配属将校と一緒になって生徒に過剰な暴力をふるったことへの復讐《ふくしゅう》だったが、徴兵猶予が停止された文科系と、数年の猶予はあった理科系の生徒の間には、同じ時代を生きた者にしかわからない温度差のようなものがあった。

理科系の生徒たちはどうだったのか。親一の同窓生に無作為に手紙を送り、断片的なものでもかまわないので当時の様子を教えていただきたいと依頼したところ、電話と手紙ではあったが数名の方々が応じてくれた。彼らが共通して語ったのが、あのころは不愉快なことばかりだったので思い出したくもない、ということだった。指導教官や配属将校に殴られるのは日常茶飯事。二年になって始まった勤労動員では、常磐線の亀有《かめあり》にある日立製作所亀有工場で、軍管理の下、特殊潜航艇の歯車を作った。朝出と夜出の二組に分かれ、四人ずつのグループで作業にあたる。図面を扱っていたため、鞄《かばん》の中まで所持品をチェックされたという。

「記憶することが違反だったのです」

と、回想するのは、親一の隣のクラス、理科乙類一組にいた桐村《きりむら》二郎である。

「東高には左翼が入っていましたから、いつ特高に踏み込まれるかわからない状況でした。寮の壁などに名前が落書きされていたのですが、今思えば、あの人たちが要注意人物として警察に追われていたのでしょう。図書室で本を読んでいますと、左翼が書き込みをしていて、ぼくたち理系の生徒でも、本屋では得られない情報をずいぶん得たものです。先生や先輩、後輩の関係も寸断されていて、口もきけませんでした。とにかく、旧制高校のロマンを味わう機会はまったくなかったのです」

親一のいた理科乙類二組の同窓会を通じて、動員先での親一の様子を訊《たず》ねてみたところ、「だれも、星が一緒に働いていたという記憶がないのです」という予想外の回答だった。少し調べを進めてみると、それもそのはず、親一は身体検査で胸部要注意となり、倉庫番を命ぜられていた。動員先には女学生も来ていたが、よそ見さえ許されなかった彼らにロマンスが生まれる余裕はない。ましてや、親一の姿など目に入らなかったのは当然だろう。

「新一」は、随筆「澄んだ時代」(『きまぐれ星のメモ』所収)にわずかではあるが、工場通いをしていたころのことを記している。そこには、「熔《と》けた鉄がそばを流れ、重い部品が頭上を動いていたが、だれもけがをしなかった」とある。そんなことはない。飛び散った火の粉で火傷《やけど》する生徒は絶えなかったし、作業を怠っている生徒は容赦なく殴られた。皆と離れて倉庫番をしていた親一もまた、枠に流し込まれる熔けた鉄のオレンジ色ばかりが目に焼き付いて、ほかの生徒のことなど何も見えなくなっていたのではなかろうか。あるいは、心はどこか別の場所をさまよっていたのか。

工場へ出かけるときには必ず本を一冊持っていった。『椿姫《つばきひめ》』『金色夜叉《こんじきやしゃ》』『渋江抽斎《しぶえちゅうさい》』、ゲーテやヘルマン・ヘッセを読んだのもこのころである。家にあった日本や世界の文学全集を片端から読んだ。昭和初期に刊行されブームとなった、定価一冊一円の円本である。難解な内容でもこのときばかりは集中できたためか頭に入った。

タバコも覚えた。父親への配給タバコが入手できたほか、左翼化を防ぐ高校生への懐柔策としてタバコや酒、リンゴなどが特別に配給された高校もあった。

家では毎日、クラシック音楽を聴いた。工場帰りに友人と浅草で映画を見ることもあった。することがないので映画館にはひとりでも頻繁に通った。

神田の映画館に入ると、客が親一だけのこともあった。あるとき、二階席最前列の中央に座って画面を眺めていると、休憩時間に足にゲートルを巻いた国民服姿の男が現れてスピーチを始めた。その日はたまたま大詔奉戴日《たいしょうほうたいび》だった。真珠湾攻撃が行われた十二月八日の日米開戦を記念し、毎月八日に武運長久、戦勝祈願のため神社へ参拝して決意を新たにする日で、開戦詔書がラジオ放送や各学校で奉読されていた。男は、ひとりでも客がいる限りやらないわけにはいかなかったのだろう。照れくさそうにしていたが、親一もまた居心地が悪かった。

映画は後半のきりのいいところで切り上げて外に出た。あのままだれもいない映画館でフィルムが回り続けているのか。そう思うと、親一は異様な気がした。

ここで、親一の人生と交錯するひとりの青年の話をしなければならない。その名は、取材の過程で耳にすることはあったが、事情を直接に知る者はすでにこの世になく、伝聞の伝聞といったようなあいまいな情報しかなかった。なにより親一自身が弟たちを含めて家族に何も語っておらず、書き残してもいなかった。したがって、親一がこの青年と初めて会ったのがいつであるのか、また、どんな言葉を交わしたのかはわからない。

青年の名は、出澤三太《でざわさんた》という。

大正六年十二月二十五日、東京市芝区琴平町生まれ。戸籍謄本《とうほん》には、出生届が提出されたのは翌年の十二月十八日、長野県北佐久《きたさく》郡の出澤喜一郎とサトの長男とあるが、生まれてすぐに東京六本木の医師の家に預けられて成長した。六本木の家から麻布小、麻布中学校に通い、高校からは家を出て、旧制水戸高等学校に通い寮生活をした。

昭和十四年、東京帝国大学経済学部に入学。第一回繰り上げ卒業の年に該当したため、三年の途中で大学を卒業し、昭和十七年二月には臨時召集で東京赤坂に駐留する近衛《このえ》歩兵第三連隊に入営、同期トップの優秀な成績を修め、士官候補生としての日々を送っていた。

私のもつ資料から判断すると、出澤三太と星親一の人生が接近する最初の記述がこの時期にある。その資料とは、出澤が生前、原稿用紙に黒の万年筆で綴《つづ》った直筆の手記だ。そこには、広島県宇品《うじな》にある陸軍船舶司令部、通称 暁《あかつき》部隊に陸軍中尉《ちゅうい》として赴任することが決まり、日本工業倶楽部《クラブ》の一室で、星一と向き会ったときの会話が記されている。

私の出生は秘密であり、私は実母を知らない。東京の連隊を離れて広島に征《ゆ》く時、工業倶楽部の一室で実父とふたりつきりで会つて私は母を教えてくれと懇願した。再びは生きて帰れないからと文字通り人としての最后《さいご》の願ひをしたが、父はにこ〳〵しながら「安心しろ、なまじ知らない方が良い。生きて歸つて来るに定《きま》つてゐるからその時に教えてあげる」と。私は涙を拭《ふ》いて軍人らしく室《へや》を出た。

宇品は日清《につしん》戦争のときに設置された軍需品の輸送・補給の中心基地である。この岸壁から多くの兵士たちが輸送船に乗り込み、中国大陸や南方の島々の戦場に送り込まれた。そして、多くの者が二度と帰還しなかった。だが、常に未来への前進しか考えない星一のこと。なかば想像していた回答だったが、それでも、出澤は涙をこらえることができなかった。

彼、出澤三太は、星一の長男、親一の異母兄であった。

名は星一の父親、喜三太からとられ、誕生日とされた十二月二十五日は星一と同じである。なんらかの事情があって産みの母親の手を離れ、当時は父親の星一もすでに同居する内縁の妻と子供がいたため、よその家に預けられた。星一が実の父親であることは知らされており、少年期から交流はあったようだが、自分の名字がなぜ出澤なのか、母親がだれであるのかについては何も教えてもらえなかった。

出澤が自分の出生についてさらに複雑な事情があることを知ったのは、高校生のときである。戸籍謄本を取り寄せてみて初めて、長野県に戸籍上の両親と妹がいることを知った。ただし、この出澤家の両親のことは何ひとつ知らず、親子関係はもちろん、親戚《しんせき》づきあいをしたこともなかった。

非常なショックであった——。出澤はのちに水戸高時代の友人に語っている。

真実を知りたいと手紙を出してつき合い始めた出澤家のほうも、戸籍上の父親とされる出澤喜一郎は亡《な》くなっており、戸籍が操作された真相はわからぬままだった。

しかし、産みの母親のぬくもりを知らずに育った出澤は、たとえ仮の母親でも夢が叶《かな》えられたように嬉《うれ》しく、長野で暮らすサトを実母のように慕うようになった。サトもまた、もし出澤の存在を知っていれば、娘に婿《むこ》をとることもなかったのにと出澤に告げた。その後しばらく交流は続いたが、出澤が大学一年の秋、体の丈夫ではなかったサトは上京した際に渋谷駅で倒れて病床に伏し、翌春、虎《とら》ノ門《もん》で十日市が開かれた夜、亡くなった。

昼の風鈴死に近き母の爪《つめ》を切る
逝《ゆ》く母に風ぬくき夜の十日市
母は在《おわ》さずやよひ彗星《すいせい》をみて戻る
母の死ぞ西風に向ひて煙草《たばこ》すふ　珊太郎《さんたろう》

俳人・出澤珊太郎としてこれまで見知らぬ母を慕う句を大量に詠《よ》んできた出澤は、このとき初めて、たしかな存在としての母親を詠んだ。

星一には妾《めかけ》の子がいる、という話は星家の周辺でたびたび耳にしていたが、実態はそこから連想されるものとは相当違っていた。出澤が誕生したとき、星一は独身であり、そもそも妾の子ではない。出澤が産みの母親と接したことは一度もなく、星一のほうも、その女性と表だって親交を保ち続けた痕跡《こんせき》はない。星家のもっとも高齢の親族である下山田菊子から、新潟出身の女性らしいという手がかりだけは得られたが、又聞きという程度でそれ以上のことは何もわからなかった。出澤三太というひとりの青年だけがぽつんとこの世に現れ、ひっそりと浮かんでいるようだった。

自分の出生の秘密にふれた出澤三太の文章は、出澤が発行人を務めていた俳句同人誌「海程」に連載していた「わが俳句的遍歴7」のために準備した「死と母のこと」と題する直筆の草稿である。

医師の家に預けられて育った出澤は、ほかの子供たちと同じように扱ってもらえずつらい幼少期を送っていた。そのかわり、肉親のように可愛《かわい》がってくれたのが、六本木のうなぎ屋、「大和田」の店主夫婦である。主人は慶応義塾出身の大変な読書家の俳人であり、その関係で出澤はいつしか俳人の中村草田男《くさたお》と知り合い、声をかけてもらえるようになった。麻布中学在学中から少しずつ俳句を始め、水戸高校に入ると、教師の長谷川朝暮と吉田両耳の協力を得て「水高俳句会」を創設、前後して中村草田男と竹下しづの女《じょ》が指導する「成層圏句会」のメンバーにもなった。成層圏句会は毎月一回、赤坂にある「山の茶屋」という割烹《かっぽう》で開催されていたのだが、この店を紹介したのが出澤である。「山の茶屋」は政治家や官僚、財界人が出入りする高級割烹だが、「大和田」のおかみの実家で、学生たちの会合だからということで割り引いてもらえた。こうした事情を知らない俳句仲間の間には、出澤を「星一」が赤坂芸者に産ませた子」と勘違いし、噂《うわさ》する声もあった。

「海程」は、水戸高時代の一年後輩で親友の金子兜太《とうた》が昭和三十七年四月に創刊し、出澤は発行人として参加した。水戸高時代に出澤の誘いで俳句の世界に入った金子とは、お互いを「三ちゃん」「兜ちゃん」と呼びあう仲。金子は、出澤の優れた才能に賛辞を寄せる。

「水戸高時代の三ちゃんは、長い髪の毛で、眼鏡をかけて、口を小さくして下向いてヒョコヒョコ歩くんですよ。その姿がどこかさみしそうでした。盆や正月も東京の実家になかなか帰りたがらなくてね。みんなが帰省してがらんとなった暁鐘寮《ぎょうしょうりょう》に、ひとり残っていた。ぼくは小林一茶や山頭火や放哉《ほうさい》に関心があったので、漂泊者のような三ちゃんに引かれました。人に関心がないというか、唯我《ゆいが》独尊。あいつはやさしいとか、きついとかいって、人を選別することはない。気に入ったものに親しみは感じるが、気に入らないことには特に嫌悪《けんお》感《かん》を示すこともない。ほかのことは気にしない人間でした」

出澤はどんな課目も優秀だったが、特に英語の成績が抜きん出ていた。原書を読んで訳す課題を与えたところすらすらとやってのけたので、教師がおまえはもう授業に出なくてもいいというと、本当に次から出席しなくなったという。同級生たちが気を利《き》かせて順繰りに代返し、それを教師も承知だったため落第はしなかった。スポーツも万能、出澤の所属したバスケットボール部は全国でも強豪校のひとつだった。

金子は、出澤が大学に進むとき、なぜ文学ではなく経済の道を選ぶのかと訊ねている。そのときの出澤の返事を正確に記憶しているわけではないが、父親のように企業経営をやりたいという熱情が仄《ほの》見《み》えたらしい。東京帝国大学卒業直前には、同盟通信社の内定を断り、満州電信電話株式会社（満州電電）に就職を決めている。先の草稿には、「満州星製薬があつたこともあつてふらふらあと決めた」とある。朝鮮には星製薬の一手販売業者の星光《せいこう》商会がすでに稼働《かどう》しており、満州には工場を設立する準備が進められていたため、自分が近い将来、どちらかを任される可能性があると考えていたのかもしれない。だが、大学卒業後すぐに臨時召集されたのは先述したとおりである。

出澤が星一に母親の名を訊ねた日本工業倶楽部は、六十年以上が過ぎた今も東京駅丸の内出口から数分のところにある。

平成十五年に建て替えられたが、重厚な古典的な様式のなかに幾何学的構成のゼツェッシオンという近代的な様式を採り入れた建物は、その建築史的価値もあり保存再現されている。玄関を入ってすぐ、左右両側から対称的に二階に上がる大理石の階段も当時のままである。床と階段には、赤を基調とする刺繡《ししゅう》の施された絨毯《じゅうたん》が敷き詰められており、階段を一段一段踏みしめるたび絨毯を固定している足元の金の留め具が目に入る。ゲートルを足に巻いた軍服姿の出澤はこの階段をどんな気持ちで上がっていったのだろうか。二人きりで向きあったのだから、ラウンジのように人が集う場所ではなく会館で最も小さい十坪程度の談話室だろう。星一は息子から会いたいという連絡があったときにその趣旨を察し、この部屋をおさえたのか。一族で良精の喜寿を祝った大食堂とは異なり、照明はシャンデリアだが天井は低く、他の部屋に比べると装飾も控えめである。

互いの声しか耳に入らない狭い空間に、父と子がいた。

夏のビル昏《くら》し征《ゆ》く子に父と宣《のたま》え　珊太郎

当時、親一が出澤の存在を知っていたかどうか、二人が直接顔を合わせていたかどうかはわからない。有力な政治家や実業家であれば、よそに子供がいてもおかしくはない時代である。あるいは知っていたかもしれない。だが、二人の出会いを確認できるのは、精と長男の親一だけは、もう少し後になってからである。

満州のハルビンに工場ができた昭和十八年春、星製薬は、軍の命令で東洋一といわれたキニーネ製造装置を強制的に供出させられた。星規那産業株式会社の全従業員は以後、ジャワ島で始まった軍のキニーネ生産に派遣され、南方戦線でマラリアに罹患《りかん》した兵士たちの治療に貢献した。

阿片《アヘン》事件で失墜した星一が復活を賭《か》けた台湾のキナ事業が、国策の名のもとに一瞬にして奪われたことは会社にとって甚大《じんだい》な被害となったが、星一は、「これからは台湾ではなく満州だ」と即刻方針を切り換え、大崎（現在の西五反田）の工場にあったドイツ製の最新機械もほとんど満州に送った。がらんどうとなった工場を見た本家の星昭光は、会社の損害の大きさを直感したが、星一の、災いも一瞬にして好機とみなす持ち前の楽天主義は、満州を新天地とした。満州の工場を「人民救済のための工場だ」と呼び、胃腸薬や食用酒、代用食品の生産を目指した。ひとつの選択肢がつぶされても次を探し、即座に行動する。大言壮語といわれようが、山師と嘲弄《ちょうろう》されようが、それが星一のやり方であった。

昭和十八年元旦《がんたん》付の社報には「長期連続決戦と健康増強　協力強化・模範的実行者

たれ」と題し、星一が政府に提案した「人的作戦」の概要が掲載されている。産めよ増やせよの大号令がかけられていた当時、てっとり早い人口増加策として、「一、死ぬことを延期せよ。二、病気になることを止《や》めよ。三、幾ら働いても草臥《くたび》れない健体になれ」を挙げている。そのためにも、ひとり年平均十円の薬を服用し、病気を事前に予防することを説く。日本に止《とど》まらず、「朝鮮、満州など大東亜共栄圏に供給し、更に同盟国、中立国にも、また中立国を通して世界中の人に薬を供給」することを視野に入れ、国内の供給額が七億五千万円ならば、倍の十五億円を目標にせよ、日本は海に囲まれた国であるから、海産物に医薬資源を求めることも重要だ、といった提案も掲げた。

「國の為《ため》には血を流せ！　國の為には涙を流せ！　國の為には汗を流せ！　國の為は我が為、人の為、子孫の為、大東亜の為、世界の為だ」

昭和十八年十二月十五日付社報の最終ページの最下段に掲載されたホシ胃腸薬の広告コピーである。この号を最後に三年間、社報は発行されていない。

星製薬の満州進出について、特に昭和十九年から終戦までは、ほとんど資料が見あたらない。大正末期から昭和初期にかけての阿片裁判とその後の破産宣告、強制和議、人員削減、キナ事業の軍事徴用といった紆余《うよ》曲折を経る中で星製薬が大きく衰退したことは否《いな》めないが、星一は再起を期して昭和九年ころから頻繁に満州に出かけている。

中国における日本の阿片戦略（中国人に阿片を密売し軍や政府の運営資金とした、いわゆる毒化政策）と星製薬の関連について今のところ入手し得た資料によれば、政府や軍の関係者及び「阿片王」と呼ばれた宏済善堂の里見甫《はじめ》と面識があったのはたしかである。ただし、それは大正時代の全盛期に中国市場に進出しようとした経緯をみればなんら不思議ではなく、それだけで星製薬が中国の阿片戦略に関与したことを証明するものではない。

現在、国会図書館が所蔵する米国立公文書館の占領期関連資料のうち、ＧＨＱが中国における日本の阿片戦略を調査した文書に記載されている原料阿片の所有者は武田薬品工業、大日本製薬、三共であり、星製薬の名はない。星製薬は終戦直後にＧＨＱの査察を受け、星薬学専門学校が第八軍の宿舎として接収されるが、そのとき作成された星製薬関係の文書にも阿片戦略関連の記載はなかった。だからといって、星製薬が関与していないことを結論づけるわけにもいかないが、ここでは満州についてこれまでの取材で知り得た範囲で記述していく。

親一の弟、協一は満州を訪問している。東京高等師範附属中学を卒業後、舞鶴《まいづる》にある海軍機関学校へ入学することが決まったとき、昭和十九年の秋に星一に連れられて満州各地を旅した。協一はこのとき、かぞえ十七歳。翌春、機関学校に入学すればやがて潜水艦に乗船することになるかもしれない。戦地へ発《た》つ前に、父親として息子に伝えたいことがあったのだろうか。

新潟から船で現在の北朝鮮とロシアの国境の町に渡り、そこから汽車で満州の首都、新京（現・長春）に向かった。新京では大和ホテルに宿泊し、満州映画協会理事長だった甘粕正彦《あまかすまさひこ》にも紹介され、父親の知人が日本料理屋に大勢集まった会合で満州関係者に挨拶《あいさつ》をした。関東大震災の直後、憲兵大尉《たいい》だった甘粕は無政府主義者の大杉栄と伊藤野枝とその幼い甥《おい》を逮捕、殺害して古井戸に投げ落としたと報じられたことから、残虐《ざんぎゃく》非道というイメージをもたれていたが、実際に会った協一には、事件から想像していたものとはまったく違う、非常に穏和で落ち着きのある人物に見えたという。

この会合には、星一の旧友で満映理事の根岸寛一《かんいち》もいたと思われるが、協一ははっきりと記憶していない。根岸は、マキノ満男と日活多摩川撮影所時代を築いた根っからの映画人で、星一は、小学生の親一たちを多摩川の日活撮影所に連れて行き根岸に紹介している。内田吐夢《とむ》監督の「人生劇場・青春編」や「土」などの名作を製作したプロデューサーで、昭和十三年には日活を退いて満映理事となり、戦後は星一亡《な》きあとの親一の人生に深い関わりをもつことになる。

星製薬の工場はハルビンにあり、協一は芋を発酵させて合成酒を製造する様子を見学した。満州ではぶどう栽培も手がけていたようである。

「満州の広々とした土地をしっかり見ておけということだったと思います。将来の心配などまったくしていませんでした。今、このときにもっと何かできることはないか、自分の好きなことを一生懸命やろうと。それしか考えていませんでした。そんなことだから、(会社を)つぶしちゃったのでしょうが……」

本家の星昭光は、この戦争末期から終戦直後にかけての経営判断の誤りが戦後、急速に星製薬が衰退する大きな引き金になっていったとみている。昭和四年生まれの昭光は、獣医師を目指して戦後まもなく麻布獣医科大学に入学するが、その際、星一に学費を援助してもらった。星一の援助を受けた最後の人間である。当時の状況を直接に知る昭光によれば、軍部の要請でキニーネ事業を供出させられたことも大きな痛手だったが、星一は、製薬会社であればその時点ですぐに手がけるべきであった研究を重視しなかったというのである。

その研究とは、昭和十八年十二月、陸軍軍医学校のある軍医少佐がドイツから送られてきた医学雑誌「臨床週報」(一九四三年八月七日号)の論文に目を留めたことから研究がスタートした日本の碧素《へきそ》、すなわちペニシリンの開発である。論文は、ベルリン大学薬理学教室のマンフレッド・キーゼが執筆した「カビ、細菌より得られた抗菌性物質による化学療法について」で、そこには、ペニシリンが肺炎や敗血症を引き起こす肺炎双球菌やブドウ球菌、連鎖球菌や、破傷風やガス壊疽《えそ》を引き起こすグラム陽性嫌気性細菌などの発育を防止する能力をもつとあった。一般の日本人が初めてペニシリンを知ったのは、イギリスの首相チャーチルの肺炎がペニシリンで治ったことを伝えた昭和十九年一月二十七日付朝日新聞ブエノスアイレス発の記事である。これはのちにペニシリンではなくズルフォンアミドの誤報だったことがわかるが、軍関係者はこの外電に大きな衝撃を受けた。

この間の経緯を昭和五十年代に取材した角田房子著『碧素《ちゆうすう》・日本ペニシリン物語』によれば、第一回ペニシリン委員会が軍衛生機関の中枢である陸軍軍医学校で開催されたのは、昭和十九年二月一日。メンバーには、のちに親一の指導教官となる東京帝国大学農学部の坂口謹一郎や朝井勇宣《としのぶ》、岩田植物生理化学研究所の柴田桂太《しばたけいた》、伝染病研究所所長の田宮猛雄《たけお》や細谷省吾《しょうご》、梅沢浜夫といった医薬農理の第一人者が集められた。軍医学校の防疫《ぼうえき》研究室は七三一部隊の管轄《かんかつ》だったため、会合には細菌戦で知られる石井四郎軍医少将(当時)の姿もあり、ペニシリンに大きな関心を示したことが記されている。

大量生産を行うために三共や帝国社臓器薬研究所といった企業に打診されたが、結局、試験生産は森永乳業、次に萬有《ばんゆう》製薬が乗り出すことになった。中国では北京《ペキン》の軍医らが、天津《てんしん》にあるわかもとの工場で生産を始めようとしていた。

日本がペニシリン研究を行っていることが公表されたのは、昭和十九年十一月十六日である。翌日の全国紙は「冠絶せる万能薬　大量生産にわが軍陣医学の凱歌《がいか》」(毎日)、「肺炎　敗血症忽《たちま》ち治癒　驚異の薬二つ　敵米英を遥《はる》かに凌《しの》ぐ大戦果」(読売)と報じた。この時期の研究開発競争が戦後の抗生物質研究ブームにつながり、親一も大学ではその道へ進むことになるのだが、星一がペニシリンに食指を動かすことはなかった。

「土からとるカビなんて薬じゃないといって、ペニシリンはやらなかったのです。明治や三共は手がけていたのに、それがいけなかったんだと思います」

星昭光は、星製薬が所有するペルーのツルマヨ地区の土地で農業を支える獣医として派遣される予定だった。医学的な知識をもつ星昭光の指摘は的確なものであろう。

このほか、陸軍軍医学校の防疫研究室で進められていた世界最先端といわれる生物兵器や毒ガスの研究については、大正十三年にドイツ大統領エーベルトの特使としてフリッツ・ハーバーが来日した際、星一は、空中窒素固定法とともに毒ガスの開発者でもあったハーバーと軍との仲介を行ったが、その後、星製薬が毒ガス製造に携わった形跡はない。人道に反するとして協力を拒否したという証言もある。これらの成果もやがて抗がん剤の開発につながるものだが、人を殺す薬は作らない、それが星一の哲学であり、しかし、皮肉にも星製薬が戦後、衰退していく大きな要因となるのである。

昭和十九年、サイパン島陥落が報じられ、アメリカ軍による本土空襲の可能性が高まったころ、小金井良精が八十七年の生涯を閉じた。十月十六日、妻の喜美子や子や孫たちに看取《みと》られての大往生だった。

「祖父は一番いいときに亡くなりました。あのあとが大変でしたから」

小金井純子は、良精の死を境に曙町の景色が一変したと記憶している。親一もまた、同じ思いでいたようだ。十月二十五日にはフィリピンのレイテ沖海戦で連合艦隊が壊滅、十一月二十四日には東京に空襲があり、家は焼失をまぬかれたものの、延焼防止のためにベルト状に空地をつくる必要から取り壊しを命じられた。

まもなく、親一も本籍地の福島県で徴兵検査を受ける。第一乙種合格、近視で不合格になろうという中学以来の遠大な計画はあえなく潰《つい》えた。理系で徴兵猶予《ゆうよ》となったが、勤労動員の日々は続いた。高師中時代の友人たちとは毎週のように行き来していたが、一高の文科へ進んだ副島有年が入営するという知らせを受けた。

不思議なことに、送別会で会った友人たちはみな笑っていた。親一も笑った。空腹さえ笑いのネタになった。感情を押し殺して顔だけ笑っているというのではない。悲壮感はない。カラカラとした透明な笑いとでもいうのか。いまさらじたばたしてもどうしようもないことを誰もが知っていたから、感情も乾いていたのかもしれない。

曙町の住人に強制疎開《そかい》の命令が下ったのは、隅田川沿岸を中心とする下町一帯が焦土と化し、十万人近い人々が犠牲となった昭和二十年三月十日の大空襲から十日を経た、三月二十日である。星製薬に近い荏原《えばら》区（現・品川区）平塚にあった二階建て家屋の持ち主が家を手放すことになり、転居が決まった。良精の蔵書は大学に寄贈し、アップライトのピアノは人に預け、家財道具や思い出の品は平塚の家に運びこんだ。

ただし、この地域も決して安全ではなかった。昭和十九年十一月の空襲以来、軍用医薬品を生産しているとみなされていた星製薬の工場は標的となっており、激しい爆撃を受けていた。三月二十五日の空襲では中野の東京高校も全焼した。

親一の高校生活二年間は慌《あわ》ただしく過ぎ去った。学校の推薦で成績の優秀な人間から志望校を選べることになっており、東京帝国大学農学部に無試験で入学できることになったが、学科の選考結果が発表される日も動員に出ていたため、代わりに協一が農芸化学科への合格を確認している。協一はその後、海軍機関学校（昭和十九年十月より海軍兵学校舞鶴分校に改称）のある舞鶴に発った。

四月一日、米軍が沖縄本島に上陸。四月七日、沖縄特攻に発った戦艦大和が鹿児島県坊ノ岬沖で米軍の攻撃を受けて沈没。本土は東京、大阪、名古屋、神戸など主要都市に続き、全国の地方都市に対する空襲の危険性が高まっていた。

それでも、大学では授業が始まった。帝大が近かった曙町の家とは違い、平塚からだと電車を利用しなければならない。品川から省線（現在のＪＲ）で神田まで行き、神田で都電に乗り換えて本郷に通うのが最短ルートだったが、空襲で都電が不通になったため、上野駅まで省線に乗ってそこから本郷まで歩いた。

上野駅から農学部に行く場合は、上野公園の中を通り抜けるのが一番の近道である。山は桜が満開だった。

四月十三日から十五日にかけての東京大空襲は、白山《はくさん》から巣鴨《すがも》一帯までを焼け野原にした。曙町の家も取り壊される前に焼夷弾《しょういだん》によって全焼した。植木も芝生も、あたりはすべて灰燼《かいじん》に帰した。

大学は破壊をまぬかれていたため、この春に入学した農芸化学科の学生六十名は、こんなときだからこそと時間をかけても大学にやってきた。

「アルカロイドという語の響きに魅せられて、この分野に進みました」

有機化学の後藤格次教授が講義のはじめに学生たちを見渡しながらいった言葉に、親一は強い印象を受けた。梅毒の治療薬として知られていたサルバルサンの合成に関する研究や、鎮痛と消炎作用をもつオオツヅラフジ由来のアルカロイド、シノメニンの研究など、後藤の代表的な研究についての講義が始まった。だが、器具は山梨など地方の大学に疎開させていたため、実験がまったくできない。文科系の学生は出征していたので彼らの状況を想像すれば落ち着いて講義を受けられる心境でもなかった。夜は焼夷弾、昼間は艦載機が現れ、空襲警報が鳴るたびに教授と学生たちは地下の防空壕《ぼうくうごう》に退避して警報解除を待った。

五月二十四日から二十五日にかけての大空襲で、東京はその五〇・八パーセントが焼失した。渋谷一帯をはじめ山の手の広い地域が停電、断水した。

六月三日から四日にかけて、複数ある終戦工作のうちのひとつ、ソ連を仲介として米英との講和を行おうとした元首相の廣田弘毅とソ連のマリク駐日大使の終戦工作が外務省主導で行われた。ソ連大使館が強羅ホテルに疎開していたため、ホテルに隣接する星一の別荘に廣田が疎開でやってきたように演出し、偶然を装《よそお》って交渉のきっかけをつくったといわれている。交渉はその後、東京麻布のソ連大使館に舞台を移して続く。

舞鶴にいた協一は、この終戦工作について精からの手紙で知った。もちろん具体的な内容に言及されているわけではなく、星山荘に廣田が疎開して和平交渉にあたっていることを匂《にお》わす程度だったが、協一はこのとき終戦が近づいていることを感じとった。無駄死はするな。星一が精を通じて息子にそう伝えようとしたのだろうか。

六月二十三日、甚大《じんだい》な犠牲者を生み、沖縄が陥落。

六月二十九日、廣田・マリク交渉、奏功せず終了。

大学では、連合国軍の本土上陸を想定した軍事訓練が頻繁に行われた。戦車のキャタピラーに爆弾を抱えて飛び込んだり、竹槍《たけやり》で突いたりする練習である。到底、勝てる見込みはない。学生の間にはそんな諦念《ていねん》がますます広がっていた。いや、東京上空に初めてB29が姿を現した日からすでに、日本の科学技術がはるかに及ばないことはわかっていた。

　農村の勤労者が出征したり戦死したりして不足していたため、理科系の学生たちは農村へ勤労奉仕にも出かけた。農芸化学科の同級生、田淵武士《たぶちたけし》によれば、群馬県の利《と》根川《ねがわ》沿いの寺に宿泊し、三人ずつに分かれて田植えなどの農作業を手伝ったという。田淵は親一と同じチームだった。

「都会育ちですから農村の暮らしなんか知らないでしょう。戦後まもなく、村八分のことが書かれた本を読んで驚きました。都会の人はそんなことも知らなかったのです。ぼくたちが行った村には、一町歩の土地をもつ家が二軒あったんです。大変な地主で、農地解放の前ですのでまだ小作人を使っていました。食糧なんてないときなのに、最初にうかがった家で蕎麦《そば》を打ってくれましてね。うまかったと礼をいったら、どこへ行っても手打ち蕎麦を出してくれて、かえって悪かったですね。農村とはこういうものかと初めて知りました。散歩をしていると寺がたくさんあって、墓地には日露戦争を戦った人々や今次大戦の兵士の立派な墓もある。跡取りが死んで、家族にも村にも痛手があったということです。彼らにとっては切実だということがわかりました。星君もそういうのを見て感じることはあっただろうと思います」

このとき、田淵は村の人たちに、親一を星製薬の御曹司だと紹介した。全国津々浦々にホシチェーンが展開され、ホシ胃腸薬の赤いブリキの看板が至るところに掲げられていた時代である。抜群の知名度があったため、農民たちは驚いた。帝大生、しかも、背が高く色の白い紅顔の美男子だ。まるで、天子様が下りてきたみたいな騒ぎだったという。

親一が勤労奉仕先から「星一先生他家族一同様」宛《あ》てに送った葉書が残っている。消印は昭和二十年七月十四日、住所は「群馬県佐波《さわ》郡名和村大字柴《しば》来福寺」とある。

前略　帰るのは二十日になり相である。田植をしてゐる。毎日うどんとジャガイモを腹一杯食べて居《お》ります。桃も食べました。四日に場所が変つて今は寺に住んでゐます。朝などは赤城山、榛名《はるな》、浅間、妙義などの山々が見えます。利根川も近くでとても冷い。大して暑くないので楽であります。いろいろ食べすぎて胃腸薬を食べてしま《ママ》した。白米の飯である。では皆様お元気でお過し下さい。

親一らが東京に戻るとまもなく、ポツダム宣言が公表され、七月二十八日付の朝日新聞はポツダム宣言の降伏条件を示した後、日本政府がこれを「黙殺」したと報じた。

八月六日、「特殊爆弾」が広島に、続いて九日、長崎に落とされたという情報は、親一ら帝大の学生たちの耳にも入った。講義の遅れを取り戻すため、夏期休暇返上でみな大学に通って勉強していた。広島出身の同級生たちはなんとしても帰ろうと東京駅に並んだが、なかなか切符が入手できない。ようやく彼らが故郷にたどり着いたのは、終戦の詔勅を聞いた後だった。

八月八日、ソ連が日ソ中立条約を破棄し、宣戦布告。満州に侵攻した。

満州国国務院総務庁参事官だった武藤富男の手記『満洲《まんしゆう》国の断面』によれば、星一はこのとき新京にいて甘粕正彦と接触していたことがわかっている。後年「新一」が発表した二つの星一の評伝（幼年期から阿片《アヘン》裁判終結まで）には、星一がたんなる事業家ではなく、政治家や軍人らの人間関係をつなぐ機敏な媒介者でもあったことが描かれているが、ここにもそんな片鱗《へんりん》をうかがわせる記述がある。

ソ連侵攻で自決を決意した甘粕は、新京市長公館で開かれた諮議会《しぎかい》（市会）で、関東軍が去って武器をもたない状況で防戦して一般民を犠牲にするのは間違いであるとして玉砕に反対する発言をした。その翌日、八月十四日午前中のことである。甘粕の自動車が忠霊塔のそばを走っていたとき、ちょうど星一が最後の日本行き飛行機に乗るために飛行場まで馬車で駆けつけるところだった。甘粕は星一を呼び止めると、東条内閣の陸軍次官をしていた富永《とみなが》恭次中将に渡すようにと、もっていたウイスキー一瓶を星に託した。瓶には、「お先に失敬 甘粕」という紙が巻き付けてあったという。

星一は終戦の前日、満州におけるすべてを整理、廃棄して帰国した。先述したように、星製薬の満州における足跡がわかる資料は今のところ見当たらない。

八月十五日午後――。

親一は、小石川区丸山町、現在の千石三丁目にある北代禮一郎の家を訪れた。北代も親一と同じこの春に東京帝国大学第二工学部に入学していたが、七月末に法定伝染病のジフテリアに罹患《りかん》し、血清を注射されて治ったばかりで寝込んでいた。第二工学部とは、軍需産業に直結する技術者養成のため昭和十七年に急遽《きゅうきょ》特設された学部である。

「宮城前に行って来たよ」

安田講堂で玉音放送を聞いたあと、宮城前広場に行ってきたと親一は北代に告げた。放送を終えて宮城に戻る天皇陛下の車を見ることができるのではないかと思ったというのである。

戦時中は都電に乗っていても、宮城や明治神宮が近づくと乗客は全員起立し深々と礼をすることを強制されていた。玉音放送はすでに十四日に録音されていたが、もちろん国民が知る由《よし》もない。ここできっと何かが起こる。歴史的なイベントをこの目で見ておこうという父親譲りの行動に出たわけだが、ぼんやりと歩く人が三人ほどいるだけで車は一台も通らず、徹底抗戦を主張する軍人も現れない。暑い夏の日射《ひざ》しの下、いくら待っても何も起こらなかったので、北代の顔を見に来たのだった。

高師中の友人たちとは卒業後も頻繁に互いの家を行き来しており、親一が北代を訪問するのは特別なことではない。事前に約束もしていない。思い立ったら家に行く。本人が不在でも、家の人にお茶や菓子をごちそうになり、世間話をして帰るようなこともよくあった。このときは、それから二週間もしないうちに、親一は舞鶴から帰還したばかりの協一と北代とともに星一の北海道視察に同行しているので、その打診もあったのだろう。

北海道視察は星一がいかに俊敏な行動力と判断力をもつ人であったかを示している。星製薬の大崎の工場は大破した。屋台骨といえる台湾と新天地の満州の拠点も一瞬にして失われた。ところが、星一が落胆した素振りを見せることは一切なかった。台湾、満州の次は、北海道。星一の決断は速かった。

「やあ、醍醐さん。ニッポンはこれからですよ」

醍醐忠和は、終戦後まもなく星家を訪れたとき、右手を高く上げてそう挨拶《あいさつ》した星一の笑顔を忘れられない。倒れても立ち上がり、ふさがれても突破する、星一の不撓《ふとう》不屈の精神はこのときも健在だった。

八月下旬には、北代と親一、協一を連れて上野駅から青森行きの夜行列車に乗り、青函《せいかん》連絡船で函館《はこだて》へ、函館から列車で札幌へ向かった。深刻化する食糧難に備え、食用酒の原料となる芋を栽培する土地を確保することが第一の目的だった。息子たちを同行させたのは、各地の被災状況や人々の表情をその目にしっかりと刻みつけるようにという計らいだろう。国会議員特権で二等車の切符を入手し、すし詰めの列車に揺られた。

青森まで列車で十四時間半、青函連絡船が四時間半。この連絡船で親一らは数名の被爆者と同乗した。広島で被災し、北海道の知り合いを頼って移動するところらしかった。誰もが青ざめ、生気をなくして横たわっていた。「特殊爆弾」が「原子爆弾」であることはすでに報道されていたが、放射能が身体にどんな影響を及ぼすのか、その実態も治療法も誰もまだ何もわからなかったころである。いたわり、励ましあっている彼らを見て、親一は気の毒に思うと同時に、得体の知れぬ恐怖を感じずにはいられなかった。

函館に到着すると、さらに列車に乗り、札幌まで六時間。一行が宿泊することになった札幌グランドホテルには、ちょうど進駐軍のカーペンター大佐ら五名がジープで到着したところだった。

北代がこの旅に同行したのは、北代の父親で当時、日本銀行の理事だった北代誠彌が札幌支店長を務めていたためである。日銀は、昭和十九年秋に広島、福岡、大阪、名古屋などの都市に支店長として役員を派遣していた。終戦後に日本が連合国に分割統治されることになった場合、支店長権限で銀行券の回収発行を行うための措置である。北代の父親は北海道・樺太《からふと》担当として着任しており、このときは星一を日銀だけでなく北海道庁へ案内した。

一行が目的地の釧路《くしろ》に到着したのは、上野を出てから三日後である。これを機に、星一はたびたび北海道に足を運ぶことになった。


帰京するとまもなく、親一宛に手紙が届いた。特殊爆弾の報を聞き、広島に戻っていた農芸化学科の同級生からである。九月四日付の手紙には、大学の様子を知らせてほしいという依頼に続き、「原子爆弾」の被害の様子が記されていた。市内はほとんど全滅、宇品方面がかろうじて残った程度で、命が助かった人々も髪が抜け、高熱で死亡するなど日増しに死者が増加している。同級生の母親も亡《な》くなり、姉も頭髪が抜けて容態が悪化し、偶然会った「伊藤兄」もまた両親を亡くした様子だ、とあった。「伊藤兄」こと、伊藤力雄の実家は爆心地に近い堺町《さかい》にあった。伊藤は現在、農学部農芸化学科の昭和二十三年と二十四年の卒業生から成る同窓会「二三四会《ふみよ》」幹事で、「戦中戦後」と題する手記を提供してくれた。そこには、朝食の最中だったと思われる両親の亡骸《なきがら》を弟と二人で焼いたこと、財産整理などに半年ほどかかり、大学は卒業しておかねばと試験には東京に戻ったが、親一ら同級生には実験で迷惑をかけたと周囲を気遣う言葉などが記されていた。さらに、次のような一節もあった。

時代の変動の大きい時には、次の国の基本政策や企業の進むべき方向を決めやすいと思います。戦争に敗れ、疲弊している時には日本をどの様に復興するかは、比較的考え易《やす》く、資源の少ない日本は資源を輸入して二次加工して輸出する事と、世界の技術のレヴェルに早く追いつく様に努力しなければならない事は誰も感じていました。

学生たちは、それぞれに事情を抱えながらも焼け跡からの再生を心に堅く誓っていた。理科系に進み、徴兵を猶予《ゆうよ》されていた学生にあらかじめ課せられていた宿命だったのかもしれない。復興を担《にな》う新しく若い国力としての理科系学生である。

親一の友人たちは終戦の報にどんな思いを抱いていたのか。出征しなかったことへの負い目はなかったのか。北代禮一郎はゆっくりと首を横に振る。

「星君にもなかったと思います。それよりも当時は、戦争が終わってよかった、という感じです。焼け野原の東京を見ました。死体もずいぶん見ました。だけど、アメリカへの嫌悪感《けんおかん》はあまりなかった。嫌悪感はむしろ今のほうがあります。副島有年と一高の同じクラスで仲良くしていたのちの大蔵財務官の渡辺喜一君は文科系で徴兵猶予はなかったけど、昭和二十年初めに出身地の甲府で検査を受けたときに徴兵官から、『君は戦いたいか、学問を続けたいか』と聞かれて、『友人も先輩も兵隊にいったのでやぶさかではないが、将来を考えると自分は残りたい』と答えて徴兵猶予されたそうです。一高で成績のいい学生には何人かそういうのがいたんです。甲府から一高へ行くのは地元の秀才ですから。特攻隊のように、まわりが全部出撃して、自分だけエンジントラブルなどで行けなかったような人は罪悪感を覚えているようですが、ぼくたちにはそういう思いはなかった。一高、帝大は、戦争には批判的だったんです。反戦的で軍部ににらまれていたくらいだから。自治と自由の雰囲気があったのでよけいに罪の意識は低い」

農学部の同級生らにも同じ質問をしたところ、深い悲しみよりは安堵《あんど》感《かん》、ほっとした、というのが正直な実感のようだった。周囲の大人は泣いていたが、ちっとも悲しくなかったと語る者もいた。一高でやはり副島と同級生だった作家の中村稔《みのる》は、徴兵検査を受けたものの第三乙種で動員先の立川にいた。玉音放送を聞きながらぽろぽろと涙を流す親戚《しんせき》や近所の女性の姿を多少の違和感を覚えながら見ていた、と『私の昭和史』に記している。

小、中学校にも高校や大学にも、親一の同級生に戦死者はいなかった。理科系で徴兵猶予されていたからというだけではない。海軍兵学校や陸軍士官学校に進んだ同級生も出征した文科系の友人たちも外地に渡ることはなく、実戦を経験しないうちに終戦を迎えている。

高師中を五年で卒業して一高文科乙類へ進んだ親一の友人、越智昭二は、昭和二十年の七月から上級生のいなくなった四つの学生寮、南寮、中寮、北寮、明寮を統轄《とうかつ》する全寮幹事長を任されていた。

「昭和十九年十一月から服役義務が二十歳から十七歳に繰り上がりましたので、大正十五年十二月十日までに生まれた人は、昭和十八年に満十七歳になって翌年に入隊しています。十二月十一日生まれ以降は、昭和二十年に徴兵検査を受けますが、入営までの間に終戦を迎えています。私は昭和十九年一月二日に満十七歳になっていて、昭和二十年三月に検査通知が来て、四月に徴兵検査。甲種合格で入営通知待ちをしているときに八月十五日を迎えました。だから、ぼくの学年はバラバラです。ただ、同級生に実戦を経験して戦死した者はいない。戦病死はありますが」

一つ上の学年は出征し、死者もたくさん出ている。その意味で、この時期に兵隊に行くつもりで行かなかったという経験はその後の人生に大きく影響したのではないか。

「そのとおりです。兵門をくぐるか否《いな》かは大きな違いでした。あと、内地に留まったか、外地に行かされたかでも大変な差です。だから、入営待ちで降伏を迎えたというのは一番ラッキーでした。大正十五年五月生まれの副島有年は昭和十九年には学徒出陣してもう入隊していましたけど、彼も外地には行かなかった」

千葉の佐倉連隊にいったん入隊した副島は、すぐさま手続きに間違いがあったことがわかり、まもなく豊橋の陸軍予備士官学校に移り、そこで終戦を迎えている。一高生であったことが考慮されたものとみられる。

小学校からの友人だった浅黄悳《あさぎのぼる》もまた、同様である。

「われわれの場合は、誰かが知っていたんです。大人が、日本は負けるよ、ミッドウェー戦だって、あれは負けてるんだよといっていました。星君なら親父《おやじ》さんから聞いてもっとくわしいことを知っていたでしょう。動員のときもさぼっていました。やっても無駄でしたから。だから、終戦のときは、終わったね、という感じです。実戦に出た、出ていない、この差は大きいでしょう。戦争に出て軍艦に乗って、生きて帰った人などは、自分だけが生き残ったことへの贖罪《しょくざい》意識が見受けられます。高師中でも五年先輩ぐらいから大きく違うんです。あとは若いから順応性がある」

こうした証言をみると、安田講堂で終戦の詔勅を聞き、すぐさま天皇陛下を見るために宮城前に出かけ、何かが起こることを期待して観察者に徹している親一の冷静さは、さほど突飛なことではないのかもしれない。三百万人強の犠牲者を出しながら、親一の肉親や同級生にはただひとりの戦死者もいなかった。焦土を前に虚脱感は覚えただろうが、頭は冷めていたはずだ。

「新一」は書く。

幸運の女神は入試をつぎつぎにパスさせてくれた。さらに幸運なことには、理科系に入っていたおかげで、徴兵が卒業まで延期され、その卒業前に戦争が終つた。人生とは、かくもうまい工合になつているのか、と思いこみはじめていた頃である。

（遺品から発見された随筆の下書きより）

ところで、終戦当日、親一が宮城前に行ったという証言には特別な意味がある。八月十五日の様子として、宮城前で大勢の人が一斉に泣き伏しているという記事や写真が新聞などでのちに紹介されたが、そのたびに親一は変だなと思っていた。現場にそんな様子はまったくなかったからだ。自分が去った後であのような光景が繰り広げられたのか。あるいは翌日のことなのか。悲しみは時間をおいてからこみ上げてくるものだから、十五日のことではなかったのかもしれない。そう自分を納得させていた。だが、どうも腑《ふ》に落ちない。親一の疑問はいつまでたっても消えず、作家になってからも「物見高き男」などの随筆でたびたび言及していた。

親一が指摘した点について検証が始まったのは、終戦後三十年経《た》ってからである。外交評論家の加瀬英明は、昭和二十年元旦《がんたん》からマッカーサー離日までの日々を、皇居を主な舞台として描いたノンフィクションを昭和四十九年五月から「週刊新潮」に連載していた。そのなかで八月十五日付朝日新聞東京本社版が掲載した、宮城前広場で土下座して玉砂利を握りしめて泣き伏す人々の記事は玉音放送よりも前に書かれた予定原稿であったと報じた。すると後日、青森の学校教員が名乗り出て、前日の十四日に腕章を巻いたどこかの社のカメラマンに頼まれて宮城前で土下座する写真を撮影されたことまで発覚した。

新聞各社は、最高戦争指導会議構成員会議が行われた翌日、十四日の時点で日本の降伏を知っており、新聞は天皇陛下の勅語を掲載したものを放送時間以降に配布することになっていた。記事が終戦当日のものではないのは明白である。これは終戦六十年を特集した平成十七年の「文藝春秋」二月号でも「捏造された『宮城前号泣記事』」と題して加瀬本人が執筆し、歴史学者による検証も行われている。（なお朝日新聞は「検証　昭和報道」平成二十一年八月五日～十四日夕刊において本件の検証を行った。朝日新聞八月十五日付の宮城前号泣の記事は予定原稿、大阪本社版に掲載された土下座写真は、十四日に同盟通信が各新聞社へ配信したものだったとある。）

終戦当時、かぞえ二十歳。現在の年齢に直すと満十八歳。もっともっと目を凝らして真実を見きわめたい。〝物見高き男〟、星親一の戦後はそんな終戦の日々から始まっていた。

第三章　解放の時代

わずかに焼け残った東京駒込に近い中里町に住んでいた新島瑞夫《にいじまただお》は、終戦からまもないある日、駒込駅に向かう坂道を上っていた。町は瓦礫《がれき》ばかりで景色ははるか遠くまで見渡せたが、青々とした広い空とうつむき加減で歩く人々の疲れた表情が対照的だった。駅に近づくころ、新島の視線の先に風呂敷《ふろしき》包みを抱えた詰め襟姿のひょろりと背の高い学生が歩いていた。都電に乗り込もうとしているらしい。

あ、星君じゃないか。

新島がそう思った瞬間、親一はつるっと滑ってひっくり返り、ガチャーンと大きな音がしたかと思うと、風呂敷の中に入っていたものがバラバラと音をたてて通りに広がった。麻雀牌《マージャンパイ》だった。

なんだ、おい。あんなものをもって大学行ってんだ。農学部ってなんて呑気《のんき》なんだ。

東高から帝大医学部に進んだ新島は、日々勉強に忙しい自分の境遇とのあまりの違いに驚きを通り越してさすがにあきれ果てた。その新島が、親一の人生最期《さいご》の日々を東京船員保険病院長として見守ることになる。

新島が感じたとおり、親一はひまをもてあましていた。朝八時には登校して講義を受けていたが、実験器具を地方に疎開《そかい》させていたため、返却されるまですることがほとんどなかった。映画を見たり、ピアノを習いに行ったり、大学で仲間が集まれば、囲碁やトランプ、麻雀に興じた。

昭和二十一年一月一日からは、日記を書き始めている。茶色い布製の表紙がついた「備忘日記1946」というB6判の日記帳である。最初のページにはこうある。

一日火ハレ　平和の才一年才一日である。アサカイシヤのジンジヤマイリ
二日水ハレ　アサ辻ノウチヘイキ　ソレカラ北代ノウチヘイク　トランプをし
　　　　　　てよるかへる
三日木ハレ　一日中ウチニイル
四日金クモリ　ヒルスギ　二ジゴロシンバシニユキ　北代ダイゴトアヒ　ギンザ
　　　　　　アルキ　ウチヘキテ　トランプスル

元旦《がんたん》の「ジンジヤマイリ」は、星製薬構内にある親切第一稲荷《いなり》に家族と幹部社員一同で初詣《はつもうで》をしたのだろう。二日の朝にある「辻」は高師中時代の親友で、物静かな性格ながら級長に選ばれ、親一ともどもよく教師に怒られていたあの辻康文である。おそらくこの日、親一は辻を誘い、北代の家へ一緒に行ったのだろう。同じく高師中の仲間だった醍醐忠和は京都の大学へ進んでいたが、このときは正月休みで帰省していたのかもしれない。このあとも、東京にいる北代禮一郎や辻康文、副島有年らの名は日記によく登場する。

昭和二十一年に入って実験器具が返却されたため、午後はずっと実験せねばならなかったが、それでも時間はあり余っていた。日記には鑑賞した映画のタイトルも記されている。ラーメン一杯が二十円の時代に入場料三、四円の映画は若者の最大の娯楽だった。「カサブランカ」「男の花道」「これは失礼」「舞踏会の手帖《てちょう》」「我が道を往《ゆ》く」……なかでも、一着の燕尾服《えんびふく》が人手に渡る先々で起こる騒動を燕尾服を主人公に六つの小話で描くオムニバス映画「運命の饗宴《きょうえん》」（ジュリアン・デュヴィヴィエ監督）は、「現今の最大傑作なり」（昭和二十一年九月二十三日付）と思った。

終戦直前に始まったペニシリンの生産は外地で傷ついた兵士や空襲で被災した一般国民、広島長崎の被爆者には届かなかったが、黎明《れいめい》期の研究のレベルは高く、戦後まもなくGHQ公認で始まる生産技術の向上の大きな下支えとなった。終戦からちょうど一年目の昭和二十一年八月十五日には萬有製薬や森永、わかもと、明治乳業、大日本製薬など生産業者が中心となった社団法人日本ペニシリン協会が設立され、続いて財団法人日本ペニシリン学術協議会が発足。ここで理化学研究所など研究者が一堂に会したところで、GHQはアメリカからペニシリン研究の第一人者であるJ・W・フォスターを招聘《しょうへい》し、生産技術を指導した。

フォスターは帝大も訪問し、菌株の培養技術などを学生たちに教えた。戦前に軍のペニシリン研究に携わった坂口謹一郎や朝井勇宣《としのぶ》ら発酵と醸造の第一人者が指導教授を務める帝大農芸化学科では、菌の改良、保存と分与を担当し、学生たちは助教授になったばかりの有馬啓を中心に作業を行った。栄養不足から国民の体力が低下し、感染症が流行していた時期である。学生たちは、ペニシリンを大量にかつ安定して発酵生産することが急務であると、十分認識していた。大学では医学部、理学部、工学部、農学部が連携し、日本ペニシリン学術協議会を軸とする生産体制が整備されていった。研究の素地があった日本はアメリカから指導された技術を即座に吸収し、昭和二十二年三月には東洋レーヨンがタンクによる大量培養に日本で初めて成功。他社もこれに続き、肺炎や感染症の治療は飛躍的に向上した。

製薬会社を継ぐことになる親一ならば薬学科志望だったのではないかという疑問が湧《わ》くが、有機化学が中心の薬学よりも、ペニシリンを始めとする抗生物質全盛時代に突入する農芸化学を選ぶほうが正解だったとほとんどの同級生が証言する。のちに「新一」は、ポーランドの薬学史研究者からの問い合わせに対し、薬学科を志望しなかった理由は星一が当時の薬学科長と仲が悪かったためと回答している。不仲説の真偽は定かではないが、当時の製薬業界の情勢をみれば、結果的には正しい選択だったといえるだろう。

実験用アルコールだけは豊富にあったので、酒博士で知られる坂口謹一郎の講義でアルコールの製法を学んだ学生たちは、それぞれのアイデアで酒の新しい作り方を発案しては飲んで語り合った。芋を原料にして糖化発酵させ、ドブロクまがいの酒を作った者もいた。

「農芸化学の芸ってなんぞや」

アルコールをお茶で割ったものを飲みながら誰かがいうと、別の誰かがカラメルや味の素を混ぜたアルコールを飲んで答える。

「芸術的要素が入ってるんだ。だから、芸だ」

自分たちがおもしろい分野の研究を進めていることを誰もが自覚していた。

日本の研究レベルの高さにはアメリカ中央情報局（CIA）も注目した。東高から親一と同じ帝大農芸化学科に進んだ同級生、桐村二郎の回想。

「外国では農芸化学というと土壌肥料などを研究していたんですけど、日本がやっていたのは生命科学、ライフサイエンスなんです。その分野では発表論文は英米よりずいぶん進んでいた。戦争直後、CIAが日本の戦時中の科学論文を学生に英訳させていたことがあって、農芸化学の論文が多かったんです。私も英文サマリーを書いて送りました。少しだけお金はもらいましたけど。奇妙な話で、アメリカは、生物兵器を狙《ねら》っていたんですね。日本とアメリカで学問競争していて、日本の製薬会社や大学研究機関のどこをおさえつけるべきかと調べていたのでしょう」

桐村はこのころ、親一になぜ農芸化学を選んだかと訊《たず》ねている。すると親一は、星製薬がペルーに土地をもっており、薬草を栽培する計画やステロイドやモルヒネなどアルカロイド剤の開発計画もあるため、天然物から薬になる物質を抽出する研究をしたいと話したという。

「星君はお父さんについては何もいっていませんでしたけど、そういう事情があったから、時がくれば自分がという気持ちはあったのではないでしょうか。私は基礎研究に進んだのですが、星君はタンク培養とか、ストレプトマイシン（結核治療薬）の研究のように、応用、生産のほうに進みましたから。お父さんはドイツのマックス・プランク研究所などに寄付をして、化学を支援した人でしょう。化学は日本も理化学研究所を中心に欧米と拮抗《きっこう》していましたから、化学の力で日本を立て直そうということをなんらかのかたちでお父さんから体得したのではないでしょうか」

国立醸造試験所ほか企業の就職先も引く手数多《あまた》であり、卒業生たちはそれぞれ菌株をもってビール会社などに就職していった。親一もまた、星製薬が復興した時のために備え、自分が技術と知識を身につけておく必要があると考えていたのだろうか。

戦災で疲弊した星製薬は身動きがとれる状況ではなかった。これから記す一連の動きを見ると、GHQは星製薬を日本の製薬会社の中でも重要な標的の一つと考えていたのではないかと思わざるをえない。

まず犠牲になったのが星薬学専門学校である。終戦翌月の昭和二十年九月二十八日に第八軍が進駐し、建物は四四二通信隊約四百五十名の宿舎として接収された。学生たちは以後四年間にわたり星製薬の一角の仮校舎で授業を受けることになる。昭和二十七年に占領が終了するまで、学校が米軍に接収された例はほかにはなかった。

十月十九日には、やはり第八軍のレアーダン中佐とスペア中尉《ちゅうい》が厚生省の職員とモルヒネ工場の視察に訪れ、阿片《アヘン》倉庫と包装済みの製品を撮影して帰った。すると、その翌日に麻薬製造禁止が新聞で報じられる。新聞を見て慌《あわ》てたのが、工場長の佐川正《まさ》多賀《たか》だった。佐川は即日、厚生省に出頭してGHQからの通知を待つが、モルヒネ製造のための原料阿片のうち回収作業中のものは変質の恐れがあるため、どうしても加工作業を継続しなければならなかった。そこで一部作業を続けて、残りは保管するという暫定《ざんてい》処置をとった。

ところが、十一月六日に再びスペア中尉ほか二名が来社。麻薬製造は禁止されているはずなのになぜ作業しているのかと指摘し、一般薬を含めてすべての医薬品の製造禁止処分を星製薬に対して命じた。原料阿片はすべて接収され、仕込み中だった商品はガソリンで焼却処分にされた。佐川工場長と技師がこの責任をとって辞任し、以後、星製薬はMPの監視を受けることになった。星製薬の主軸が挫《くじ》かれたのだから、実質上の業務停止処分である。親一はまだ会社の業務には携わっていなかったが、GHQの強引なやり方に憤慨し、子供のころからかわいがってもらっていた佐川の処遇については心を痛めた。

十一月十六日の新聞はこぞって、「星製薬閉鎖処分、米軍司令部の指令に違反」（読売）、「麻薬製造で閉鎖命令」（朝日）と書きたてた。

星一は、それでもあきらめなかった。学校の接収と医薬品製造禁止処分の解除を求めてGHQに日参しつつ、食糧難対策として芋を加工してブドウ糖や味噌《みそ》、しょうゆ、パン、ビスケットなどをつくる星新糖素株式会社を設立し、千葉県習志野《ならしの》には、その加工に従事する労働者を育てるための財団法人いも加工技術養成所を開校した。

昭和二十一年四月十日に行われた戦後初の衆議院選挙では、進歩党から出馬して当選。第一次吉田茂内閣の昭和二十二年四月二十日に実施された日本初の参議院選挙では代議士をやめて民主党から出馬し、四十八万七千六百十二票を集めて全国区トップ当選を果たした。六〇パーセントを超える投票率で、このときトップの座を争った候補者のなかには部落解放全国委員会中央執行委員長の松本治一郎がおり、最終的に松本は第四位となっている。当時すでに七十三歳だった星一の政治力というよりは、全国のホシチェーン薬局と、「くすりはホシ」「ホシ胃腸薬」の看板や新聞の宣伝を通じて圧倒的な知名度を誇っていたためだろう。当選後、愛される「老青年」ではあるが「参議院における彼の政治活動にはたいして期待もできない」（「政界ジープ」昭和二十二年九月号）といった厳しい批評も見られる。

社業の立て直しに手一杯であるのは事実だったが、昭和二十二年十月十三日の参議院本会議議事録によれば、星一はこの芋加工事業をゆくゆくは専売局の管轄《かんかつ》下に置き、砂糖に代わる甘味剤としての新糖素を開発して財源をつくり、日本を「世界に誇る甘味の国にしたい」という構想をもっていたようだ。

くわしい日時は不明だが、参議院選挙後まもなく、星一は札幌の旅館で食事中に軽度の脳溢血《のういっけつ》を起こし、半身が不自由となったため杖《つえ》をついて歩かねばならないようになっていた。いよいよ親一も父親の手足にならざるをえなくなったのだろう。星一が地元福島に出向く際は付き添い、事務所で葉書書きなどをした。星一には地元にも会社にも専属の秘書はいたが、親一も議員秘書記章帯用証をもって国会に出入りするようになった。当時の親一の日記を見ると、大学や会社に顔を出しながらも、国会で行われるスペイン語や協同組合、農村問題、社会政策、民法などの勉強会に通い、日本国憲法の審議や東京裁判の傍聴にも足繁《あししげ》く通っていたことがわかる。父親の政治活動を支えるというよりは、歴史的瞬間を目にしたいという欲望のほうが強かったのではないか。とりわけ、東京裁判でA級戦犯として起訴された父親の友人の廣田弘毅の去就については、弁護人をやはり星一と関係の深い花井忠が務めていたこともあり、関心をもって見守っていた。

最高税率九〇パーセントにも達する財産税の実施で、資産家の暮らしにも急激な変化が訪れていた。高師中の教師、鎌田正が戦前にいった、「日本が負ければおまえたちの生活は一変する」は現実のものとなりつつあった。

とはいえ、それで友人関係が変わるわけではない。親一の身辺は慌《あわただ》しくなっていくが、北代や副島ら高師中時代の友人たちと頻繁に会い麻雀《マージヤン》に興じていた。日比谷の映画館にも連日のように通い、鮫洲《さめず》の試験場で自動車の運転免許も取得している。娯楽のない時代だから不思議ではないとはいえ、よくもこれほど動き回っていたものである。動くのをやめればネジがはずれてしまうとでも考えていたのか。連日のように人に会い、映画を見ていた。

このころ最もよく顔を合わせていた友人は、高師中時代の親友の辻康文だった。クラス会の幹事を一緒に務めることになったため、三田にある辻の家に毎週のように通い、ともに麻雀をしたり映画に出かけたりしながら打ち合わせをした。在学中からあまり体が丈夫ではなかった辻は、同級生たちより遅れて中学を修了し、終戦の年の春に成蹊高校に進学していた。

親一と辻は、中学を卒業してからも月に一回、多いときは週に二、三回は会い、ふたりで旅行するほどの間柄で、並んで肖像写真を撮影したこともあった。活動的でやんちゃな副島らと違い、親一と辻は、どことなく気の弱いところがよく似ていた。頻繁に会っていたとはいっても、話題が身辺雑事を超えることはなかった。政治問題や人生観、将来の夢などについて深刻に語り合った様子はない。親一自身が相手の内面に踏み込んだり、逆に自分が踏み込まれたりするのを避けていたところもある。物足りないと感じたのか、辻からそこを責められたこともあったが、苦手なものは苦手なのだった。

高校を長期休学している辻を気遣って訪れたその日も、だから、蟬《せみ》が水中でも鳴くことや芋アメの作り方といった他愛《たわい》のないことしか話題にしなかった。もっと気のきいた話があるだろうとは思ったが、このところ腹の底から笑うことのなくなった辻の無表情な横顔を見てしまうと、やはり何もいえなくなった。

辻が死んだという知らせがあったのは、その翌日、十月二十九日の夕刻である。

親一は朝から大学に出かけ、帰りにヘンリー・キング監督の映画「世紀の楽団」を見て帰宅したところだった。急いで北代禮一郎と連絡をとり合い、辻の家に駆けつけた。
辻は、すでに冷たくなっていた。寝間着の紐《ひも》で首を絞めていたのだという。発見した母親が医者を探して走り回り、父親が懸命に人工呼吸を続けたが息を吹き返すことはなかった。死後三日目にズボンのポケットから見つかった家族宛《あて》の遺書には、学問しかとりえのない自分が学問に嫌気が差したのだから、未来には夢も希望もない、親一ら友人たちによろしくお伝えください、と書かれてあった。

辻の一周忌に遺族が編んだ「想《おも》ひ出《で》」という追悼文集が残っている。親一が寄せた「思ひ出」と題する一文は次のような一節で始まる。

私は人生について深く考へる事は余り好きでない。我々の生きている事について、何故とか、何のためとか考へた事はない。そのような事はなるべくそつとしておくことにしている。深く考へることに自分の性格が堪えられるかどうかが恐ろしいのである。
すべて私の生活はかくの如《ごと》くごまかしであるので、辻によつて責められる事が多い。

私も気の弱い事では辻と同じであつた。二人で旅行したりする時なども列にわり込む事も切符をごまかす事も出来なかつた。たゞ私はその気の弱い事を表面的にごまかそうと努め、辻はそれを内面的に解決しようとしていたのだろうと思う。

葬儀のあともしばらく、親一は、辻のいなくなった三田の家にたびたび通っていた。線香をあげ、辻の母親や兄たちと話をし、帰路はいつも、なぜ辻が死を選ばなければならなかったのかと考え、辻の思いを受けとめることのできなかった自分を責めた。

夕方や日曜の朝になると、玄関に音がして辻が訪ねてきそうな気がした。大学に行く途中、省線が品川と田町の間を通るときは、ガソリンスタンドの横町のあたりを辻が歩いてやしないかと思って窓外をじっと見つめた。そして、辻はもういないのだと気づいて強烈な寂しさに襲われた。

辻の最後の気持は一時は判《わか》る様な気もしたが、又判らなくなつてしまつた。だがどうにもこうにも動きのとれない、他に解決の求められないものであつたと思はれる。

それでも、それは客観的に見たらまだ〳〵余地のあるものであつたろうと思ふと残念である。

我々若い時代の者は将来一流の人物になれる様な気がばくぜんとしている。併《しか》しよく〳〵考へてみると我々は何の実に於《おい》て万人に優れた才能を持つているのだろう。確然たる論拠なに一つなくして而《しか》も将来に対して途方もない希望を持つている人生の一時期を青年時代と称するのであろうが、この意味から云《い》つて辻には青年時代があつたろうか。余り頭が良すぎて自己の才能を分析しすぎたのではないか。我々は社会の波にもまれ、自己の才能の限界を知らされ、従つて野心のスケールのどん〳〵小さくなるにつれて幻滅を感ずるのであるが、辻はすでに限界を自分で定めて思ひ込んでしまつたのだろう。

親一は考えれば考えるほど、それでもまだ死は避けられたはずだと思えるのだった。眠れない日が続き、ようやく眠れても緑色の夢にうなされてすぐに目が覚めた。大学では、卒論のための単調な実験が連日のように続いていた。ペニシリンは青かびを液体で培養して製造するが、親一が取り組んだのはその逆で、日本古来の麹《こうじ》をつくる方法のように固形物に生育させてみるというものである。緑色の煙のように立ち上る胞子や異様な臭気に悩まされながら実験をしていたので、夢にも作用し、現れたのかもしれなかった。

「あのときは、星君が一番ショックだったんではないかと思います。辻とは二人でよく旅行に行っていましたし、前日にも会っていたはずですから」

北代は、やがて親一が病院に通い始めたのを見て、想像以上に精神的に追いつめられていると感じた。医者からは、雑念が取り払われるからと、習字を日課にすることを勧められていた。辻はこれまでにも何度か薬物で自殺未遂を繰り返していたため、親一は、自分が薬を渡したことを気にしているようでもあった。

追悼文「思ひ出」は、このあと旅に出たときの様子が続き、最後はこんな一文で結ばれている。

箱根に行つた事も、鎌倉に行つた事も、旅行したり、映画に行つたり、銀座に行つたり、将棋をしたり、辻が飛び将棋の得意であつた事もその他限りない程の辻との交際もすべてその当時はいつまでも続くものと思つていたのにこんな事になつてしまつて何とも云へない淋《さび》しい気がする。

最近の雑誌で自殺を企てた学生に電波治療を行つたら全くそんな気のなくなつ

たと云う記事を見て、なぜもっと早くと今更ながら残念でたまらない。

辻の兄弟や友人たちの追悼文が、辻の名前を呼びながら死を嘆き悲しむ感情的な声に満ちているのに対し、親一の追悼文だけひどく抑制されていて異様なほどである。電波治療の可能性について言及する客観的で突き放すような終わり方には、幼いころから感情を表現するのが不得手だった親一らしさ、理系の人間らしい合理的思考が垣《かい》間見《まみ》える。あえて心に冷たい壁を立てかけ、無理やり感情をその内に閉ざしている印象さえある。

醍醐忠和に五十数年ぶりにこの追悼文を読んでもらった。拡大鏡で一字ずつ小さなガリ版の文字をたどりながら声に出して読んでいた醍醐は、驚いた表情でふっと顔を上げた。

「……これは、『セキストラ』だね」

「セキストラ」とは、「星新一」のデビュー作のことか。

「そうです。解放すればいいということでしょう。器械で緊張をほぐすっていうことは。ぱっと思いましたよ。どうですか。そう思いませんか」

醍醐の瞼《まぶた》にはうっすらとしたものが滲《にじ》んでいた。醍醐の指摘は、推察というより確信に近いもののようだった。私はこの追悼文と具体的な作品との関連は想像もしなかったが、中学以来、亡《な》くなる直前まで半世紀以上にわたり親一と交流のあった醍醐の指摘は、核心を突いているのではないかと思えた。

「セキストラ」は、デビュー作に登場する電気性処理器の名前である。通常のセックスより大きな満足を与える器械で、不感症の女性がこれでヒステリーが治ったり、非行少年が更生したりといった様々な効果がみられたため世界中に普及し、各国の小競《こぜ》り合いはなくなり、やがて平和な世界連邦が出来上がる。セキストラに関する新聞報道や雑誌記事、電報や葉書を切り貼《ば》りしてつなぎあわせただけの実験的な作品で、全体を通して読むとひとつの小説になっているという斬新《ざんしん》な構造をとっている。

昭和三十二年にこの作品が江戸川乱歩の目にとまり、乱歩編集の雑誌「宝石」十一月号に転載されたときは、誰もが奇妙きてれつな作風に驚き、驚くべき新人の登場に色めきだった。デビュー作にはその作家のすべてがあるとよくいわれるが、器械で快感が得られるならばセックスは必要がなくなるという「性忌避」の題材も、セキストラを操作して世界の人々の脳に特殊な信号を送っていたのは西欧の植民地獲得競争の前に悲惨な滅亡を遂げたインカ帝国の末裔《まつえい》だったという世界観の「逆説的」な設定も、人物の感情にふみこむのではなく「ストーリーだけで人間を描く」という手法も、たしかにその後の星新一のショートショートに受け継がれていくものである。
北代によれば、親一も、辻の死を機にノイローゼがひどくなり、実際に東大病院で治療を受けていたという。これについては、のちに雑誌「ムー」(平成三年五月号)で行われた対談中、まったく異なる文脈でその経験を吐露している。相手は、日本で最初の全国的なUFO研究団体「日本空飛ぶ円盤研究会」を設立した荒井欣一《きんいち》である。

星　電気ショックはごく若いころです。まあ、自分でもちょっとノイローゼ気味のところがあったのと、前から電気ショックを受けるというのはどういう感じなのかに興味があったので、やってみようかと。
MU　よく精神障害の患者のショック療法として行われるあれですよね。
星　そうそう。
荒井　あれは相当の電圧でしょう。
星　1000ボルトぐらいじゃないですかね。
MU　1000ボルト！(笑)
星　ちょっと操作を間違えると、死刑囚の電気イスになる。(笑)
ぼくはすぐに失神しちゃったんで、何がどうなったのかわからなかったんだけど、一緒についていった友だちなんかビックリしたみたいね。

器械によって精神を解放する。着想は実に奇抜だが、その起点に深い悲しみに裏打ちされた強烈な実体験があったとすれば、自然な感情から現れ出た題材だったのかもしれない。自分の小説はほとんど実体験とは関係がない、むしろそんな書き方は自分は不得手であると「新一」は語っているが、着想の源や根底にある思想まで無関係だといっているわけではない。

さらに、親一がこの時期に読みふけっていたのが、太宰治《だざいおさむ》である。とくに太宰がパビナール中毒になりながら書いたといわれる「ダス・ゲマイネ」や「二十世紀旗手」を何度も繰り返し読んでいた。後年、「文藝春秋」臨時増刊「日本の作家100人」(昭和四十六年十一月十日発行)が行ったアンケート「私がもっとも影響を受けた小説」においても太宰の名を「百年に一人の才能」として挙げ、物語よりも文体に引かれたこと、創作にあたっては、「私は自己の文体を乾いた空気のごとく透明にするようつとめ、物語の構成にもっぱら力をそそいでいる。太宰と逆の方向へ走らねばと、気が気でない」と書いている。このアンケートの短い一文だけを読めば、作家としての文体考としか感じられないが、コラムニストの青木雨彦《あめひこ》が「奇想天外」昭和四十九年九月号で行ったインタビューで太宰について話題をふったところ、次のように応じている。

　ぼくの場合は、できるだけ乾いた文章を書いている。それも、考えてみれば、
太宰治と逆の方向に走らなければ気が気じゃないからかも知れません。

　青木は、このインタビューの翌年に刊行された「新一」の文庫版『悪魔のいる天国』の解説を執筆したときもやはりこの点にこだわり、「『太宰と逆の方向へ走らねばと、気が気でない』と言ってしまったとき、その星さんの胸中をよぎったものは、なんであったろうか」と記している。

　辻と親一の間に何があったのか。どんな会話が交わされたのか。今となってはわからない。しかし、会った翌日に親友に自殺されるという経験が、親一の心に暗い影を落とさなかったはずはない。親一がもっとも繰り返し読んだ「ダス・ゲマイネ」には、死に取り憑《つ》かれた主人公が友人から受け取った手紙が出てくる。

　拝啓。

死ぬことだけは、待って呉《く》れないか。僕のために。君が自殺をしたなら、僕は、ああ僕へのいやがらせだな、とひそかに自惚《うぬぼ》れる。それでよかったら、死にたまえ。僕もまた、かつては、いや、いまもなお、生きることに不熱心である。けれども僕は自殺をしない。誰かに自惚れられるのが、いやなんだ。

ドイツ語で「俗物」を意味する「ダス・ゲマイネ」。太宰は故郷、津軽の言葉、「だから駄目なんだ」を意味する「んだすけまいね」をもじり、二つの意味をこめたといわれる。「ダス・ゲマイネ」のこの一節を、親一は、どんな気持ちで読んでいたのだろうか。

親一の半年間にわたるペニシリン実験の結果は、結局、実用化は困難というものだった。学部はなんとか卒業できたものの、「就職する気がしなかったから」（「ペニシリン」、『きまぐれ星のメモ』所収）、大学院生として朝井勇宣教授の発酵生産学教室に残ることにした。向学心に燃えていたわけではない。

研究室のテーマは、コウジ菌を液体内で培養して澱粉《でんぷん》を分解する酵素ジアスターゼを生産する方法を探ることだった。酒や味噌《みそ》はコウジで発酵させるが、これらを入手のかからない方法で自動的に工業的に大量生産できる菌を探そうというもので、のちに実用化される重要な課題となった。生物資源を産業利用するバイオテクノロジー揺《よう》籃期《らんき》の研究といえるだろう。

常識の逆を検討してみる。ペニシリン研究に始まるこの科学的思考法は、その後自分の性格にひとつの影響を及ぼしていると、「新一」は随筆「ペニシリン」に記している。

大学院の研究仲間には、のちに応用微生物研究所の所長となる斎藤日向《ひゅうが》や、栃木県知事になる船田譲《ゆずる》（衆議院議員船田中《なか》の長男）がおり、親一の共同研究者として論文「アスペルギルス属のカビの液内培養によるアミラーゼ生産に関する研究」（「日本農芸化学会誌」第25巻第7冊・昭和二十七年二月一日発行に所収）をともに執筆することになったのは、東京工業大学から東大大学院に副手という立場でやってきた宮坂作平だった。

家業の宮坂醸造を継いで二十一代目伊兵衛《いへえ》となる宮坂は、親一が自分の交遊関係を綴《つづ》ったエッセイ集『きまぐれフレンドシップ』にブラックコーヒーの味を教えてくれた友人として登場する。アメリカ製の缶入りのコーヒーを研究室に持ち込んで砂糖を入れてみんなにふるまおうとしたところ、宮坂が何も入れないコーヒーを味わってみるよう勧めたのである。ほろ苦く香ばしいブラックコーヒー初体験に衝撃を受けた。

宮坂は味噌の発酵学を学ぶために坂口謹一郎と朝井勇宣のもとに通っており、午前中と夜は会社で研究、昼間に東大で実験をする多忙な日々を送っていた。学部から上がった東大生から見ればよそ者的な立場にある宮坂にとって、親一はリラックスして話のできる数少ない東大生のひとりだった。

「東大生はみんなぎちぎちして一生懸命であまり好きにはなれなかったんですが、星君は違いました。実験しないで遊んでばっか。朝井教授が実験中にまわってくると、ちょっとトイレに行くといってしばらく帰ってこないんですよ。教授が、星は何してるのかと聞くので、菌の分類をしていますといって慌《あわ》ててごまかしてね。学会の発表も星君がやるべきなのに、ヤダヤダというので、結局私が演壇に立ちました」

同級生はみな親一が星製薬の御曹司であることは知っていたが、親一は、会社に出入りしていることや父親の秘書をやっていることなどは大学ではほとんど話さなかった。宮坂も親一とは政治の話すらしたことがない。

農芸化学科の仲間たちの間で親一がどんなふうに思われていたかを知ることのできるのは、学部卒業記念にお互いに贈り合った寄せ書きである。そこには、「貴公子、永遠に貴公子なれ」「この愛らしいボーヤの様な人」「俺が女ならほれるよ」といったメッセージのほか、親一が星一のような人物になれるとは思われていなかったのか、「オヤジを見習ひたまへ、少しは」「星製薬モップブレソウダナ」「君は頭が良イノカ悪イノカ」といった愛情あふれる言葉も並んでいる。

彼らから見た親一は、その愛らしい少年のような風貌《ふうぼう》もあって、苦労知らずのぼんぼん、しかし、憎めないキャラクターの持ち主と映っていたのだろう。だからこそ、そのイメージをひっくり返すように、ときには偽悪的な発言で周囲をあっといわせたいという誘惑にかられることがあったのかもしれない。星製薬が避妊薬を販売したときなど、助手の女性に、「今度避妊薬もってくるからよかったらぼくと試してみない」といって驚かせた。女性はあわてて逃げてしまったそうだが。

ここで、終戦直後に時計の針を戻す。

日本工業倶楽部《クラブ》で父、星一に別れを告げてから広島県宇品《うじな》の陸軍船舶司令部に赴任していた出澤三太は、戦地向け資材の船舶補給部隊、通称暁《あかつき》部隊の一員として本土と沖縄間を行き来し、たびたび撃沈の危機に遭うも、九死に一生を得て無事帰還した。原爆投下の際も爆心地から三キロほど離れた宇品はかろうじて火災の被害に遭わなかったため、暁部隊は広島市内へ向かい遺体処理や救援活動を行った。

召集が解除されたのは昭和二十年九月、復員先は妻、貴美子のいる福井県だった。貴美子はその年の一月に夫となる出澤の戦死を覚悟しながらも見合い結婚した女性で、二人の結婚式には星製薬の取締役が星一の代理として出席していた。

星一は生還の報告に現れた出澤に、当面の生活費として当時の国会議員の月収程度の二千円を与え、弟、星三郎の病死で事業が滞っていた茨城県牛久《うしく》の星食糧品株式会社の経営を全面的に任せることを告げた。約三十名の従業員を抱える星食糧品会社がようやく軌道に乗りかけた昭和二十三年九月には、星製薬取締役として迎え、相応の自社株も与えた。出澤は、路頭に迷う自分を助け、星一の息子として堂々と生きることを認めてくれた父親に感謝した。牛久の出澤の家に遊びに出かけた金子兜太は、昭和二十年十二月二十一日に誕生したばかりの長女の道子をあやしながら、キスをする仲睦《なかむつ》まじい出澤と貴美子の姿を記憶している。

師、中村草田男の句誌「萬緑《ばんりょく》」の創刊を手伝った出澤は、続いて、金子らと同人俳誌「青銅」を発刊したが、二号で終刊となったため、「萬緑」への投句を続けながら実業家として生きていく決意を固めた。生還したら母親について教えてもらうという星一との約束は果たされていない。「萬緑」には、戦死した友人を悼《いた》むもの、妻を愛《いと》おしむもののほかに、まだ見ぬ母を詠《よ》んだ句がいくつも掲載されている。

親一は、少なくともこの時期には出澤の存在を知っていたはずである。確実に顔を合わせたことがわかっているのは、出澤夫妻が、長女の道子を連れて箱根強羅の星山荘を訪問したときである。道子がかぞえ五歳になったころらしく、昭和二十四年の正月ではないか。貴美子はこのとき初めて、星一から妻の精と親一、まだ高校生だった協一を紹介されて挨拶《あいさつ》をしている。星一以外は、三人とも無口な男たちである。貴美子には、彼らの会話が弾んでいたという記憶はない。出澤はあくまでも控えめに彼らと接しており、別荘行きもこれまで何度も星一から誘われていたが遠慮し続け、娘を見せるのを口実にようやく足を運んだのである。

星一が、道子に会うのはそれが初めてだった。両腕でしっかりと抱き上げると、「初孫の誕生だ」といって喜んだ。そばにいた精は、当然のことながらおもしろくはない。星一にも聞こえる声で、若い夫婦に「ちゃっかりしてるわね」といった。

政治家や会社役員が妾宅《しょうたく》をもつのはさほど珍しくなかった時代である。星一が師事した後藤新平などは、自宅の敷地内に妾《めかけ》とその子供たちを住まわせていたほどだった。星一も出入りの植木屋に頼んでお金を女性に届けさせたりしたこともあったため、近所では噂話《うわさばなし》が絶えず、精も心を痛めていた。だが、出澤の場合は様子が違う。母親の影がまったく見えてこないのである。精に対して礼儀をわきまえ、決して出しゃばることはない。だからこそ、恐ろしくもあった。精はなんとももどかしく、一刻も早く自分の息子がしっかりと会社を継いでくれないかとやきもきしていた。精の気持ちは星一も重々承知していただろう。

星一は息子たちをどうしようと考えていたのか。星一は遺言書でも、社業の継承者を指名していないし、「新一」の随筆にも、父親から会社を任すといわれたといった記述は一切ない。生涯現役を自任する星一が決して口にはしなかったとしても不思議ではない。その意志を知る手掛りは社報のみである。星製薬社報第二九八号（昭和二十四年一月一日発行）には、出澤が取締役に就任した年の夏、親一が社長代理として星製薬長野県支部長会に出席し、彼らの前で挨拶をしたことが記載されている。社長は親一に継がせ、経営実務の面では経済学部出身の出澤にサポートさせる。そんな構想をもっていたかもしれない。

だが、親一本人が社業を継ぐ意志を固めていたわけではない。出澤に対してライバル心を燃やした形跡もまったくない。西武鉄道の堤一族のような腹違いの兄弟間に起こりがちな確執や争いを期待すると裏切られる。星製薬には星一の弟や甥《おい》や姪《めい》といった親族も勤務していたため、彼らからすれば歯がゆいものだったことは想像にかたくはないが、親一はむしろ、九歳年長の異母兄の存在を頼りにしていたふしがある。というのも、この期《ご》に及んで友人に相談し、国家公務員試験の受験を計画していたのである。自分は口先ばかりで実行力はない。そんな人間が会社を統率できるはずもない。企業人としてはまったく不適格だ。そう考えていた。父親とあまり話ができなかった息子の、遅れてきた反抗期のようである。

母親の心配などどこ吹く風。相変わらずふらふらと、焦点の定まらない学生生活を送っていた。そして、初めて恋もする。

リンデンクラブの開会式をするからうちに来い、と高師中以来の親友、副島有年に誘われたのは、昭和二十三年九月十九日だった。大学の文化祭でダンスパーティを主催してからというもの、副島はことあるごとに親一や北代らをダンスクラブに誘っていた。

大学は前年十月に国立総合大学令が施行され、東京帝国大学から東京大学へと改称されていた。名前の変化は、学生たちの気分にも大きな解放感を与えていた。ダンスクラブには友人がまたその友人に声をかけて誘い、やがて女子学生も現れるようになった。それならいっそ、サークルをつくってしまおうというわけである。

リンデンは菩提樹《ぼだいじゅ》を意味するドイツ語で、当時流行していたシューベルトの歌曲「リンデンバウム」からとられた。会員の情報交換のために「リンデン月報」というサークル新聞もつくることになった。人の世話を焼くのが好きで、人と人を結びつける才能に長《た》けた副島のプロデューサー気質が発揮された。左翼化する学生が多いなか、彼らとはまったく対照的な学生生活だった。

そのころ、こんな出来事があった。戦地で死線を彷徨《さまよ》う経験をした小学校時代の友人の藤浪光夫は、終戦後に東大経済学部に進み、のちにセゾングループ代表となる堤清二らと学生活動家として政治運動に身を投じていた。そんなことをまるきり知らなかった親一は、ある日、藤浪が構内でビラ配りをしているところにたまたま出くわし、「なにしてるんだい」と声をかけた。すると、藤浪は照れ笑いをしてビラを渡そうとはしなかった。

藤浪は終戦後、病気がちで精神的にも弱くなった父親に代わり藤浪小道具の手伝いをしていたが、戦時中に腕のいい職人が何人も亡《な》くなった影響は計り知れなかった。藤浪にとって、親一らに現在の自分の境遇を知られるのはどうしても避けたかったのだろう。昭和五十年に藤浪が病没し、翌年に編まれた追悼録で堤清二の一文を読むまでは、親一がそれを知ることはなかった。

二十歳前後の多感な時期に戦争というこの世の地獄と価値の崩壊、大人の豹変《ひょうへん》を見てしまった学生たちは、食糧難と貧困に喘《あえ》ぐ社会で宙ぶらりんになりながら、一方でイデオロギーに新たな理想を求め、また一方ですべてのイデオロギーと既成の価値観から解き放たれたいと足掻《あが》いていた。ベクトルの方向がまったく違う両者に共通するものがあるとすれば、目標の定まらない社会を覆《おお》う不安を払拭《ふっしょく》できる何かを必死に探していたということではないだろうか。

副島の呼びかけで始まったリンデンクラブは毎週日曜日、丸の内にある日本工業倶楽部のダンスホールで開かれた。人一倍おしゃれだった副島は、シャークスキンの明るい色のスーツを着て会場までいつも車で乗り付けた。副島は、幣原《しではら》喜重郎内閣で農林大臣を務めた副島千八の息子だった。

クラブには、高師中時代の仲間を中心とした東大生のほか、香淳《こうじゅん》皇后の姪、今上《きんじょう》天皇のいとこにあたる三条西洋子《さんじょうにしひろこ》や大徳寺僧堂に入る前の千宗室（現・千玄室）もアロハシャツ姿で現れた。なかでも、親一らが親しくなったのは、映画が公開中だった『天の夕顔』の著者、中河与一と歌人の中河幹子夫妻の娘たちである。

『天の夕顔』は、「日本評論」昭和十三年一月号に浪漫主義文学の傑作といわれる発表されたときには文壇から黙殺されたが、学生と人妻の二十余年にわたる純愛が当時の若い男女に圧倒的な支持を受け、戦前戦後にかけて四十万部を超えるベストセラーとなった。親一も、高峰三枝子主演の映画を見たばかりだった。

スターダスターズの生演奏をバックに、親一は、妹の中河卿子《けいこ》とダンスを踊った。姉の鞠子《まりこ》は知的な美人だったが、親一は、美人というよりもボーイッシュな卿子のほうに引かれた。卿子もまた、話術巧みで気障《きざ》な副島より、手足がちぐはぐになってしまうほど踊りが下手でシャイな親一の真面目《まじめ》さに好感をもった。

みんなで中河家に集まったりピクニックに出かけたりするうちに、親一は卿子を映画に誘うようになっていた。「ヘンリイ五世」「凸凹空中の巻」「シベリヤ物語」「仔鹿《こじか》物語」……、毎日ホールで開催された演奏会「プーランク　二台のピアノ演奏曲」にも出かけた。娯楽のない時代だからやむをえないものの、ふたりきりで話をするのが苦手な親一は、映画館や音楽会に行く以外にデートの仕方をよく知らなかった。

卿子は日本女子大学国文科を卒業し、西神田の日本大学にあった大学基準協会で事務員をしていた。戦後の新制大学を設置する基準を定めるための事務局で、東大を始めとする六大学の学長たちが集まる会議の議事録をまとめたりしていた。

仕事の終わる午後五時が近づくと、親一がいつも戸口に黙って立って待っていた。

卿子は本心は嬉《うれ》しく胸は高鳴っているのだが、事務所の人たちがいる手前、「あら、また来たの」などと困ったそぶりをみせた。

二人で出かけても、とくに気のきいた会話をするわけではない。お互いシャイで、冗談をいって笑い合うわけでもない。ただ一緒にいるだけで楽しかった。

ある日、親一が一張羅と思われる高級なオーバーを着てダンスパーティに現れたことがあった。親一はいつも質素で決して服装に気を配るほうではなかったので、おそらく父親の星一のものだろうと卿子は思った。ところが、足元を見ると、オーバーの裾《すそ》から裏地が四角く破れてたらんとぶら下がっている。いったん気づいたらもう、気になってしかたがない。教えてあげたほうがいいのか、どうなのか。さんざん迷って悩んだ挙げ句、結局知らないふりをすることに決めた。指摘すれば親一をはずかしめるような気がしたのだ。次に会ったときには直っていたので、たぶん母親が縫ったのだろう。卿子はほっとしつつも、自分が何もできなかったことが情けなく恥ずかしかった。

マフラーを贈られたこともある。赤とブルーの千鳥格子《ごうし》の分厚い絹製で、高級品であることは一目瞭然《りょうぜん》だった。ところがどうも野暮ったい。一度だけ巻いてみたが、まったく気に入らなくてそれきり。でも、だからといって親一にそんな話はできなかったし、ましてや返そうなんて気持ちにはならなかった。遠慮したり、わがままを通したり、卿子は自分でも不思議な女だと思った。

親一は卿子を母親に紹介しようとしたのだろう。日本工業倶楽部のダンス会場に精が突然現れたことがあった。精のほうも息子がどんな女性とつき合っているのか、星家の嫁としてふさわしいかどうか見定めに来たのだろう。挨拶はしたものの、きっと落第だわと卿子は肩を落とした。異性と交際することなどまったく初めてだった二人は、結婚を意識しながらも、言葉にはできず、いつまでたってもあと一歩が踏み出せない。そんなもどかしさを抱えていた。

親一が両親に内緒で国家公務員試験を受けたのはそんなときだった。国家公務員試験を受験した経験を綴《つづ》った「官僚について」(『きまぐれ星のメモ』所収)という随筆で「新一」はこう書く。

昭和二十五年頃(昭和二十四年の誤り・引用者注)だったと思うが、大学を出てまもなく、私は役人になろうと思った。べつに国家再建の使命感に燃えたからではない。私の如《ごと》くなまけ者で、他人におせじが言えず、口先だけで実行力がなく、能率的でもないという、性格に欠陥のある人間は、とても民間の会社にはむかないだろうと考えたからである。

結果は、受験者八千人中三百番。役人になればなんの業績を挙げなくても一応食べていくことはできる。これでひと安心と親一は思った。幸いにして農林省に採用の話があり面接にも出かけた。ところが、待てど暮らせどお呼びがかからない。

これには当時の社会情勢に目を向けなければならないだろう。第三次吉田茂内閣が誕生した昭和二十四年は、アメリカの日本占領政策が「非軍事化と民主化」から「極東における反共の砦《とりで》」へと転換する節目の年だった。依然として食糧と生活必需品の不足は深刻で、インフレ率は六〇パーセントにも上った。まずはこの不況にあえぐ日本経済を安定化させなければならない。その手始めとしてGHQが着手したのが、経済顧問ジョセフ・ドッジが提言した緊縮財政策、いわゆるドッジ・ラインである。ドッジ予算に基づく行政機関職員定員法が施行され、この年、政府職員で約二十八万五千人、国鉄職員が約九万五千人という大規模な人員削減が行われた。下山定則《しもやまさだのり》国鉄総裁が轢死体《れきしたい》で発見された下山事件や、無人列車が暴走して利用客が死傷した三鷹《みたか》事件、通過中の列車が突然脱線転覆して乗務員が犠牲となった松川事件と、国鉄を舞台にした三大事件が発生するのもこの年である。

政府職員の大規模な人員整理が行われるなか、新たな採用にまで手が回らないのはやむをえない。親一が採用待ちでやきもきしているうちに、父親の知るところとなった。

「役人なんかになるな」

星一の怒りは尋常ではなかった。星製薬は昭和二十四年の春に東京証券取引所が設立されるのと同時に上場し、GHQによる星薬学専門学校の接収も、星一がマッカーサー宛《あて》の嘆願書を携えて頻繁にGHQに足を運び交渉を行った末にようやく解除されることになっていた。つまり、会社再興に向けたスタートがようやく切られる重要な年だったのである。そんなときに息子が自分の最も嫌う役人になろうとしていたとは、裏切り行為でしかない。

親一にもいい分はあろう。当時の親一は、政官あげて星製薬を破産まで追い込んだ阿片《アヘン》事件とその後の紆余《うよ》曲折などまったく知らなかった。父親が役人嫌いであるのは知っていたが、自分が父親を裏切ったという意識はない。親一が、星一と星製薬が受けた理不尽な弾圧について詳しく知るのは、父親の半生を描いた『人民は弱し 官吏は強し』（初出「別冊文藝春秋」昭和四十一年春号）を執筆するために資料を収集し、関係者の取材をしたときである。だから当時は、会社に異母兄がやって来たことも渡りに船といったところだったかもしれない。それに、恋をして初めて、独立した家庭を築くイメージも抱き始めていたのかもしれない。

公務員試験の記憶と卿子の思い出が重なって脳裏に刻まれていたためだろうか。

「官僚について」で、「新一」はこう書いている。


かくの如く私にとって、役人は初恋の相手のようなものであり、いまだに面影が忘れられず、時とともに心のなかで美化されてゆくのである。


ところが、二人の恋は思わぬ事件をきっかけに終止符を打つことになる。

「エロ映画事件」が起こったのは、昭和二十四年五月十三日である。米国製ブルーフィルムの上映会を東大構内で開催していたリンデンクラブの男子学生たちが、警察に検挙された。発端は、北代の父親がアメリカから持ち帰った十六ミリ映写機を北代が副島に貸したことだった。それを知った副島の遊び仲間のSがNHKから借りてきた米国製のブルーフィルム（なぜNHKにあったのかは不明）をみんなで見ることを思い立ち、やはり遊び仲間だったTとチケットを販売して上映会を開こうと企画した。このときは親一も傍観者ではない。チケットを売る前に念のため事前に映画を観《み》ておこうと発案したのが、親一だった。農学部の研究室に誰もいなくなる時間を見計らって試写会場を準備し、副島や北代、S、T ら五名を集めてフィルムを上映した。モノクロとはいえ、当時の学生たちには刺激的すぎる内容だった。

ところが、上映会当日、誰が密告したのか、警察が乗り込んできた。首謀者としてTと副島が捕まり、上映会は即刻中止。「東大生逮捕」は新聞沙汰《ざた》にもなった。お灸《きゅう》を据えられる程度ですぐに釈放されたものの、リンデンクラブのイメージが悪化したのは否《いな》めなかった。

「リンデンには行くな。同類の人間だと思われたら大変だぞ」

鞠子と卿子は、両親からリンデンクラブへの出入りを厳しく禁止された。クラブの雰囲気も徐々に白けていき、夏ごろにはやめていく人間も多くなった。親一と卿子の間にもすきま風が吹き始めた。

そんなときに卿子に見合いの話が舞い込んだ。ほとんどの男女が見合いで結婚していた時代である。いつ嫁いでもおかしくはない年齢に差しかかっていた卿子には、結婚をあせる気持ちもあった。見合いを決意させたのは、「リンデン月報」に載った親一の短編小説である。卿子はそれを読んだとき、二人の別れを予感した。

「その小説は、おもしろくて、よくできていると思いました。でも、読み終えて、あ、これはもしかして私たちのことかしら……、そう思ったんです」

七十七歳になる卿子は、大学教授だった夫を十年前にがんで亡くし、藤沢市の小さな町にひとりで暮らしている。若いころの写真を見せてもらうと、ぽっちゃりとして活発そうな女性だった。

「私は本当にばかでおろかで、劣等感のかたまりのような人間でした。姉はからだが弱かったので大切に育てられたんですけど、私は丈夫だからといって放っておかれたんですね。家に帰って、あー疲れた、とため息をついたら、あら卿子さんでも疲れるの、なんて母にいわれてショックだったこともあるほどです。姉はとても美人でしたからお見合いの話はよくあったんですが、私は姉よりブスで内気で、早く結婚しないと大変だと思っていましたから、それでお見合いを決心したんです。お見合いは、主人に会うまでに、二、三度はしたと思います」

親一は卿子との結婚を考えていたのではないだろうか。

「どうなのでしょう。私はほんとうにぼんやりしていて、歩いていたら電信柱にぶつかるような人間なんですよ。食べるものがなかったので頭に栄養がいかなかったのかしら。どうしてお別れすることになったのかはよく覚えていないんです。ただ、リンデン月報にそれらしき別れ話が出ていたのを読んで、ああ、こういうお気持ちなのかしらと思ったんですね。若い二人の気持ちが冷めて、さみしく別れていくというお話でした」

親一の気持ちを確かめようとはしなかったのか。

「いえ、それは……。誇り高き女でしたからね」

この時期に符合する作品といえば、「リンデン月報」九月号に親一が寄稿した短編「狐《きつね》のためいき」がある。晩年になって「新一」が物置きを整理していたところ偶然発見し、「これが私の、作品第一作」として「SFアドベンチャー」平成五年四月号に公表している。印刷物に発表したものに限定すれば、これ以前にも小学校の同窓会で編んだ文集や東大農学部の卒業記念文集にも小品は書いていたが、「のちに千編を超えるショートショートの、一号」と自称している点で、「狐のためいき」は重要な作品である。雑誌に公表する際、成立事情は覚えていないが、紙面を提供するといわれて調子に乗って書いた、と付記している。

伊豆の天城《あまぎ》の山中に住む狐のひとり語り、である。その狐は、都会からやってきた人間を自分だけが化かせないため仲間からはいつもばかにされている。だが、狐は思う。

美人に化けるなどなんでもないこと。でも、私は人前には出られない。なぜなら、人間の苦しさをよく知っているから。明日を考える余裕のないところで生きている人たちが、ほんのわずかなひまを見つけて伊豆にやってくる。都会の人たちは本当は自分が化かされていることがわかっている。だからこそ楽しい夢を見られる。

そのことを私は知っているからだと。

仲間の狐たちに、ばかだ、いくじがない、だらしがないなどとあざけりの言葉を投げられながらも人を裏切ることのできない狐の思いを切々と綴った、原稿用紙にすれば七枚程度の小品である。終戦まもないころのよりどころのない若者たちの心情を表しているようでもある。

私はこの作品をすでに読んでいたが、卿子に会ってから改めて読み返してみて、はっとした。「私は本当におろかでばかな女で」などと、何度も自分自身をさげすむ言葉を使う卿子の話し方が、狐のそれとどことなく似ているのである。

「私はいつも仲間には馬鹿《ばか》にされています」「自分が劣った狐であると考えてしまうこともあります」「狐のうちでも、いちばん間抜けなやつです」……。

これはどういうことだろうか。「狐のためいき」は、若い二人が別れていくという内容ではないが、時期的にみても、卿子やリンデンクラブの仲間を意識して書かれた作品であるのはまちがいないだろう。卿子が記憶する、若い二人が別れていく物語のほうはまだ見つかっていない。書かれているとすればその前後と思われるが、「リンデンの会」の予定が同じころに親一の手帳から消えているのを考えると、「リンデン月報」が九月号以降も発行され続けたとは考えにくい。

となると、それ以前の号となるが、残念ながら卿子を含め、当時の友人で「リンデン月報」を保管している者はなく、これについてはわからぬままである。作品が少なくともあと一編、存在したことは間違いない。後年、文芸評論家の武蔵野《むさしの》次郎との対談で、一番最初に書いたのもショートショートだったのかと訊《き》かれて次のように答えている。

　厳密な意味で最初というと、大学時代ですから昭和二十五年《ママ》ぐらいですか、友達とガリ版刷りの新聞みたいなのを作りました。今でいえば同人誌ということになるでしょうけど、その頃は紙が無くて……。それに短いやつを二編ぐらい、フィクションで書きました。一種のファンタジーですけど。それが事実上初めて書いたものです。

（傍点引用者、『星新一の世界』）

親一はそのうちの一編を紛失してしまったのか、あるいは、「狐のためいき」を発見したときに、同時に見つかっていたが公表しなかったのか、そのどちらかである。今となっては幻の作品となった。

卿子にとって、親一は初恋の男性だったのだろうか。

「そうかもしれませんね」

卿子は頷《うなず》いた。

「初恋だったのでしょう。お互い好きになって、ダンスはいつもあの方と踊っていました。ドライではないけど、ウェットでもない。今の人たちにはわからないでしょうけど、清い交際でした。とにかく地味で暗い時代でしたから、みんなで集まってわいわいいって、本当に楽しかったですね」

卿子は親一のどんなところに引かれたのだろう。われながら愚問と思いつつ訊《たず》ねたところ、

「好きになるのに理由はあるのでしょうか」

といって微笑《ほほえ》んだ。

卿子の家は、女性建築家の草分けといわれる山田初江設計のモダンな木造家屋で、施主であった夫の強いこだわりが見てとれた。飾り棚には、家族の写真や夫婦で楽しんだというコントラクトブリッジの大会で優勝したときのトロフィー、晩年に夫が授与された勲二等の勲章が並んでいる。今も、コントラクトブリッジの教室に通うのが一番の楽しみだという。

卿子が夫と結婚したのは、昭和二十六年十二月。戦後、香港《ホンコン》刑務所での抑留を経験し、帰国後は電力中央研究所の研究員として日本初のアーチ式ダム建設に携わった夫を深く敬愛していることが言葉の端々から感じられた。今回の取材を受けてくれたのは、青春時代の淡い思い出を懐《なつ》かしく感じたためのようだった。

卿子は、その後の親一については何も知らない。作品も読んだことがない。リンデンクラブで知り合ったほかの学生たちの行方もまったくわからないという。解散後はそれぞれ社会人となり、家庭に入り、新しい人生を歩んでいった。親一、卿子、そして、リンデンクラブの仲間たち。物心がついたころから戦時下を生きてきた彼らにとって、それは、初めて味わった苦くも輝かしい青春のときだった。

第四章　空白の六年間

昭和二十四年十二月二十二日。

登記簿によれば、この日、出澤三太が星製薬取締役を退任、入れ替わるように親一が取締役営業部長に就任する。牛久《うしく》の星食糧品株式会社は倒産、牛久駅前の広大な土地や建物もすべて売却された。

日本銀行に勤務していた金子兜太《とうた》はこのころ、借金返済に走り回る出澤と神田駅近くでよく酒を飲んだ。

「満州帰りの水戸高校の先輩で、東大で化学を専攻したという人がタンパク質の合成に成功したといって出澤に話を持ちかけたんですね。出澤は新しいものに飛びつく人間だったから信用して彼にお金を出して機械を作らせた。そのお金は牛久の会社から前借りしたらしい。ところが、タンパク質の合成なんて話はまったく嘘《うそ》で、その男は金をもって逃げてしまったんです。それからが大変だった。従業員の給料も払えない。

星一に融通してもらったんでしょうが、現金を鞄《かばん》に入れて走り回っていました。神田で飲んだときも、ああ、ダメだ、ダメだ、って苦労していました。牛久の土地や会社がなくなったのは、息子が失敗したから星一の裁量で売り払ったんじゃないかと思います」

人工的にタンパク質が合成できる。もしそれが事実であれば、思い通りの医薬品や食品の開発につながる画期的な研究である。協和発酵の研究者だった木下祝郎《しゆくろう》の『回想　アミノ酸醗酵《はっこう》を繞《めぐ》って』によれば、昭和二十一年に入社してまもなく社長の加藤辨三郎《べんざぶろう》から与えられた研究テーマは、ペニシリンとストレプトマイシンの生産に加え、良質なタンパク質を作ることだったという。

復員、引き揚げによる急激な人口増で食糧は底をつき、町中で闇《やみ》が横行して餓死する人々もあった終戦直後、出澤がこの夢のような話に賭《か》けたとしても不思議ではない。もし事業が成功すれば周囲に、なによりも父親に強く自分の存在をアピールできる。

しかし、それは所詮《しょせん》、夢でしかなかった。協和発酵の木下の場合もその後しばらくなんら成果を挙げることができず、十年目にしてようやくグルタミン酸生産菌を発見した。才能ある人物に投資するというのは星一のやり方でもあったが、DNAの二重らせん構造もまだ解明されていない当時、タンパク質の人工合成に成功した、というふれこみがいかに眉唾物《まゆつばもの》であるか、化学を専攻していない出澤には判断する術《すべ》がなかったのだろう。さらに預金封鎖に続く巨額の財産税で資産が没収されたことが追いうちをかけ、あらゆる悪条件が重なった。星一の弟、星三郎の死によって星食糧品株式会社を引き継いだ出澤であったが、十分な成果を得られぬうちに会社を手放すこととなった。同じ敷地内に住んで工場に勤務していた三郎の遺族にしてみれば、会社を乗っ取ってつぶした人物となる。評判が芳《かんば》しくなるのもやむをえぬことだった。出澤はこの責任をとり、以後、生涯にわたり星製薬との関係を断つ。

出澤と交替するように取締役になったのが、親一だった。この取締役就任は、星一がここで周囲にはっきりわかるかたちで後継者を指名したとみてよいだろう。「死なないことにきめている」と語っていた星一は引退など考えていなかったが、親一を秘書として数々の講演会や会合に同行させていた。親一にとって出澤の早すぎる失敗と取締役就任は予想外の事態だったが、いよいよ本格的に会社の経営に向きあわねばならなくなったのである。大学院の論文執筆は大詰めを迎えていたが、実験も研究発表も共同研究者の宮坂作平に任せ、会社へ国会へと通う毎日だった。

星製薬は東京証券取引所設立で上場したものの、経営状態は好転しなかった。累積《るいせき》する税金、悪質な債権者からの取立ては引きも切らず、加えて生産力の低下は手の施しようがない状態だった。親一以外の重役陣は高齢化しており、北海道の土地の開拓や千葉県の財団法人いも加工技術養成所の設置など、戦後新たに事業を広げたためさらなる多額の借金を抱えた。接収を解除された星薬学専門学校の薬草園など主要な土地建物には、依然として複数の抵当権が設定されている。社員への給料も滞りがちとなった。星一の徳を慕う社員と全国のホシチェーンが、会社の復興を信じて勤務し、協力しているという状況である。

醍醐忠和は、親一に頼まれて土地の買い手を探した。

「星製薬の土地は一万坪ぐらいあったのですが、実際に稼働《かどう》しているのは百坪程度でした。それだけの土地があれば将来、物流センターや工場にできると思うし、誰か買ってくれる人はいないものかなとルート探しを相談されたのです。僕の伯父が金融関係に勤めていたのでそこの不動産部門につないだのですが、まもなくその伯父が死んでしまい、そのままになってしまった。星君はしきりに、自分はこの仕事には向いていないとぼやいてました」

そんな折、GHQより、ペルーの土地が星一の所有であることが確認されたと発表された。星一が大正七年に購入したツルマヨ地区は、海抜六千七百フィートのワヌコ州にある温暖で森林資源の豊かな地域で、奈良県に相当する面積をもつ。キナ樹やコカの栽培、将来的には数百万人単位の移民を企図して購入されたもので、軍用道路の計画があったことから昭和十一年には時価総額は一千万円以上にも達していた（大阪毎日新聞、昭和十一年九月三十日付）。星一がニューヨーク滞在中に発行していた在米邦人向け新聞「日米週報」の編集主幹だった同郷の沢田正穂は、星一の要請でツルマヨ地区の管理人兼支配人となって赴任し、日本から百五十人が入植して一時期はペルー全土の茶や小麦の六割を生産する栽培地となるが、第二次世界大戦に突入するとペルー政府に接収されたまま手つかずとなっていた。

星一はこの土地の三分の一をニューヨークの材木商に売却し、流動資金を得て会社を更生する計画をたて、視察および交渉のためアメリカとペルーへ渡ることとなった。東京女子大学英文科を出て英語のできる鳩子《やすこ》が、脳溢血《のういっけつ》の後遺症で体調のすぐれない父親に同行するよう要請された。民間人の海外渡航は容易ではなかった時代である。大量の申請文書を準備し、国会議員の特権でようやくビザを取得できた。

「本当は上の兄（親一）が行くべきだったとは思うのですが、英語ができるからということで突然行ってくれといわれたんです。領事館に父の友人がいて、君みたいな女の子が行くのはどうかといわれました。吉田茂総理は、ぼくも若いときに父（岳父の牧野伸顕《のぶあき》。吉田はパリ講和会議に随行）と一緒に海外に行ったけど、親と一緒に旅するのは大変だね、と理解を示してくださったのですが」

昭和二十五年十一月十七日早朝、羽田空港では、精、親一ら家族と星製薬の社員たち、出澤三太と貴美子も見送りにやってきた。空港は米陸軍の管理下にあり、羽田陸軍航空基地と呼ばれていた。搭乗した飛行機はパンアメリカン航空のプロペラ機である。

「まずハワイへ、それからサンフランシスコへ行きました。ハワイでもサンフランシスコでも大変歓迎されました。サンフランシスコでは福島県いわき出身の国府田《こうだ》敬三郎さんという日系人が私たちを迎えてくれたんですが、ドス・パロスで農業をやっていた方で、当時サンフランシスコやロスで米作をしていたのはこの人だけだったんじゃないでしょうか。戦前は長男以外は家を継ぐことができませんでしたから、田舎の人はこうして移住していたんです。国府田さんは、強制収容所に入れられてとても苦労された人でした。サンフランシスコから向かったデンバーで、父は星製薬の販売代理店だったホスケン＝ホシ商会のホスケン夫人に会って、事業の相談をしました。何を交渉していたのか私にはわかりませんでしたが、父はもう疲れちゃって元気はなくなっていました」

星一はその後、ホスケン夫人同伴でニューヨークの投資銀行クーン・ローブ商会とも会談しているが、肺炎を併発して体調は悪化し、血圧が二百を超えたため医者から休養をすすめられる。そして、静養先のロサンゼルスへ到着したところで再び脳溢血に襲われた。昭和二十六年一月九日だった。

一月十五日、国府田敬三郎から星製薬に「HOSHISAN JUTAIDIS《ママ》 KODA（星さん重態です　国府田）」という電報が届いた。ロサンゼルス日本人病院で治療にあたった医師の臨床日誌によれば、ペニシリンの投与でいったん容態は安定したものの、米国時間の十五日には質問に対して応答はわずかしかないという状況だった。会社は騒然となり、重役たちは社長の快復を祈りながらも、万一の事態に備えて協議を進めた。十八日未明、星一は、国府田ら二名の日系人立ち会いのもと、鳩子が口述筆記した遺言状に署名。のちに大きな禍根を残すことになるこの遺言状を作成した直後、昏睡《こんすい》状態に陥った。

同日午後六時五十五分（日本時間十九日午前十一時五十五分）、逝去。享年《きようねん》七十七。

「HOSHI PASSED AWAY 655PM JANUARY 18」

日本時間の一月十九日午後五時半、星製薬に訃報《ふほう》が届くと、戸越の自邸で待機していた親一のもとに重役、監査役らが慌《あわ》ただしく集合し、緊急の取締役会議が行われた。

阿片《アヘン》事件で星製薬が揺れていた昭和初期から星一の腹心として勤務し、国政選挙では事務局長も務め、大番頭と呼ばれた常務取締役の日村豊蔵《ひむらとよぞう》をはじめ、元陸軍中将の若松只一《ただかず》、監査役だった顧問弁護士の花井忠ら八名である。彼ら重役陣はこのとき五十代後半から六十代。二十四歳の親一は親のような年齢の人々に囲まれた。

「出席者が定数の過半数に達しましたので、取締役会は有効に成立することを確認いたします」

日村が午後九時過ぎに取締役会の開始を告げると、人事と葬儀関係の緊急議案が全会一致で決定され、親一が「社長事務代理」にあたることが決まった。引き続き、次の議案に移ろうとした九時半ごろ、星家あてに一通の電報が届いた。鳩子からだった。

「スミマセン　チチナクシマシタ　ヤスコ」

簡潔な中にも自分の責任を果たせなかったことをわびる電文は、日村をはじめそこにいた重役たちの胸を打った。

悲しみに浸る間もなく、議事は粛々と進行した。会議録によればこのとき、星一から万一のことがあったらと事前に伝えられていたと推察される議案が提出されている。相談役と顧問の選任である。

相談役の候補には、高木陸郎《りくろう》（のちに日本国土開発株式会社会長）と光生命保険相互会社の竹村吉右衛門《きちえもん》（昭和二十八年より安田生命保険相互会社社長）の二名。顧問には、すでにアメリカのホスケン＝ホシ商会や財団法人いも加工技術養成所の顧問として迎えられていた電波工学の権威、元大阪帝国大学総長八木秀次のほか、新たに北代禮一郎の父で昭和二十四年まで復興金融金庫理事長を務めた北代誠彌と、のちに国連大使に就任する外交官、澤田廉三の名前があがっている。

会議録には、八木を除く四名に打診し、本人たちの承諾を得た上で至急決定したい、とある。発議したのは、顧問弁護士である花井忠だろう。四名は星一が昔から信頼を置いていた、あるいは、星一が星製薬の立て直しについて相談した人々だったと考えられる。

とくに、高木陸郎と澤田廉三の名前があることは特別な意味をもつ。鳩子の証言にあったとおり、星一は渡米前に吉田茂に面会している。台湾総督府専売局阿片課にいた荒川禎三のいわき民報の連載「いわき百年と星一」によれば、吉田は、星製薬が急成長していた大正時代、イギリス製モルヒネを駆逐しようと「星印モルヒネ」を中国市場に送り込んだころに天津《てんしん》と奉天《ほうてん》の総領事を務めており、それ以来の関係だった。

吉田は、昭和二十四年二月に第三次吉田内閣発足以来、官民一体となって電源開発、治山治水、灌漑《かんがい》、干拓、道路、港湾などに取り組むための総合的な国土開発計画を推進しており、昭和二十五年六月にはこれを実施するための国土総合開発法が施行されていた。この計画の立案者が、吉田が天津と奉天の総領事だったころからの親友、高木陸郎だった。加えて、澤田廉三は、当時公職追放の身にあった高木と吉田との間をつなぐ連絡係を務めていた。なお澤田の妻は、進駐軍の兵士と日本人の間にできた混血児の施設エリザベス・サンダース・ホームをつくった澤田美喜である。

星一が渡米前に吉田に何を相談したかは定かではない。しかし、逝去後まもない取締役会で吉田肝入りの国土開発計画に携わる二名の人物の名前が挙がるということは何を意味するのか。土地の売却先を探していた星製薬がなんらかのかたちで国土開発計画に関与する構想でもあったのか。

結局、打診した四名のうち高木陸郎が、顧問に就任した。この高木という人物、その経歴と歴史的役割にもかかわらず、中国での交遊関係を綴《つづ》った自著があるほかは第三者による本格的な評伝は書かれていない。ここでは、父親を亡《な》くしたばかりの親一が最初に接した関係者ということで、わずかな資料と高木の遺族の証言をもとに最小限の情報だけを記しておく。

高木は、明治三十二年に三井物産が日中貿易の交渉を行う人材を養成するために上海《シャンハイ》へ派遣した初代中国修業生である。十代のころは弁髪のかつらをかぶって中国人と同じように生活し、南京《ナンキン》、北京《ペキン》、漢口《かんこう》、長沙《ちょうさ》と各地を歩きながら現地で友人をつくるという非常にユニークな青春期を送った。二十五歳で湖北官銭局の顧問に就任。漢陽鉄鋼廠《てっこうしょう》に三井物産の口座を開かせて六十万ドルの信用貸しをするよう計らい、欧米商社の猛烈な要求を退けて三井物産に鉄の一手販売権をもたらして三井の中国進出における立て役者となった。この功績によって中国最大の石炭・製鉄会社であった漢冶萍煤鉄廠鉱有限公司（督弁・盛宣懐）の日本商務代表にも就任した。

大正九年には、不況下にあった南満鉱業の社長に就任して再建を手がけ、大正十一年には、中日実業株式会社の副総裁となった。中日実業とは、日中共同の資源開発を実行するため、三井物産を中心に日中の実業界の有力者によって設立された日中合弁公社であるが、実体は日本側の利権獲得を目的とした対中国投資機関の前衛であった。

高木は高まる排日運動の影響で債権回収が滞ったため、会社整理を任されたのだった。三男の高木三郎とその妻の真知子によれば、混乱状況にある「会社の整理をよく任されていた」という。しかし、狭心症の悪化で昭和十五年に帰国。静岡県熱海の伊豆山で静養し、昭和十九年八月から翌年六月まで大政翼賛会興亜総本部本部長を務めた――高木の経歴は、簡略化すればこのようになる。

星製薬関連資料によれば、高木が初めて星製薬に現れたのは、朝日、読売、毎日など新聞各紙で星一の訃報が流れた直後である。そのころは大政翼賛会の興亜総本部本部長だったため公職追放となり、自分自身は表面には立たずに吉田茂と元三井物産総《そう》帥《すい》の池田成彬《しげあき》に国土総合開発計画を提案し、計画を実施する民間企業として、日本国土開発株式会社の設立を準備していた。

高木は腹心を数名引き連れて星製薬社長室に入ると、開口一番、重役たちに告げた。

「星一先生とは尾崎行雄先生の長寿会で特別懇意にしていて、渡米に際しては、あとはよろしく頼むといわれていた。会社の整理は拙者がする」

尾崎行雄といえば、憲政の神様と呼ばれ、治安維持法や翼賛選挙を批判するなど一貫して軍国化に抵抗した国会議員である。長寿会が二人を結びつける最初の機会だったのかどうかは不明だが、三井物産と星製薬は大正時代に原料阿片の台湾への輸入をめぐって競争していた。高木は後藤新平が逓信《ていしん》大臣・内閣鉄道院総裁だったころより親交があったというから、星一と高木がつながっていても不思議ではない。

親一が高木の経歴をどこまで把握していたかはわからないが、一月二十一日に星家で行われた緊急取締役会議でほかの重役たちから社長就任を要請された時には、社長を引き受ける条件として、顧問には高木陸郎の新任と八木秀次の続投を、また、取締役の内田敬三を専務取締役に昇格させることの二点を挙げている。

山下汽船取締役でもある内田敬三も中国での活動が長く、中国北部開発のため南満州鉄道全額出資で設立された興中公司では、十河《そごう》信二社長（のちに第四代国鉄総裁として東海道新幹線を建設）のもとで取締役を、また星一の生前から星製薬の取締役を務めていた。

親一は、高木の提示する整理案を八木秀次や花井忠、竹村吉右衛門にも諮《はか》った上で、次の通りに採用すると発表した。

一、星製薬株式会社は第二会社を設立する。
二、債務は旧会社に背負わせておく。
三、社員従業員は解雇する。
四、土地建物は売却する。交渉先はキヤノンカメラの会社《ママ》。

このとき、親一が印鑑を押して取締役と秘書らに手渡した書状がある。そこには、金融機関との関係を調整して正規の生産資金を導入するためにも、ここは心機一転、弥縫策はとらずに正当な方法で改革し、信用ある会社として再び軌道に乗るまで努力する、といった決意が記されており、各人がこれに賛成し、協力するか否《いな》か、賛成しない場合は任務を離れてもらいたいという強硬な姿勢を示した。高木をバックにつけた親一とほかの重役陣との間に考え方の相違が生じ始めていたことがうかがえる。親一としては、星一のイエスマンや腰巾着《こしぎんちゃく》としか思えない年寄りたちに会社整理を任せるわけにはいかなかったのだろう。高木が会社整理のプロであるとはいえ、社員従業員の解雇を含む大胆な案が提示されたのは、星一の生前から具体的な相談が行われていたためと推察される。

しかし、高木の整理案は難航した。キヤノンカメラとの交渉は金額が折り合わず白紙に戻り、労働組合はこのままでは未払い給料や退職金ももらえなくなると危惧《きぐ》し、弁護士を雇って工場財団なる新たな団体を設立し、抵当権を設定して取締役会に対抗しようとした。混乱に乗じて、会社と労働組合の間で立ち回り、あちこちで不明瞭《ふめいりょう》な抵当権を設定する人間まで現れた。逓信《ていしん》病院や農林省、通産省、宇徳産業（倉庫会社）などから土地貸与の要求、あるいは購入の申し出も次々と舞い込んだ。

「ぼっちゃん、ぐずぐずしていては自滅します」

常務の日村豊蔵は親一を強く促し、連日のように社長室で取締役会議を開いては財産処分と借入金の整理について話し合った。日村もすでに五十八歳になっていたが、その実直さから、親一が厚い信頼を置く人物だった。このとき、財産処分の対象となったのは、工場用地や建物、機械のほか、親一の思い出がつまった箱根強羅の星山荘も含まれていた。

東京の混乱など何も知らない鳩子は、ロサンゼルスの教会で日系人会による葬儀を行ったあと、防腐処理を施された星一の遺体とともに軍用貨物船ヤコブ・リュッケンバッハ号で帰国の途に就いた。

船が横浜港に到着したのは、二月十七日午後五時。港では、精、親一、協一の近親者ほか親族、地元福島の関係者、星製薬社員、星薬科大学（昭和二十五年二月に大学認可）の学生を含む約五十名、さらに数名の衆参議員や厚生省渉外課長が出迎えた。大《おお》時化《しけ》でほとんど食べ物が喉《のど》を通らず憔悴《しょうすい》しきっていた鳩子は、精の姿を認めるとそれまで気丈におさえていたものがこみ上げた。鳩子と精が抱き合って涙を流す姿は、周囲の涙を誘い、新聞記者は鳩子にインタビューして写真を撮影した。

ＭＰの先導で棺《ひつぎ》が船から降ろされると、霊柩車《れいきゅうしゃ》を先頭に、親一らを乗せた自家用車が三台続き、星一が海外から帰国するときはいつもそうであったように、まずは大崎の会社へ向かった。二日前、十数年ぶりに降った大雪が消えずに残り、地面から寒気が立ち上って凍《い》てつくほどの寒さだったが、会社の玄関前には社員やその家族が整列し、声なき主人の到着に涙した。

親一は、二月十八日に自宅で営まれた通夜《つや》で、初めて父の遺体に対面する。長旅の傷《いた》みもなく、まるで眠っているかのように穏やかな顔であった。

二十四日午後零時半から星薬科大学講堂で行われた会社と大学の神道《しんとう》式の合同葬には、約五百人が参列した。葬儀委員長は、元大阪帝国大学総長の八木秀次。神官の儀式が行われたあと、弔辞の朗読が始まった。参議院を代表して三木治朗副議長、続いて吉田茂首相（代読）、天野貞祐文部大臣（代読）、黒川武雄厚生大臣、苫米地《とまべち》義三《ぎぞう》国民民主党最高委員長、ほかコロンビア大学や星製薬、星薬科大学関係者が続く。玉串《たまぐし》奉奠《ほうてん》では喪主の親一が最初に玉串を神殿に捧《ささ》げ、親族と近しい関係者がそれに続いた。玉串奉奠が終了すると参列者は退場、引き続き親族と関係者だけによる一般告別式が行われた。祭壇の前に棺を移して蓋《ふた》を開け、ひとりひとり星一の顔を見ながら最後の別れを告げた。このとき、腕に喪章をつけ、縁なし眼鏡をかけた喪服姿の親一の写真が今も残っている。

いったん式を閉じて、近しい者だけが遺体に対面するという葬儀形式は今や一般的だが、日本ではこの星一の葬儀が最初といわれている。葬儀後、参列者に配布された「星一略歴」と題するパンフレットには、「生前、先覚者として常に時代の数十歩を前進していた故社長にふさわしい形であった」と記されている。

一般告別式には、前述の人々のほか、昭和電工疑獄事件で逮捕された前首相の芦田《あしだ》均《ひとし》（昭和三十三年に無罪確定）、幣原喜重郎内閣で書記官長を務めた楢橋《ならはし》渡、片山哲内閣で商工大臣を務めた日本社会党の水谷長三郎、民主党時代の衆参議員、東大総長南原繁《しげる》、化粧品のボランタリー・チェーン制度をつくった資生堂社長の松本昇ら政財学界の名士も参列した。午後三時を過ぎても参列者はひきもきらなかったが、棺は霊柩車に移され、関係者はバスや自家用車に分乗して青山墓地へ向かった。東京都はすでに火葬が義務付けられていたが、星一の故郷の慣習にのっとり特別な許可を得て秘《ひそ》かに土葬された。このため、桐《きり》ヶ《や》谷斎場にて火葬されたと虚偽の申告をするほどだった（『星薬科大学八十年史』には火葬場費を計上した葬費予算書まで掲載されている）。

陽が沈み、冷え込みがますます厳しくなった夕刻六時、葬儀委員長の八木秀次が「一切滞りなく終了した」と挨拶《あいさつ》し、葬儀は終わった。喪主である親一が挨拶したという記録は残っていない。取り乱した様子もなかったという。葬儀の世話をした星一の甥《おい》で星製薬工場長だった下山田秀雄は、次のように回想している。

死後三十八日目《マママ》に米国船で横浜に着くと直《す》ぐ東京の星家に運んで開函《かいかん》しました。死臭どころか見事な姿でした。モーニング姿でチャンと梳《くしけず》られ眼はつぶってましたがタヌキ寝入りの感じでした。バイブルが一冊と玩具《おもちゃ》の仔犬《こいぬ》が添えてあり、顔はきれいに薄化粧さえしてあり、生前よりも美男子でした。谷中《やなか》墓地（青山墓地の誤り・引用者注）へ埋葬するまで日数を要したので、その間ずっとボックスの扉を開けて座敷に祀《まつ》っておきました。警視庁の許可を得て告別式もそのままにしておきました。四囲をコンクリートで固めた室に埋葬しましたが、あのままミイラになってしまうのではないでしょうか。（『磐城《いわき》百年史』）

葬儀には、出澤三太と妻の貴美子も出席していた。精は二人の姿を認めると歩み寄り、「お父さんは？」と出澤に問いかけた。この言葉を、あなたの父親は誰ですか、星一ではないでしょう、という意味だと察した出澤は、私の父は星一です、といいたい気持ちをおさえ、末席にいて最後まで言葉を発することはなかった。

生還したら母親のことを教えてあげようという約束は、ついに果たされることはなかった。自分の存在証明であり、後ろ楯《だて》ともいえる人物を失ったことをここで再確認した出澤は、これからは自分の力だけで生きていこうと決意し、葬儀後まもなく自衛隊の前身である警察予備隊に入隊した。

このように星一の逝去前後を詳述してきたのには理由がある。親一が、星一の死で何を背負うことになったのか、訃報《ふほう》直後の混乱と葬儀の経過から浮き上がって見えてくるものがあるためだ。それは、多額の借財だけではない。星一をめぐる正負の人脈だった。

まずは星製薬に関わりをもつ血縁関係のよくわからぬ大勢の親族であり、星一を絶対的に信奉してきた福島や茨城県出身者を中心とする会社や大学の関係者。そして、全国のチェーン組織であり、労働組合であり、星一の精神に共鳴して社業の復興を願う者、星一亡《な》きあとの混乱時に親一を陥《おとしい》れ、虎視眈々《こしたんたん》と会社の乗っ取りを狙《ねら》う者である。加えて、自分は星一の子だと名乗り、混乱に乗じて遺産を狙《ねら》う者も次々と現れる。ほとんど何も知らされていなかった親一には、魑魅魍魎《ちみもうりょう》以外のなにものでもなく、一切がそのまま引き継がれることとなった。

借財については、個人債権者だけで六十人もいて、税金の滞納があり、社員百数十人の給料も未払いだった（毎日新聞、昭和五十年四月十四日付）。

経理部が作成した昭和二十六年五月三十一日現在の「総負債概要」によれば、工場財団設定等借入と株式担保等借入、未払い税その他の負債で総計一億二千二百十三万二千四百七円に達していた。この数字はさらに拡大していく。

結局、親一が頼みとしていた高木陸郎による会社整理は労働組合の猛反対によって頓挫《とんざ》し、事態をさらに悪化させる大きな要因となった。そのため、翌昭和二十七年、高木が退任した後に作成された文書「なぜ工場財団及び星家では工場財団に抵当権設定をするようになったのか」によれば、「高木陸郎氏が会社に乗り込んできた」「社長室に陣取った」「高木陸郎氏の策謀」と、高木の一方的な強引さを印象づけると同時に、「高木氏が会社に乗込むに至ったのは星親一氏の懇請もあった様であった」と親一の過失を責める記述となっている。高木の顧問就任は親一の要請あってのことなのだから、星一の逝去報道後に会社に現れた高木がいきなり横暴に「乗り込んで」「社長室に陣取った」とは文字通りには信じがたい。高木を招聘《しょうへい》した親一の判断を浅はかなもの、あるいは、親一が未熟なため高木のいいなりになった、と見えるように、また会社を去った高木に責任を押しつけるため、あえてこのような表現を使ったのだろう。

とはいえ、親一が経営者として未熟で世情に疎《うと》かったのはたしかなようである。その最大の失敗が、社長である自分が書面に署名捺印《なついん》することの意味を軽視していたことだった。直接に契約交渉するだけの能力が自分にはないと自覚していたためであろうが、社長代理として皆川三陸という人物を置いていた。星製薬の資料には「当時幅を利《き》かせていた右翼団体」とあるため星一の人脈からすれば、旧玄洋社系の人間かと推察されるが定かではない。皆川は昭和二十七年にあっけなく死亡してしまうのだが、この皆川に任せていた交渉が後々、星製薬の事業再開の支障となり、親一を追いつめることとなる。

たとえば、星一の逝去後、星製薬の更生を目指し、協力者だった債権者二十人を役員に設立された協和薬品という販売会社があった。星製薬の胃腸薬を一手に販売して債権を回収し、従業員の給料を支払うことを目的としていたが、一年契約で委託する約束だったものが、商工中金から融資を受けるために必要だとの名目で皆川から渡された五年契約の公正証書に親一が署名捺印してしまった。これが原因で次の年から星製薬本体における販売再開に大きな支障が生じた。労働組合からは退職金に代わる抵当権設定の要求や越年資金の申し入れも相次ぎ、年末の取締役会議では星一の功労退職金が二千万円（当時の国会議員報酬は月額五万七千円）と決まるが、これも即時支払い不能となった上にいつのまにか抵当権が設定されている始末だった。

先の文書「なぜ工場財団及び星家では工場財団に抵当権設定をするようになったのか」には、「明治維新の様な状態で、言語に絶するものがあった。全く単純ではなかった。強い者が勝ち、早く取った者が勝ちだと云《い》う状況だった」とある。

高木のもとで会社整理に失敗した内田敬三が取締役を辞任、入れ替わりに取締役に就任したなかには、満州映画協会理事だった根岸寛一の名があった。これは親一の懇請によるものだった。根岸は親一が子供のころからよく知る星一の友人で、戦後は日本映画社の社長に就任して原爆記録映画などを製作し、東急資本による東横映画と東京映画配給株式会社の設立にも参画し重役を兼任するが、公職追放で辞任させられ、解除後は肺結核が悪化したため自宅療養中の身だった。それでも、正体不明の人物が次々と会社に押し寄せるなか、自分のよく知る信頼のおける人をなんとかそばに置きたかったのだろう。親一は毎週のように自由が丘にある根岸の自宅に見舞いに通いながら、会社の様子を報告し、相談していた。

親一はどんな思いでいたのだろうか。親一が取締役としての活動を本格的に開始した昭和二十五年夏以降と、社長に就任した昭和二十六年は、日記もスケジュール帳も見つかっていない。親一は学生時代から「博文館當用日記」を愛用していたが、これまでの作文で見られたように自分の心情はほとんど表現せず、出来事についてメモ程度の簡単な記述しか残していない。前後の日記は存在するため、この時期だけ書いていないというわけではないだろう。存在しないのではなく、廃棄されたのか。今のところ不明である。

親一の心境をうかがうことのできる唯一《ゆいいつ》の手がかりがある。会社が混乱していた時期、ふと発想が浮かんで某雑誌に投稿したが、没になったと自己申告する「小さな十字架」(『ようこそ地球さん』所収)である。

昭和のはじめにヨーロッパに遊学していた青年が骨董店《こっとうてん》で偶然手にした古い銀の十字架の飾りをめぐる物語で、戦争で傷つき、貧しさに苦しむ者の人生に十字架が光を与えるという、キリスト教の匂《にお》いがする原稿用紙八枚程度の短編である。キリスト教を題材にした作品は後年たくさん書いているが、それらとは明らかに違い、諧謔《かいぎゃく》を弄《ろう》していない。学生時代に「リンデン月報」に発表した「狐《きつね》のためいき」と併せて読むと、終戦後の人々のよるべない心情を素直に映し出したところに共通点を見出《みいだ》すことができる。

星家は代々神道であるが、親一自身は特定の宗教を信ずることはなかった。ただ、昭和二十四年九月から二十五年七月まで、毎週日曜日にルーテル教会に通っていたことが日記から判明している。中河卿子と疎遠《そえん》になり、星製薬の取締役営業部長に就任したころで、きっかけはわからないが、その頻度からみてもひやかし程度に通ったというものではないようだ。不安定で、追いつめられていたこの時期に足繁《あししげ》く通っていたのが教会と碁会所だった。

碁は戸越の家の敷地内の貸家に住んでいた、のちのプロ棋士、等力《とうりき》久ら兄弟に教わり、しばらくして有楽町の碁会所に通い始めた。父親の死後は教会には通わなくなり、会社の騒動からの避難場所は碁会所と映画館、やがてそこに銀座のバーが加わった。

昭和二十七年春、牧野光雄は親一から会社についての相談を受けた。幣原喜重郎内閣で内閣副書記官長を務めた参議院議員、木内四郎の秘書だった牧野は、親一より一歳年下で、議員会館の部屋が近かったことから親しくなり、熱海の温泉旅館に出かけたり銀座で酒を飲んだりする間柄だった。親一が牧野に会社のことで声をかけたのは、ちょうど衆議院議員、広川弘禅《こうぜん》の紹介で大谷重工業社長の大谷米太郎が星製薬の再建に現れたころである。

「ぼくに星製薬の取締役になってくれないかというのです。よくわからない大谷側の人間が役員に次々と乗り込んできたので、星君も肌で何かを感じたんだろうと思います」

牧野は親一の要請をSOSと受けとめた。ただし、星製薬の名刺で会社へ出入りすることが自由になっただけで、株主総会を経て取締役に就任し、事業の具体的な交渉を行ったわけではない。ときどき会社に様子を見に行っては、銀座で酒を飲みながら親一の相談に乗る。いわば、オブザーバー役だった。

大谷を紹介した広川弘禅は星一と同郷の福島出身で、当時は三十人余の派閥の領袖《りょうしゅう》としてポスト吉田茂の有力候補とまで騒がれた人物である。昭和電工疑獄事件で芦田均内閣が倒れた昭和二十三年、民主自由党総裁だった吉田の首相就任が確実視されるなか、対抗馬として山崎猛幹事長の擁立に加担するが、山崎の形勢が不利とみるなり吉田側に寝返って側近となり、第三次吉田内閣では農林大臣を務めている。永田町用語でいう「寝業師」で、吉田からはタヌキと呼ばれた。実際、目の下が黒くなっていて本当にタヌキに似ていた。キツネほど小才はきかず、腹が読めない。政策はなく、金で動く政治家、というのが当時の広川評だった。昭和二十八年に起きた吉田茂の「バカヤロー発言（衆議院予算委員会で社会党の西村栄一の質問に対して吐いた暴言）」を機に発動された吉田に対する懲罰動議の採決を欠席して吉田を裏切り、即刻農相を罷免《ひめん》されて勢力を弱めるが、星製薬に関与したときはまだ政界に幅を利かせていた。そんな広川が大谷に星製薬の立て直しを依頼した。それが、大谷の追悼集『一心 大谷米太郎』に記されている筋書きである。

「資本金が一億円で、借金が一億円ある。しかし、場所はいいし、名前も売れているから、持って行き方一つで、よくなるに違いない」

広川の言葉に、戦前からいくつもの会社の再建を手がけてきた大谷は、一億の資本金で一億の借金ならたいしたことはないと考えた。株価を訊《たず》ねると、「二十五円の株だが、たしか五円か六円ぐらいだろう、しかし、君には高く買ってもらわなくては……」と広川はいう。大谷は、自分が立て直しをするには株を半分以上持たないと会社を思うようにできないと主張し、これを条件に、星製薬の再建を引き受けた。

広川が親一らを大谷のもとに呼んだのは、昭和二十七年の正月松の内である。星製薬からは社長の親一と社長代理の皆川三陸、副社長の長幡保良《ながはたやすよし》、大谷側からは顧問弁護士の飯沢重一が同席し、証券会社の人間の立ち会いのもと、取り急ぎ全発行株式数の二〇パーセントにあたる五十万株を買い集めて大谷に与えることと、臨時株主総会を開催して大谷を社長に就任させることを約束する契約書が作成された。

広川も大谷も、親一がこれまでの人生で見たことのないタイプの人間だった。端的にいえば、インテリジェンスはなく、情と金で事を運ぼうとする。大谷は、自分には学がないから読み書きはできないといい、文書と数字の絡《から》む交渉はすべて秘書と弁護士を通じて行った。信じがたい光景に親一は自分の目を疑った。

たしかに、大谷米太郎は苦労人だった。明治十四年、富山県の貧しい農家に生まれ、三十歳を過ぎてから上京、日雇い労働や酒屋での奉公を経験している。体力があったことから同郷の力士を頼って相撲部屋に入門するが、手の指に障害を負って廃業。両国で自分の四股名《しこな》をとり、「鷲尾嶽《わしおだけ》酒店」を経営し、取引先の鉄商から鉄鋼を薄く伸ばしたり棒状にしたりする圧延用のロールが儲《もう》かると聞くと、大正四年に深川に小さな旋削所をつくった。これが大谷重工業の出発点である。

戦前には軍需景気の波に乗り、満州の鞍山《あんざん》に進出。星製薬との契約に立ち会った弁護士の飯沢重一は、満州国総務庁主計処長を務めたあとシベリア抑留を経験した人物であるが、飯沢と大谷の接点はこのあたりにあるのではないか。

『一心　大谷米太郎』では、大谷は無学で欲深だからと、自分を騙《だま》そうとするやつがやってくる、と語っている。信じられるのは土地だけ。銀行も人も信用できない。自宅の庭に埋めたドラム缶に財産をすべて保管しているという噂《うわさ》まであった。戦後は地元富山や関西の企業をはじめ複数の会社の再建に携わっていたが、星製薬はこれまでの会社以上にひどい状況にあった、という。

『一心　大谷米太郎』には広川弘禅の紹介とあるが、しかし、当時を知る本家の星昭光の証言では、星一と大谷は面識はあり、金銭の貸し借りもあったようだ。五反田に工場をもっていた大谷は、星製薬の土地に駐車場を借りていた。その関係で、星一は最後のペルー視察の旅費を大谷から借り、その抵当として星製薬の株を渡していたというのである。それほどまでに星製薬は経済的に逼迫《ひっぱく》していた。

再建を引き受けるにあたって経理状態を知ろうとした大谷は、星製薬に帳簿を見せるよう要請した。だが、大谷が入ってくるとなると、そうでなくとも動揺している従業員がますます動揺するといって見せようとしない。株を買い進めながら何か月も待たされ、昭和二十七年六月十日の臨時株主総会で社長に就任するや、帳簿と内情を調べて仰天した。

「さすがのわしも、いっぱい食わされたと思ったわ」　（『一心　大谷米太郎』）

担保債権者十六名、工場財団全部に抵当権が十一位まで設定され、税金と有体動産が差し押さえられ、大正時代からの無担保債権者は七十四名、元利合計五億円以上に達していた。敷地内には十件を超える会社や外国人の不法占拠があり、しかも、土地を抵当に入れて金に換え、逃げ出し賃としてそのまま退社していた重役がいたこともわかった（当時の重役の入れ替わりは激しく、誰であったか不明）。

さらに、親一がまたしても大きな失敗をしでかしていた。大谷の社長就任の報を聞きつけた協和薬品顧問の高利貸、守屋義晴から星薬科大学の土地四百六十坪を担保に入れてくれと頼まれ、白紙委任状と印鑑証明書を与えてしまったのである。土地は守屋に移転登記され、これを担保に金を借りた守屋は、その金を労働組合に貸し付けて争議をさらに拡大、長引かせた。この一件は、昭和三十年代後半まで争われる事態に発展している。

大谷による再建を望む大口株主の要請で、八月に大谷以外の全役員がいったん辞表を提出。大谷社長ら新役員の就任が決定されるはずの九月十五日の臨時株主総会では大騒動が起こった。

午前九時四十分、大谷と星製薬の弁護士、成富信夫を乗せた車が星製薬の前に到着した。ところが、表玄関に至るまでの道路を労働組合員たちが占拠して車が会社構内に入れない。大谷の車に続き、大谷の息子で大谷重工業常務の大谷米一と飯沢弁護士の車もやってくるが、同じく立ち往生。会社の二階の窓から様子を見ていた親一は、経理部長らと大谷を迎えるために一階に下りていくが、組合員たちに押されて車に近づくことができない。

「けがをするから出ないでくれ」

労働組合幹部が親一らに声をあらげた。経理部長は警察に出動を要請した。しばらくして私服の警官がやってきたが、騒ぎは収まるどころかさらに拡大した。自分の渡した白紙委任状が悪用されて争議が拡大していることなど知りもしない親一は、守屋に付き添われてようやく大谷米太郎の車にたどり着いた。混乱は収まらない。大谷米一が株主総会を成立させるために集めた丸宏《まるこう》証券所有の約三十万株の委任状を持参していることを聞きつけた組合員が、大谷米一の車を阻止した。続いて訪れた株主、丸和証券社長の井出民蔵が、「労組ももっと頭を使えよ」と呼びかけると、これに憤《いきどお》った副組合長が「何をいうか」と井出を突き飛ばし、さらに別の組合員が井出を羽交い締めにして会社構内の親切第一稲荷《いなり》の境内に連れ込み、首を絞めるなどの暴行を加えた。

武装警官隊が到着したが、会社に入ることができない大谷はいったん引き返した。大谷米一が持参していた委任状がようやく会場に到着すると、大谷に代わり親一が議長となって株主総会の開会を宣言した。午後一時半、予定開始時刻からすでに三時間以上が経過している。

親一は、第一号議案「取締役並びに監査役の解任の件」を読み上げた。星一社長時代からの重役たちの解任である。採決に入ると、賛成多数で可決された。ところがこの時、「賛成」と発言した株主に組合員たちが駆け寄り、手を引っ張って会場の外に連れだした。さらに親一が急ぎ、土地建物の処分に関する第二号議案を読み上げようとしたその瞬間である。議長席に組合員が詰めかけて机もろとも親一を後方に押しつけ、そばにいた成富弁護士が十人ばかりの組合員に殴られ突き飛ばされ、引きずり下ろされて会場の外の倉庫に押し込められた。親一はマイクのもとへ戻ろうとするが、組合員たちが邪魔してたどり着けない。議長がマイクを奪われれば総会は成立しない。組合員たちの間を泳ぐように親一は議長席にたどり着いた。

成富弁護士が警官に助けられて再び会場に戻ってくる。だが、成富が発言するたびに株主や労組からは「流会にせよ」と怒号が起こり、議事が進行できる状態ではない。親一は成富と相談し、やむなく総会を延期することにした。

「本日の株主総会は延会とします。引き続き九月十七日午前十一時から丸の内の日本交通協会で続会します」

親一がそう宣言して延期が有効に成立すると、組合員から「取り消せっ」の怒号が飛ぶ。成富は再び組合員に取り囲まれ、殴る蹴《け》るの暴行を受けた。労組担当取締役が、親一と成富を力ずくで場外に脱出させようとするがまったく身動きはとれず、数時間もみあった挙げ句、親一は組合員に脅迫されながら宣言した。

「株主総会は引き続き星製薬において二十一日に続会する」

これをなぜか勝利とみなした組合員たちから「ウォー」と歓声が挙がり、拍手が響いた。親一がふと見ると、組合側には、星一の生前の取締役経験者や郷里福島の遠縁に当たる者など、今回解任の対象となった者の顔もあった。親一にだけ直接の暴行が加えられなかったのはそのためだったのか。

社長室に戻ると、争議の首謀者とおぼしき組合員がひょっこりと顔を出した。

「あなたは本日しきりと流会を主張していたが、流会にするとどんな利益を得られるのですか」

親一がそう訊ねると、その組合員は悪びれる様子もなく、

「みんなの胸がスーッとするから」

といって白い歯を見せた。
その日の親一の日記には、たった一行、こうある。

くもり　ソーカイ　ゴタゴタ　アーソーカイ

延期された株主総会で新しい重役陣の就任が決定するものの、騒動は依然として収まらなかった。引き続き取締役となった日村豊蔵が肋骨《ろっこつ》を折られる重傷を負い、病院にかつぎ込まれた。組合員たちには、星一から大谷米太郎に鞍替《くらが》えした裏切り者としか映らなかったのだろう。重役に留まって星製薬の看板を死守するため、といった日村の思いは周囲には理解されなかった。
大谷の社長就任と同時に労組担当取締役に就任した澤田純三は、ボディガードのように親一を守り、組合員との間で彼らを説得する役回りだった。朝日新聞労働組合の幹部だった澤田は、レッドパージで退職させられてから「表向き転向」して根本龍太郎農林大臣秘書官に就いた人物で、広川弘禅から星製薬の労組を鎮《しず》めて欲しいという要請で迎えられていた。妻の雅子《まさこ》はまだ結婚前だったが、当時の様子を生前、澤田の口から聞いている。

「主人が行ったころはすでに、会社としての体をなしていない状態でした。組合員が押し寄せると、星さんにけがをさせてはいけないといって、二人で窓から逃げ出して原っぱでひっくりかえって空を見ていたそうです。映画をよく一緒に見に行ったようで、『ペペル・モコ（邦題は「望郷」）』を見てきたとか、『タイタニック』を見たとか、ジャン・ギャバンの何かを見たとか。私と一緒に遊びに出かけても、昼間に星さんと見たんだといって私の見たい映画があっても見られないことが多かったですね。星さんはいつも自分の後ろにいて、ぼっちゃんだから、かばわなきゃいけないんだといってました」

澤田が母親と兄夫婦と一緒に住んでいた世田谷の家には、労組の人間に「赤いキツネ」と書いたビラを大量に貼《は》られた。昨日まで「赤」だったのに、今日は経営側にいることを揶揄《やゆ》され、攻撃の対象とされたのである。しかし澤田は、最終的には労組幹部とも親しくなり、むしろ彼らに同情的だった。

給料遅配と退職金をめぐる労働組合との騒動は先述したように、裁判にまで発展した。だからこそ記録が残され、こうして当時の状況をつぶさに知ることができるのであるが、親一直筆の「星製薬臨時株主総会前後の事情」と題するメモを読むと、自分を取り囲む旧重役たちをなぜ解任せねばならないかを社長として冷静に観察していたことがわかる。

たとえば、星一との関わりから取締役になった元陸軍中将の若松只一については、「経営の能力、判断は全く零《ゼロ》で自己保身、責任回避に巧み」「私には陸軍中将がそんなに偉いものと云ふ考へは馬鹿々々《ばかばか》しくて、とげぬき地蔵をあがめる善男善女を連想させるものがあつた」と皮肉を込めた厳しい評価を行っている。また、四十年以上勤続している星の親戚《しんせき》で、監査役の下山田政経については、「過去の隆盛とくらべて感傷的にもなつているような意見をしばしば私にはいて」、親一が解任でなく辞表を出すよう勧めるが、成り行きに任せてくれというのみで辞表提出を拒んだことから、「彼は総会流会の企てを予知していたように私は思つた」と分析している。そのほかの重役も、文房具の万引きを社内で自慢するような人物だったり、債権者重役だったりして、本来、親一を支えるべき経営陣がいかに頼りなかったかがわかる。

ワンマン星一は、世間に対しては「親切第一、協力第一」「科学的経営」を唱えながらも、自分の発想を実現するためにイエスマンばかりを経営陣に据えていた。あるいは、星一の前に立てば誰もがその勢いにのまれてイエスマンになってしまった。資本主義の寵児《ちょうじ》だったはずの星一の足元は実は前近代的であり、いつ崩れ落ちてもおかしくはない砂上の楼閣だったのである。もっとも戦後のこの時期は藤沢薬品、武田薬品、塩野義製薬など製薬各社がどこも経営危機に陥り、重役陣の大幅な入れ替えによってオーナー・番頭経営から近代化経営への脱皮を模索していた。したがって、親一にとって、大谷の社長就任は旧体制に比べればまだましで、藁《わら》をもつかむ思いでのぎりぎりの選択だったのだろう。親一は、この間はほとんど寝るひまもなく、朝鮮戦争があったことさえ気づかなかった。

雑誌の取材に対し、親一は答えている。

父はあまりにも理想主義に走り過ぎた。

（「経済往来」昭和二十八年八月号）

大谷米太郎は組合と交渉の末、給料遅配分を払うことを約束し、しかし「会社が崩壊したのは経営者だけでなく従業員の責任でもある」と彼らを説得し、退職金の支出は千数百万円で事態を収拾しようとした。その際、「組合員の退職金は星家からの持ち出しがかなりあったと主人は話していました」（澤田）という。大谷はまた、高利貸との交渉も借金の一割を支払うことで解決している。不法占拠の会社や住人との問題も加えると最大七十件の裁判が発生したが、いずれも大谷は、銀行からおろしてきたばかりの札束を目の前に積んで話し合いに臨み、解決に持ち込んでいる。取りっぱぐれるよりも、目の前の現金をもらったほうが得だろうと相手に錯覚させる戦略だった。

大谷の社長就任で副社長に退いた親一の仕事は、銀行と税務署、債権者通いだった。架空の事業計画をでっちあげ、税金や競売延期の嘆願書を作文したこともあった。大谷が社長に就任した翌年の昭和二十八年からは、元旦《がんたん》の朝は星一の眠る青山墓地に精と出かけ、その足で大谷家に年始の挨拶《あいさつ》に行く〝大谷参り〟が恒例となった。全国のホシチェーンに向けては新体制で再出発することを宣言し、胃腸薬の生産を再開させるが、月平均一千万円程度の売り上げでは再建には至らず、製薬会社としての復活にはほど遠い状況だった。経営の実権は大谷の命を受けた取締役が握っており、親一はやることもなく、次第に蚊帳《かや》の外に置かれるようになっていった。

親一はたびたび参議院議員会館にいる牧野光雄のもとを訪れ、半日ほど時間をつぶした。

「副社長、こんなところにいてもいいんですか」

牧野がそう声をかけると、親一は、「大丈夫だよ」と力なく答えた。牧野に時間があるときは一緒に映画を見て、銀座で酒を飲んだ。

「星君は、だんだんいやになってきたんでしょうね。そもそも商売ができる男じゃないんです。商売の計算などできない。だから会社でもやることがなくなって、星製薬の社史の続編でも作るかな、なんていっていたこともありますよ。大谷は、星製薬を再建して製薬事業を復興しようとしていたとはとうてい思えませんでした。まったく門外漢が入ってきたという印象です。製薬会社を経営するためには理想も思想も科学的知識も必要ですが、なにひとつあるとは思えなかった。会社に行って見ていても、話す内容に知性が感じられなくて、どうでもいい世間話ばかり。星君が大谷と親しく話す姿なんか見たこともありません。距離をおいていたと思います。星君は人に話を合わせることができない人間です。大谷の気に入る話なんかできない。ありがたくなかったんでしょうね。お昼に大谷が鞄《かばん》から新聞紙をとりだして開けたら食パンが二枚あって、ストーブで焼いてお茶を飲みながら食べてる。よく喉《のど》を通るなあ、と星君と陰で話しながら見ていました」

のちに大谷米太郎が赤坂に建設したホテルニューオータニで副支配人を務め、星一が購入したペルーの土地をめぐる残務処理にあたった加藤良雄が回想する大谷像もこの人物の横顔を知る参考になる。

「大谷をよく知る人から聞かされていたのは、大谷から目を絶対にそらしちゃだめだということでした。呼び出されて部屋に行くと、本人はこちらを見ようともせず取りかかったことを続けているのですが、突然ぱっとこちらの目を見て、昼食がくるけど待ってくれるか、というんです。それで届けられた昼食は、ミルク一杯とあんパン一個です」

親一はこれまで接したことのない種類の人々と接しながら、自分の無能を思い知らされる屈辱に堪えていた。信用していた人間に騙《だま》される。助けようと手を差し伸べてきた人間に、掌《てのひら》を返すように裏切られる。新しくやってきた人間も、会社を本当に復興するつもりなのかどうかわからない。土地も工場も、思い出の箱根強羅の別荘も次々と売却されていく。誰が味方で誰が敵なのか。周囲の人間が信じられなくなっていたとしてもなんら不思議ではない。星の親族、なにより母親の精が、なんとしてでも親一が踏みとどまり会社を復興させることを期待している。しかし、星一が残した借金は手のほどこしようのないほど膨れ上がり、二十代の親一が処理仕切れるものではなかった。世間が星一につけた「昭和の借金王」などというレッテルをはがすだけの知恵も能力も意欲もなかった。

幼いころから弟や妹と別々に育てられ、星家の長男として教育されてきた親一は、会社で生じた問題をほとんど家には持ち帰っていない。協一や鳩子があまりに当時の星製薬や親一の置かれていた状況を知らないので私は当初、意外に思った。知っていて故意に黙っているわけではないことはすぐにわかった。本当に親一は、母親や弟や妹には何も話さず、何ひとつ相談していなかった。相談して解決できるものではないと考えたのだろうし、むしろ、家に持ち込んで問題が複雑になることを危惧《きぐ》したのかもしれない。

内部事情を話し、相談できる肉親となると、同じ父親をもち、しかも会社の取締役を経験した出澤しかいなかったのだろう。この時期の親一の日記にはたびたび、「出澤とゴ」という記述が登場する。異母兄の出澤三太と碁を打った、ということか。出澤も碁を趣味とし、学生時代からよく碁を打ちあった金子兜太によれば、下手の早打ちであったという。

そのころ出澤は、警察予備隊をやめて川崎で星製作所という会社を設立し、日立製作所の下請けでマイクロスイッチの部品製作を行っていた。従業員二百人を超える中小企業の社長である。

六月一日「出澤とゴ」、六月十九日「出澤とゴ」、七月一日「出澤とゴ」……。そのあと、二人で銀座に飲みに行った形跡もある。二人の間にどんな会話が交わされたのかはわからない。負の遺産を前にしては、係争が起きるはずもない。黙々と碁を打ち続け、終わって一杯飲むときも会社の具体的な話は最小限、あとは世間話だったのではないか。かたや化学、かたや経済学と修めた分野は異なれど、自分の感情をうまく言葉にできず、内気で、人にだまされやすい。二人は、自分たちが似た者同士であることを感じていたのではないか。そして、二人のなかに重なり合った思いがあるとすれば、それは、親父《おやじ》は、星一とは、いったい何者だったのかという問いではなかったか。

二人はその後、表だって関係を深めることはなかった。それぞれの家族と、なにより精への配慮があったことは間違いないだろう。この数年後に出澤の会社が再び倒産して、俳句雑誌などを刊行する出版社を興《おこ》すころには、まったく別々の人生を歩き始めている。しばらく年賀状のやりとりは続き、なかには出澤が精の体調を気遣う一文が書かれたものもあったが、それも、親一が著名な作家となっていくころから途絶えている。

現在、出澤家の祭壇には、出澤三太と星一の遺影が並んで祀《まつ》られている。出澤の柔和な眼差《まなざ》しは星一に本当にそっくりである。大手コンピュータ会社で役員を務める出澤の長男、研太は、自分の父親と親一の関係を子供のころから聞かされていて、新刊が出るたびに買い、ショートショートもよく読んでいたという。その後も平坦《へいたん》とはいえない人生を歩んだ父親について、研太はこう語った。

「父は優しくて親分肌だったので、まかせておけといって、ずいぶん他人の保証人になっていました。だから、全部かぶっちゃうんです。人を信じたいというか、信じやすい人間でした。技術の検証などは不十分なのにでかい仕事はしたいと思っている。そういうところに脇《わき》の甘さがあるんです。そのあたりは、星一と似ていたのかもしれません」

出澤もまた、「親方にならなくてはいかん」（「おやじ」）という星一の教えを幼いころから聞かされ、異母弟以上に忠実に実行しようとしていたのかもしれない。

事業には避け得ぬ泪雁渡《なみだかりわた》し　珊太郎

親一と出澤の人生が再び交錯するには、さらに三十数年の歳月を必要とする。

そのころ——。

ひとりの青年が、神戸駅で盛大な見送りを受けていた。旗には「祝渡米・矢野徹《やのてつ》君」とある。昭和二十八年四月、矢野徹はこのとき二十九歳。この数か月前にアメリカのSFファンクラブから九月にフィラデルフィアで開催される世界SF大会への招待を受けており、米国行きの貨客船が出航する横浜に向かうところだった。世界SF大会に日本人が参加するのは初めてのことだった。

矢野の渡米をいち早く報じた神戸新聞学芸部の記者、宮崎修二朗は終戦後まもなく共通の知人の画家の紹介で矢野と知り合った。矢野は当時、阪神電鉄魚崎駅前にある太平住宅が所有する掘っ建て小屋を借りて写真店を営んでおり、太平住宅渉外係の肩書きをもっていた。関西探偵作家クラブの会員で、仕事の合間にアメリカのペーパーバックを見つけてきては盛んに翻訳していた。

「明治大正期から、神戸には外国船が上陸するたびに大量のペーパーバックが古本屋に流れていたんです。ジュール・ヴェルヌの『月世界一周』や『海底紀行』を日本で初めて翻訳した井上勤も神戸の加納町に住んでいましたし、探偵小説では、エラリイ・クイーンやディクスン・カーを翻訳した西田政治《まさじ》も会下山《えげやま》に住んでいました。大正十一年には、西田のもとを江戸川乱歩が訪ねて元町を一緒に歩いたという乱歩の随筆が残っています。横溝正史《よこみぞせいし》や映画評論家の淀川長治《よどがわながはる》も新開地にいましたし、西田や横溝はそこから『新青年』にデビューしていきました。神戸には、そういった探偵小説発祥の地としての素地があったということです。ただ、当時の私は、科学が文学になるなんて邪道、インチキだと思いこんでいましたので、彼が盛んに翻訳していた〝SF〟というのはほとんど理解できませんでしたね」

矢野がなぜアメリカのSF大会に向かうことになったのか。それまでの矢野の足取りをたどる必要があるだろう。

大正十二年愛媛県松山市の生まれ。神戸二中時代の英語教師の指導で英語が得意だった矢野は、中央大学在学中に学徒出陣で陸軍善通寺騎兵連隊に配属され、通信傍受と翻訳の任務に就いていた。終戦後しばらくは米軍が駐留する京都の大建産業ビルでボイラー焚《た》きをして生計をたてていたが、ある日、兵隊用に持ち込まれたペーパーバックがボイラーの焚き口に大量に捨てられているのを発見する。もったいないと思って駆け寄ると、米兵は笑顔で持って行けという。矢野は神戸から京都への通勤時間を利用して必死の読書を始めた。

「兵隊文庫」ともいわれるペーパーバックには、シェイクスピアからコナン・ドイルまでさまざまな作品があったが、その中に矢野が後年、運命の出会いと呼ぶ本があった。ロバート・ネイサンの『夢の国をゆく帆船』(The Enchanted Voyage) である。矢野曰《いわ》く「アメリカの不況時代、貧しい青年男女が夢を食べて生きてゆくファンタジイ」(『矢野徹・SFの翻訳』)で、敗戦直後の食べるものも満足にない貧しい時代に生きる自分自身と重なり、全身を揺さぶられた。心の中に夢を描き、妄想の翼を広げて羽ばたくことさえできれば、生きていける。むさぼるように読んだのがファンタジイと、そのすぐ隣りにあったサイエンス・フィクション、すなわち、SFだった。

とくに、未来の夢を描くSFはまるで滋養のある食べ物のように、矢野の体内に取り込まれていき、日々を生きるエネルギーとなった。日本にも、海野十三《うんのじゅうざ》や山中峯太郎のように、空想科学小説と呼ばれる分野は存在した。もっとさかのぼれば、「南総里見八犬伝」や「雨月物語」「高野聖《こうやひじり》」も含まれるだろう。しかし、矢野が出会ったSFはそれらとは明らかに異なっていた。後年、SF同人雑誌「星群」の辻田博之《つじたひろゆき》が行ったインタビューで矢野は、なぜ推理小説や冒険小説ではなくSFだったのかという辻田の質問に対し、軍隊で戦車無線という科学の最先端を扱っていた経験をふまえてこう答えている。

(軍隊生活で)世の中で一番新しいのが何かを捜す訓練が何となくできとったん

けていた。現地での滞在費や旅費、帰りの交通費は、アッカーマンが面倒を見てくれるという。こんな破格の招待はない。往《ゆ》きの旅費のない矢野を応援しようと神戸新聞の宮崎記者がこの経緯を記事にしたところ、戦前の太平洋航路の豪華客船「あるぜんちな丸」の元船長が、それならうちの船に乗ればいいとアメリカ行きの貨客船を手配してくれた。川崎汽船が所有する北米航路の神川丸だった。矢野は親と姉に頼んでアメリカまでの旅費をなんとか工面し、四月二十三日にパスポートを取得すると三日後に横浜へ向かった。

出航は四月二十九日の予定だったが、一週間延期するという。実は、この出航延期が戦後日本のSF史にとって、非常に重要な意味をもつことになる。アメリカで日本の空想科学小説の状況についてスピーチすることになっていた矢野は、この浮いた一週間で材料となる話を集めようと、江戸川乱歩に電話して面会を求めたのである。事情を聞いた乱歩は、「すぐ来なさい。知っている限りのことは話そう」と矢野の訪問を快諾した。

江戸川乱歩は大正十二年、博文館発行の探偵小説雑誌「新青年」に掲載された「二銭銅貨」でデビューして以来、探偵小説の第一人者といわれ、昭和二十二年に設立された探偵作家クラブの初代会長を務め、矢野が電話したころは探偵小説専門誌「宝石」で毎月、海外ミステリの動向を伝える随筆「幻影城通信」を連載していた。

「宝石」昭和二十八年八月号には、渡米直前の矢野が突然訪ねてきた日のことが記載されている。

おそらく日本の商業誌で初めて「SF」（文中ではS・F）という言葉を使用した「科学小説の鬼――S・Fの勃興《ぼっこう》・その略史　附・ヴェルヌ邦訳書誌――」と題するその随筆によれば、突然現れた矢野青年の話はあまりに調子が良すぎて最初は半信半疑であったらしい。だが、海外のSFには非常に詳しい様子であることやアメリカからの手紙を携えているのを見て徐々に信用し、次のような話を矢野に伝えたという。

まず、日本には科学小説の専門雑誌はない。誠文堂新光社が「アメージング・ストーリーズ」を翻訳して叢書《そうしょ》として刊行したが売れ行きが悪く中断してしまった。作家についても明治末期には押川春浪《おしかわしゅんろう》が子供向けの科学小説を書いていたが専門ではなく、最近では海野十三、橘《たちばな》外男、香山滋《かやましげる》が書いてはいるが、同好者のクラブもない。

「日本ではどうも、S・Fは振わないようですね」

乱歩はそう答えるしかなかった。

しかし、矢野のほうは乱歩の説明を聞いて、さすが大乱歩先生と思っていた。『聊《りよう》斎志異《さいしい》』や『剪燈《せんとう》新話』といった中国の怪譚《かいたん》小説を初めて知った。アメリカのSFに関心をもって日本でも紹介しようとしている出版社がすでにあったことにも驚いた。しかも、乱歩は矢野ほどアメリカの空想科学小説に関する知識のある人間はいないとほめながら、その場で香山滋に電話を入れてくれたのである。

矢野は乱歩に礼を述べ、さっそくその足で香山に会いに行った。昭和二十二年に雑誌「宝石」に掲載された「海鰻荘奇談《かいまんそう》」で第一回探偵作家クラブ賞新人賞を受賞した香山は、その後も怪奇、幻想小説を次々と発表して高い評価を受けていた。矢野が訪れたのは、ビキニ環礁《かんしょう》における米国の水爆実験で被曝《ひばく》した第五福竜丸事件に触発された東宝プロデューサー、田中友幸の依頼で香山が映画「ゴジラ」の原作を執筆する前年のことである。香山は矢野の熱意に打たれ、単行本化されていた自分の全作品を矢野に資料として提供した。

このとき神川丸に乗船した日本人は、矢野のほかに二人いて、東京裁判で通訳を務めた労働法の権威、松岡三郎明治大学教授夫妻だった。松岡との出会いも、思わぬかたちでのちに矢野の助けとなる。船内では、乱歩や香山からもらったばかりの資料や聞いた話をたよりにスピーチの準備をした。

十五日間の船旅を終えてロサンゼルスに到着すると、着港したロングビーチにはロサンゼルスタイムズ紙の取材が待っていた。「日本からの訪問客」と題する記事には、

「日本でもSF雑誌を流行《はや》らせたいと願っています」という矢野の抱負が掲載されている。

矢野の受け入れ役となったフォレスト・J・アッカーマンは、矢野より十歳ほど年上で、SF作家であると同時にSF作家のエージェントであり、世界一のSFコレクターでもあった。矢野とは文通してはいたものの、敗戦国から来る奴《やつ》、当初はどんな人間かわからないから何かおかしかったら別のアパートに泊まらせようと考えていたらしい。しかし、人なつこく開放的な矢野はすぐに気に入られ、アッカーマンの自宅に宿泊することとなった。大学の先生を務める妻のウェンディは少々口うるさい女性で、ベッドメイキングから食事のマナーまで、西洋の生活様式に不慣れな矢野をたびたび注意したが、夫妻は車で街をあちこち案内し、矢野が快適に過ごせるよう気遣った。

こうして矢野は、五月三十日から二日間の太平洋岸第六回SF会議（ロサンゼルス）と九月五日から七日までの第十一回世界SF大会（フィラデルフィア）に出席。日本代表として江戸川乱歩や香山滋を紹介してスピーチし、会場から盛大な拍手を受けた。フィラデルフィアの大会はSF作家やSFファンが三千人集まるほどの大盛況だった。このフィラデルフィアの大会では、ファン投票によってその年に発表されたなかで最も優れたSF小説や絵画、映画などの作品に贈られるSF功労賞（ヒューゴー賞）が創設され、第一回の受賞作としてアルフレッド・ベスターの長編『分解された男』が選ばれた。

矢野が帰国してから日本の新聞で報告した記事によれば、当時、もっとも人気のあるSFのテーマは宇宙旅行だったという。専門雑誌もあって、「エスクワイア」や「コリヤーズ」といった大人向けの一般誌、「マドモアゼル」といった少女雑誌でも特集されるほど一般に浸透していた。テレビやラジオで一番人気がある題材も宇宙旅行だった。

次に人気があったのは、人造人間である。イギリスの作家、ウィリアム・テンプルが書いた「四面三角」（Four Sided Triangle、四辺三角形「恐怖の三角形」のこと）のように発想の奇抜さと意外な展開のある作品が支持されていた。「四面三角」は、ひとりの女性を好きになった二人の科学者が、完成したばかりの物質複製機で彼女とそっくりの人間を作ってそれぞれひとりずつ愛することにした、その顚末《てんまつ》を描いた〝超三角関係〟の話である。

電子計算機、すなわちコンピュータもまた、高い人気のあるテーマだった。「電子脳」に国家の運営を任せたが、次第に人間を支配するようになったため人間が電子脳に対して革命を起こすといった作品、世界戦争を描いた作品などもあった。レイ・ブラッドベリの『火星年代記』が近く映画化されることも評判になっていた。

矢野は米国滞在期間中に二度、乱歩にこうしたアメリカのSF最新事情を詳しく書き送った。乱歩は前述の随筆「科学小説の鬼」で世界における科学小説の歴史やアメリカのSF人気の高まりについてふれており、日本にも明治時代からジュール・ヴェルヌやウエルズの翻訳を手がけていた井上勤らの翻訳家がいることに言及し、科学小説への関心を示して「追記」にその感慨を述べている。

科学小説は益々《ますます》盛んになりそうである。このせちがらい地球の、蝸牛角上《かぎゆうかくじよう》の争いを見捨てて、広い宇宙に憧《あこが》れるスペース旅行の空想は、原子力の万能と結びついて、だんだん可能性を増しているという漠然たる考え、これが科学小説を推進する。

矢野はビザで許可されていた半年いっぱいのアメリカ滞在を終えると、「ひょっとするとSFで食えるかもしれん」と思い始め、十一月四日に帰国するとすぐに乱歩宛《あて》に報告書と参考資料を送り、新聞社や出版社に出かけてはSF、SFと宣伝し、紙面を提供してもらうことができればアメリカ科学小説界を紹介する記事を書き、懸賞小説があれば自分でSF作品を書いて応募した。

また、関西探偵作家クラブの会報にSFのあらすじを発表したり、「密室」や「探偵趣味」といった探偵小説の愛読者による同人誌にSFの掲載を懸命に働きかけたりした。推理作家の山村正夫著『推理文壇戦後史』によれば、昭和二十七年から三十年には山村が知るだけでもガリ版刷りのパンフレット形式の探偵小説同人誌が全国で十誌近くは誕生していたという。なかでも「宝石」誌の読者欄をきっかけに京都の愛読者が集まって昭和二十七年に創設された京都鬼クラブ（のちの「SRの会」）刊行の「密室」には、アマチュアだけでなく翻訳家の西田政治や評論家の中島河太郎、江戸川乱歩、それに匿名《とくめい》で鮎川哲也《あゆかわてつや》らも寄稿していた。同人誌だから原稿料など出ないのだが、それでも書かずにはいられないという勢いを感じさせた。

このような探偵小説の作家、作家予備軍、読者の広がりがSF誕生にとって重要なお膳立《ぜんだ》てとなり、SFは探偵小説に寄生することによってその活路を探り始めていたといっていいだろう。熱心な売り込みは実を結び、矢野は「密室」にスタージョンの「赤ん坊は三つ」を、「探偵趣味」にはブラッドベリの「十七の棺《ひつぎ》」の翻訳を発表。江戸川乱歩を再び訪ね、どうすればSFの市場ができるのかを相談した。SFがよく売れるようになるためには、まず市場がなくてはならないと考えていたためだ。

乱歩はいった。

「とにかく、売物になるSF作家を作ることが大切だね、きみ自身はどうなんだ」

「ぼくは翻訳のほうをやりたいのですが」

「もちろん翻訳と創作は車の両輪で、どちらも大切だが、とにかくファンの絶対数をふやすには人気作家を作ること。そのためには同人雑誌を作る必要もあるだろうし、きみ、これから大変だよ」

これは、日本の探偵小説の第一人者でその隆盛をつくった乱歩自身の経験から出た言葉であり、強い説得力をもって矢野の胸に響いた。

同人誌と人気作家。人気作家を生み出すためにはまず同人誌……。

帰国後の矢野があちこちに蒔《ま》いていた種のうち、最初に芽を出したのが昭和二十九年十月、日本探偵作家クラブの三代目会長に就任していた木々《きぎ》高太《たかた》郎《ろう》を顧問、警察医で作家の太田千《ち》鶴《づ》夫《お》(肥後栄吉)を理事長に設立された、日本科学小説協会だった。木々は戦前に『人生の阿《あ》呆《ほう》』で直木賞を受賞していたが、この設立趣意書には慶応義塾大学医学部の大脳生理学者として知られる本名の林髞《はやしたかし》のほうを用いている。事務所は太田千鶴夫が社長を務める東京渋谷の出版社、森の道社におかれ、設立メンバーには、矢野のほかに「子供の科学」を創刊した原田三夫や副会長兼理事として翻訳家・作家の木村生死《しょうじ》の名もあった。

設立趣意書を読むと、当時の「科学小説」（まだSFとは呼ばれていない）がどのような理由から重要と考えられていたかがよくわかる。

まず、大前提にあるのは、原爆だ。原子核分裂の成功が、国際政治、産業、文化、生活にもたらした影響は多大で科学の進展を止めることはできなくなった、という社会の科学技術への関心の高まりである。宇宙旅行が実現し、人造人間が人類に奉仕する日もくるだろう。アメリカやソビエト、イギリス、スウェーデンなどでは数多くの科学小説が発表されており、日本も従来の小説のような「マンネリズムの環境感情と人間関係」に主題を求めている場合ではなく、新しい科学世界に基礎をおく科学小説が必要、というのである。

また、古来、科学小説と呼べる作品は書かれながらも文学上の伝統とならず、いわゆる少年読み物になってしまったのは「日本民族の精神の衰弱化のあらわれ」であり、明治以来の革命的進歩精神が堕落したことは「太平洋戦争の敗北が実証している」とする一節もある。科学小説という分野を確立していこうと志した作家たちが、敗戦で何を強く意識していたかがよくわかる一文である。これは、昭和十七年に「文学界」誌上で行われた「近代の超克」と題する座談会で、司会の河上徹太郎、亀井《かめい》勝一郎、小林秀雄、三好《みよし》達治、林房雄らの中でただひとり、機械文明と精神について言及した科学哲学者、下村寅太郎が語った「機械をつくった精神を問題にせねばならぬ」に通ずる主張と課題だろう。人間が原爆のような科学技術を手にしたからには、それに相応する高い精神を要する。科学小説はその一助になるとみなされ、この時点ではエンターテインメント性よりも精神性が求められていたことは注目に値する。

この協会設立直後の十二月に森の道社から創刊されたのが、日本初のSF雑誌「星雲」である。新聞の雑誌広告には次のようなコピーが並ぶ。

> 原子力時代の小説は科学小説雑誌で！
>
> 米ソ英北欧等世界は今や科学小説時代！

創刊号では「米ソ科学小説傑作集」と題する大特集が組まれており、アメリカからハインラインの「地球の山々は緑」（雅理鈴雄訳）やクリス・ネヴィルの「ヘンダーソン爺《じい》さん」(矢野徹訳)、ジュディス・メリルの「ああ誇らしげに仰ぐ」(レイモンド・吉田訳)、ソビエトからはS・アレフィョーフの「試射場の秘密」(西原粛史訳)などの短編と、木村生死の「文学としての科学小説」という評論、地球緑山の筆名による小説「失われた宇宙線爆弾」などが掲載された。少年時代にアメリカ暮らしの経験がある木村と矢野の二人が、翻訳権の交渉にあたり編集の要《かなめ》として大いに尽力した。新聞で「星雲」創刊の雑誌広告を見た神戸新聞の宮崎記者は、その切り抜きを原稿用紙に張り付け、「これだな。とにかく市場ができたんだからモリモリ仕事をやるべし。ご成功を祈ります」と矢野に手紙を書いた。

「星雲」は流通上のトラブルからこの一号のみで消滅するが、日本初のSF雑誌としての評価は高く、後年、日本のSF大会で前年度の優秀作品をファン投票で決める日本版ヒューゴー賞「星雲賞」としてその名を残すことになった。

雑誌の休刊は結局、いい参謀長がいなかったことが原因だと矢野は考えた。雑誌はつぶれたものの、矢野自身にとって今回の活動は決して無駄には終わらなかった。矢野がフィラデルフィアの世界SF大会に参加したその日、九月五日に早川書房から刊行が始まった「ハヤカワ・ポケット・ミステリ・ブック」の翻訳の仕事が舞い込んだのである。昭和三十年になると、江戸川乱歩のつてで「宝石」誌に英米科学小説の紹介記事を書くなど、矢野は海外SFの第一人者としてますます頭角を現しつつあった。

昭和三十年暮れに太平住宅東京本社宣伝部への異動を命ぜられ単身赴任してからは、神川丸で一緒になった松岡教授の家で世話になりながら会社に通い、合間をみては翻訳と小説書きに励んだ。新婚時代に妻の照子に告げた、いずれお金を貯《た》めて食料品や雑貨を売るスーパーマーケットをつくる、などという約束はもうすっかり忘れてしまっているようだった。乱歩には翻訳のほうでいくとはいったものの、翻訳家か、小説家か、まだ道を決めかねていた。

昭和二十九年、東京駅八重洲口《やえすぐち》側にあるビルの六階。岩井産業大阪本社から異動したばかりの醍醐忠和が外回りの営業から帰ってくると、社員があわてて耳打ちしてきた。

「醍醐さん、醍醐さん。星さん、また来てますよ」

見ると、八人程度の小さなオフィスの醍醐の向かい側の席にまるで社員のような顔をして親一が座って待っている。

「ほぼ毎日のことでした。ぼくが関西にいたころ、ホトトギスの会員だった東洋紡の関桂三会長が主宰する俳句の会にしばらく通っていたんですよ。星にその話をしたら興味をもって、いつからか俳句を作って送ってくるようになりましたね。だから離れていても手紙のやりとりはしていたんですが、東京に戻ってからは毎日のようにうちの会社にやってきた。よく銀座のバーにも連れて行かれましたよ」

親一がよく顔を出していたバーは、銀座八丁目の「琥珀《こはく》」である。建物のまわりをぐるりと階段を回りながら入るようになっていて、客が四、五人いればいっぱいになる小さな店だった。ママのアキ子と、庶民的で気だてのよいヤエちゃんという若い女性が切り盛りしており、親一はその常連のようだった。

「ママとはどうなの」

あるとき、アキ子との関係を醍醐が訊《たず》ねると親一は言下に否定した。

「いや、お金の問題があるから、ぼくは絶対に手を出さない」

このとき醍醐は気づかなかったのだが、親一は「琥珀」のオーナーだった。お金の問題、というのはそういうことだ。会社の立て直しと争議に振り回されたころから続いていた銀座通いで出会ったのが源氏名アキ子という女性だった。別の店に勤めていたときに姉さん肌で気風《きっぷ》のいいアキ子に引かれ、やがて彼女に請《こ》われるまま店を出してやる約束をしたのである。開店は昭和二十九年五月四日。「琥珀」は、映画と囲碁とそのころ購入したテレビとともに、親一の息詰まる日々の、かすかな息抜きの場となっていた。

　牧野光雄も「琥珀」によく連れて行かれた。ある日、親一に、好きなのかと訊ねてみたことがあった。すると、親一は、うん、といって目を細めた。

「なんでだ」

「名前がいい」

　アキ子の苗字《みょうじ》は御園生《みそのお》といった。浅黒くて女優の新珠《あらたま》三千代に似た美人で、年齢は親一より少し上のようだった。親一を早く結婚させたいと焦《あせ》る精の知り合いで、北千束《きたせんぞく》のおばさん、堀部静江という世話好きの婦人からたびたび親一と一緒に見合い相手を紹介されていた牧野は、親一の女性の好みを知り尽くしていた。

「彼にはよく見合いの話があって、ちょっと後のことですけど、谷崎潤一郎の娘とも見合いをしたようです。あさって見合いがあるんだ、相手が出てくるんだって。銀座の天國《てんくに》の上の座敷でやったようです。次に会ったときに顚末《てんまつ》を聞くとだめだったと。なんだ、不器量なのかって訊ねたら、いや、器量はいいんだけど、金遣いが荒いと。なんでも給料が五万円の時代なのに週一回上京してきては三越で毎月十万円買い物をする。十万円買い物に使われたら暮らしちゃいけないといってましたね。彼の好きな女性のタイプは、しおしおした人はだめ、鉄火肌のアクティブな人、及ばぬことをする人、はっきり物をいう人で、それでいて情があってちょっと女っぽいのが好きでしたね。ずけずけ物をいう女性がいると、注目していた。あの人なんて名前、なんて訊《き》いてました。熱海の温泉に遊びに行ったときなんか、川っぷちでお兄さんと呼びかけて誘う娘が当時はまだいたんですけど、星君は、ぼくのことか、と自分を指差して、行こうかなあなんていうんです。もちろん行きはしないんですけどね。そういう女性には弱いんです。知性では彼を籠絡《ろうらく》できないけど、情では籠絡できる。だから琥珀のママには虚を突かれたんではないかな。ちょっと影のある人で、男では苦労したんだろうなと思いました。星君はこよなく好きだったようです。無頓着《むとんちゃく》な男だから、いつだったか、口のまわりにキスマークをいっぱいつけたまま店に現れたこともありました。彼女のほうは星君をミニチュアの恋人のように思ってたんではないでしょうか」

親一の「琥珀」通いは、昭和三十年代前半まで続いている。私はこの取材期間中、アキ子の行方を探し続けた。店はすでになく、保健所の登録も保管期限が切れ、廃棄されている。古くから銀座で店をやっているバーや酒販店にもあたってみたが、そうでなくとも流動の激しい銀座、半世紀近い年月ですっかり様変わりしていた。手がかりは、千葉県出身であることと珍しい苗字の本名だけである。存命であれば八十代の半ばぐらいだろう。最後の手段と思い、編集部の協力を得て電話帳で千葉県の同じ苗字の人すべてに問い合わせの手紙を送ったところ、ひとりの方が確度の高い情報を寄せてくれた。

アキ子の遠い親戚《しんせき》にあたるその人によれば、アキ子は、大正五年に現在の台東区に生まれ、平成三年には亡《な》くなっているとのことだった。親一よりも十歳も年上だった。その後、弟の存在が確認できて連絡をとってみたが、高齢ですでに取材の叶《かな》わぬ身だった。

私がアキ子にこだわったのは、親一がパトロンになろうと思うほど入れ込んだ女性であることや、親一の作家デビュー前後を知る重要人物であるためばかりではない。この時期の親一の日記やポケットサイズの銀行手帳に、醍醐に書き送った俳句のメモや、「琥珀」の二人の女性や銀座の女性たちと交わした、あるいは彼女たちの口調にインスピレーションを受けたとおぼしき台詞《せりふ》の断片などが時々現れるためでもある。俳句や短歌には、失意の中にある自身の心情を重ね合わせ、序章で述べた「鍵《かぎ》」というショートショートにつながったのではないかと思われるメモもあった。

マンボ踊り　四年の過去は　一閃《いっせん》に　（昭和三十年八月二十二日、日記より）

失ひし金もやむなし想《おも》ひ出《で》あれば　（同年八月二十三日、同）

夜の駅かすむは涙秋の霧心強くまたパンドラの筺《はこ》開けむ　（同年九月五日、同）

女性とのやりとりで感じた、会話へのこだわりとおぼしきメモもある。

私の云つたことが、耳から入つてそのまま口から出てしまふ　そんな返事がいやなのです　やはり少し変つて出てこなくては　（昭和三十一年一月二十九日、同）

銀座には親一がこれまで交流をもった良家の子女たちとは異なるタイプの女性たちがいた。彼女たちの口調や息遣いが、女性のある種の類型として、のちの作品に痕跡《こんせき》を残しているふしもある。

銀座を徘徊《はいかい》していたころの親一をそばで見ていた牧野は、言葉に対する親一の特別なこだわりに気づいていた。

オウム返しを嫌う。安易なたとえ話やことわざ、決まり文句をおもしろくないと感ずる。一方で、森永ミルクキャラメルの箱に印刷された「滋養豊富　風味絶佳」のコピーや、ピーナッツや煮干しなどを指す「かわきもの」といった言葉の響きをおもしろがる。道ですれ違った若いカップルが「今夜は店屋物《てんやもの》ですまそうよ」などと話しているのが耳に入ると、「おれたちも、店屋物でいこうか」とにやにや笑って反応する。江戸の下町言葉はとくにおもしろがって子供のように何度も繰り返して使った。

このころ、親一が作家になることを意識するきっかけとなったのではないかと牧野が推察するひとりの人物がいた。牧野の母校、長野工業専門学校（現・信州大学工学部）時代の同級生だった原誠である。原は大学院で日本文学を専攻した芥川龍之介《あくたがわりゅうのすけ》の研究者であり、草野心平が主宰する会のメンバーで、同人誌を中心に作家活動も行っていた。芥川龍之介は親一も中学生のころにひと通り読んでいる。牧野のいる参議院議員会館にしばしば顔を出していた原を「原先生」と慕うようになり、銀座はもちろん、原に連れられて池袋で行われている草野心平の会にも顔を出した。牧野自身も、このころにはペンネームをもって創作に意欲を見せ、三人で飲めば原を質問攻めにしていた。

「作家としての心得とはなんですか」「何時から何時まで書いているんですか」「食えるようになるには何年ぐらいかかるんですか」

原との出会いで、自分が森鷗外の妹の孫であるという母方の血筋を改めて思い起こし、作家という職業を将来の選択肢のひとつとしてほのかに意識するようになっていったのではないか、と牧野は想像する。

　親一が作家への思いをさらに強くしたと考えられるのが、原の「春雷」が第三十四回（昭和三十年度下半期）の芥川賞候補になったことだ。選考会が築地《つきじ》の料亭「新喜楽」で行われている間、原と牧野と親一は新橋駅近くの焼鳥屋で結果を待っていた。このときに三人で交わした会話を牧野は鮮明に記憶している。

「おれはダメかも」

　原がそうつぶやくと、二人は即座に、「どうして」と問い返した。

「おれのは新聞小説の賞に応募しようとした作品で、一日一日の読み切りで構成されているんだけど、全面的に書き直す時間がなかったんだ」

「じゃあ、だれがいいのか」

「石原がいい。『文学界』に掲載されたのを読んだが、ほかの作家と明らかに違う。選考委員の先生方の目に留まりやすいだろう。あとは藤枝静男もいいけど、ちょっと暗い。現代の若者像として求められるのは、石原だろうな」

　候補作は原のほか、中野繁雄「暗い驟雨《しゆうう》」、佐村芳之《よしゆき》「残夢」、小島直記「人間勘定」、藤枝静男「瘦我慢《やせがまん》の説」、そして、石原慎太郎「太陽の季節」となっていた。一橋大学の現役学生だった石原が、裕福な家庭に育ちながら無軌道な放蕩《ほうとう》生活を送る戦後の若者たちの性や風俗を描いた「太陽の季節」は、すでに昭和三十年文学界新人賞を受賞し、「勃《ぼっ》起《き》した陰茎を外から障子に突き立てた」といった過激な性描写をめぐり賛否両論の議論が起こっていた。芥川龍之介及び日本文学の研究者でもあった原は、新たな時代を切り開こうとする石原の小説の斬新《ざんしん》さと力を十分に察知し、自らの敗北を予感していた。

「文藝春秋」昭和三十一年三月号に掲載された芥川賞の選評によれば、候補六作のうち石原と藤枝、原のいずれも戦後の青年期の男女を扱った三作品が残るが、原は登場人物の行動にぎごちなさがあると指摘されて落ち、最後は石原と藤枝が競うこととなった。

終始、石原を強く推したのは石川達三と舟橋聖一で、論議を巻き起こしている性描写についても「世間を恐れず、素直に生き生きと、『快楽』に対決し、その実感を用捨なく描き上げた肯定的積極感が好きだ」（舟橋）と絶賛。最終的に授賞に賛成した瀧井《たきい》孝作、川端康成《やすなり》、中村光夫、井上靖《やすし》にしても、温度差はあるが、欠点はいくらでも指摘できるけれどもその若い才能とみずみずしさを評価するというものだった。

「才能は十分にある」が、「私には何となくこの作者の手の内が判《わか》るやうな気がする」と評したのが丹羽《にわ》文雄。最後まで反対した佐藤春夫と宇野浩二は、「美的節度の欠如」

（佐藤）、「一種の下らぬ通俗小説」「わざと、あけすけに、なるべく、新奇な、猟奇的な、淫靡《いんび》なことを、書き立ててゐる」（宇野）などと激しい嫌悪感《けんおかん》を露《あらわ》にしつつも、作品の力に強く揺さぶられている様子がわかる。

史上最年少、弱冠二十三歳の芥川賞受賞はマスコミを通じて大きく報道され、弟の石原裕次郎出演の映画が公開されると、これに感化された「太陽族」なる若者たちが出現し、慎太郎のヘアスタイルを真似《まね》た「慎太郎刈り」が流行し、社会現象になっていった。文藝春秋新社社内でも、石原が来社するという噂《うわさ》が広まると受付に女子社員が集まって騒ぐほどの人気だった。

芥川賞受賞作家・候補作家では、安岡章太郎、吉行淳之介《じゅんのすけ》、曾野綾子《そのあやこ》、小島信夫、庄野潤三、遠藤周作らの活躍が、山本健吉の評論「第三の新人」（「文学界」昭和二十八年新年号）を機にメディアに採り上げられ、新人論が活発に交わされていた。だが、芥川賞受賞作が社会的事件となるには石原の登場を待たねばならなかった。

作家として成功するには、人と違うことをしなければならない。賛否両論は噴出するだろうが、それが新しい時代を切り開く作品である。芥川賞の明暗を間近に見た親一は、このとき、そう実感したのではないだろうか。

牧野と原と親一の三人で新橋へ文士劇を見に行ったことがあった。文藝春秋新社の主催で行われていた毎年恒例のイベントで、そのときも井上靖ら著名作家たちがこぞって出演していた。すると途中で親一がしきりに、「もう帰ろう」と牧野の肘《ひじ》をつつく。

「人のを見てもつまらん。ぼくが出る」

牧野は、思わず原と目を合わせてにやっと笑った。しょうがないやつだな。二人はそう思いながら、親一の後について劇場を出た。

朝鮮特需で持ち直した日本経済は昭和二十九年から輸出が次第に増大、世界的な好況が内需にも反映し、神武天皇以来という意味で、神武景気と呼ばれるようになっていた。戦災からの回復を目指した成長から近代化に支えられた安定的な成長への転換。経済白書は「もはや戦後ではない」とうたった。景気の上昇は酒場にも活況をもたらし、銀座にも新しいバーやカフェの開店が相次いだ。なかでも輸入洋酒を専門とするスタンドバーが次々と開店し、第一次カクテルブームが始まる。三人は銀座八丁目のお堀を渡り、いつものようにざわめく夜の銀座に吸い込まれていった。

星製薬では、石原の芥川賞受賞に先立つ二年前の昭和二十八年末までに労組問題が決着し、労組担当取締役だった澤田純三が退職、社内はようやく落ち着きを取り戻した。

落ち着いてみると、今度は何に手をつければいいのかわからない。大谷から特別な仕事を与えられたわけでもない。むしろ、君は何もしなくていいといった雰囲気が、大谷や役員の間から漂ってきていた。要するに、まるで無視されていた。

毎日会社へ行ってもすることは何もなく、ただひたすら雑誌を読んで時間をつぶした。巡回文庫といって、雑誌を一定期間だけ借りて期日になったら返却する組織があり、親一は毎月二十冊ほどの雑誌を読んでいた。期日があるので読まなきゃもったいないという気持ちからかなり集中して読み込んだ。だが、読んでいるうちに、自分だったらこういうふうに書くのに、こんな終わらせ方はしないのに、などとだんだん腹立たしくなってきた。日本の作家は落ちをつけると安っぽくなると思っているのか、終わり方がどれもこれもいい加減に思えた。

たとえば、「彼は再び夜の街へ歩き出した」なんて、意味ありげに終わっている小説がある。道に落とし穴があるという伏線があってそんなふうに終わるならわかるが、道には落とし穴どころかバナナの皮もない。これでは一種の詐欺《さぎ》みたいなものだ。

それに比べて、外国の作家は小説をつくるのがうまい。中学時代によく読んだ『聊斎志異』や『西遊記』、モーパッサンのような気の利いた短編作品がなぜ日本にはないのか。モーリス・ルヴェルやピエール・カミのように意外な結末と高度なナンセンスを描く作家がどうして日本にはいないのか。出来事を見てきたように書かせる日本の作文教育が悪いのか。そんなものはおもしろくもなんともないではないか。

巡回文庫で当時の流行作家たちの小説をひととおり読んだ親一は、ほとほと呆《あき》れながら、机の上に雑誌を放り投げた。

会社は依然として債権者と係争中であり、製薬会社としての再建にはほど遠く、昭和三十年になって厚生大臣鶴見祐輔《つるみゆうすけ》宛《あて》に「麻薬製造許可復活に関する陳情書」を提出して医薬用モルヒネの再生産を求めるが、すでに他社から乗り遅れ、従業員も大量に解雇した今となっては不可能に近いことであった。

しかも、タイミングの悪いことに翌年の昭和三十一年四月、戦時中に軍の医療用として所有していた燐酸《りんさん》コデインの粉末を製造課長が会社とは無関係に所持し、これが大阪や九州方面へ流れて密売されていたため麻薬取締法違反で逮捕される事件が起きた。モルヒネを加工してつくる燐酸コデインは原料管理のため麻薬に指定されているが、いわゆるせきどめ薬である。いったん燐酸コデインに加工したものをモルヒネに戻す方法を、密売していた男（自動車修理業者）が知っていたとは考えにくい。親一は、会社に殺到する新聞記者に対して化学的な説明をして納得させたと安心していたが、いざ記事になったものを読んでがっくりと肩を落とした。そこには、「大掛かりな麻薬密売団」（日本経済新聞、昭和三十一年四月二十一日付）とあった。

親一は相変わらず、会社の相談にのってもらうため一週間おきに根岸寛一の家に通っていた。当時は根岸を慕って相談事をもちかける映画関係者や友人など訪問客は多く、小さな表札と格子戸《こうしど》のあるつましい根岸宅の前にはいつも二、三台の自動車が並び、「自由が丘詣《もう》で」の「参詣人《さんけいにん》」は絶えなかった（岩崎昶《あきら》編『根岸寛一』）。

このころ根岸と交わした会話を記したメモが「新一」の遺品の中にある。

肩を落とす親一に、根岸はいった。

「星君は、バンビを見たか」

親一は、同じディズニー映画なら最近「シンデレラ姫」を見たと答えた。

すると根岸は、

「そんな夢みたいな映画は見なくてもいいんだ。バンビが苦労しながら森の王様になるように、きみもしっかりしなくてはだめじゃないか」

と、親一の目を強く見据えた。

結核で病床にあった根岸は、自宅で寝たり起きたりの日々を過ごしていた。そんな根岸が発熱をおしてでも親一と会い、親身になって励ましてくれているにもかかわらず、親一の脳裏を過《よぎ》ったのは絵空事のような光景だった。ディズニー映画に出てくるような装飾を施した喫茶店を銀座の片隅に開いて恋人と二人で切り盛りしている。まったく、夢みたいな話だった。

今日あたり死のうかな　夜の空に手を上げて神を呼ぶけれど　答がない。なにもそんなに急ぐことはないじゃないか、いつでも来られるのに。と安心感に満ちていつてくれるはづでせう。女の人は力強くつかんでくれる男の人を待つことができる。けれど私たち男はいつまでまつても。

（昭和三十一年、日記補遺欄より）

第五章　円盤と宝石

昭和三十一年の秋も深まったころ、国立市に居を構え、家族を呼び寄せてようやく落ち着いた矢野徹のもとにひとりの青年がやってきた。

男の名は柴野《しばの》拓美《たくみ》。矢野より三歳年下の三十歳で、東京工業大学機械工学科を出て、都立小山台《こやまだい》高校定時制で数学の教師をしていた。

矢野が創設メンバーとなっていた日本科学小説協会に入会したものの、「星雲」一冊を出したきりでその後活動している様子がない。しびれを切らして自分で科学小説のファンクラブを作り、同人誌を出す準備をしているところだった。同人誌は五反田駅前にある日本空飛ぶ円盤研究会のメンバーが中心で、すでに原稿も集まり始めている。矢野には、その筆頭同人になってほしいという相談だった。

「宝石」誌に掲載された江戸川乱歩の「幻影城通信」を読み、SFという言葉や矢野のこと、アメリカのファンクラブの存在を初めて知った柴野は、昭和十四年秋に読んだウエルズの『宇宙戦争』以来SFに取り憑《つ》かれていた自分をまぎれもなく「ファン」だと自覚し、日本にも同好の士の集まり、「ファンダム」が欲しいと思っていた。しかし雑誌を売るためには、いくら同人誌といえども誰か看板となる人が必要である。矢野に頼む決定打となったのは、「宝石」が初めて組んだSF特集「世界科学小説集」（昭和三十年二月号）に掲載された矢野の「新しい英米の科学小説」という論考だった。ハインラインやオーウェル、シェクリイなどを紹介するその一文を読み、SFの専門家として矢野以外に名前が通用する人は考えられなかった。

矢野にとっても願ってもない申し出である。乱歩の受け売りと思いつつ、興奮しながら承諾した。

「もちろん、いいですよ。SFの会をつくるなら、集まるだけではだめです。同人誌を出さなきゃだめです」

この直前、矢野はすでに「おめがクラブ」という科学小説愛好者の会を結成し、同人誌を作ろうと画策していた。日本探偵作家クラブの会合でSF、SFと騒いでいる矢野のことは評判になっており、探偵作家の渡辺啓助や評論家の中島河太郎といった第一線の作家や早川書房編集者の都筑《つづき》道夫といった会員の理解を得るようになったため、彼らの中でもとくにペーパーバックでブラッドベリやフレドリック・ブラウンを読んで研究していたメンバーから声がかかったのである。中心メンバーは、大坪砂男(当初のみ)、渡辺啓助、夢座海二、今日泊亜蘭《きょうどまりあらん》で、探偵小説から怪奇、幻想、科学小説まであらゆる分野で作品を発表していた現役の作家たちだった。矢野は、会社で住宅関係のPR雑誌を編集していた関係で印刷会社にも詳しかったため、率先して企画立案に励んでいた。

ただし、彼らはあくまでもプロの作家たちである。柴野のようにもともとアマチュアの愛読者がみずから同人誌を作るのとは異なる意味をもつ。

話は、柴野が矢野のもとを訪れる三か月前にさかのぼる。新聞を読んでいた柴野は、学芸欄の小さなコラム「素描」に釘付《くぎづ》けになった。

「空飛ぶ円盤研究会」という会が、このほど創立された。本部は東京都品川区五反田一ノ二六八。世話役は荒井欣一《きんいち》氏。機関紙「宇宙機」創刊号は今月一日発行された。

この機関紙の「私は円盤をみた」という欄には、作家森田たま画家三岸《みぎし》節子さんたちの話が転載されている。

創立総会をかねた第一回研究会では、北村小松氏が諸外国の情勢を、中村富士男氏が企画中の第二回の宇宙映画の構想を、それぞれ熱心に語って大変盛会だった。

空飛ぶ円盤の研究は外国ではとても盛んで円盤を主題にした映画「空飛ぶ円盤大挙して地球に襲来」「禁断の遊星」「宇宙戦争・新版」の三つを製作、来月以降に日本でも封切の予定といわれる。（朝日新聞、昭和三十一年七月九日付朝刊）

柴野がさっそく五反田に出かけてみると、そこは駅から歩いてすぐの小さな書店だった。会長の荒井欣一は、戦時中には陸軍航空隊の夜間戦闘機部隊の将校として機上レーダーの装備にあたり、復員後は大蔵省印刷局に勤務していたという経歴の持ち主で、大蔵省を退職してからは書店を経営、しばしば新聞や雑誌に登場するようになった空飛ぶ円盤の目撃情報を収集し、仲間たちといたって真面目《まじめ》に議論を戦わせていた。それはたんに興味本位の域を超えていた。円盤の本当の目的を知りたい。科学的、政治的、平和的な観点から円盤を研究したい。会は、そんな思いが高じて組織されたものだった。

空飛ぶ円盤の話をすれば、奇人変人扱いされる時代である。だが、柴野はおだやかな人柄の荒井にえもいわれぬ親近感を抱き、そのまま入会手続きをして会の活動にのめりこんでいった。

荒井が空飛ぶ円盤に関心をもつきっかけは、一九四七年六月二十四日、アメリカの実業家ケネス・アーノルドが飛行中に九つの奇妙な飛行物体を見たという目撃情報だった。

それは奇妙な出来事だった。ケネス・アーノルドが、高度九二〇〇フィートでワシントン州カスケード山脈のレイニア山上空を軽飛行機を操縦して楽しんでいたところ、北から南へ向けて飛行する航空機のような奇妙な九つの飛行物体を発見した。しばらく追いかけたが、飛行速度も飛び方も尋常ではない。パイロットであり連邦保安官代理の要職にも就くアーノルドの証言は空飛ぶ円盤の存在に半信半疑だったメディアに信用され、報道された。アーノルドが地方紙の記者に「水面に投げた受け皿みたいに、スキップをしながら飛んでいた」と説明したことから、新聞一面に「フライング・ディスク（空飛ぶ円盤）」「フライング・ソーサー（空飛ぶ受け皿）」といった見出しが使用された。

荒井はこの出来事をある地方紙で読み、なにかおかしいと興味を抱き始めた。その後も目撃情報は続いた。昭和二十八年二月五日には朝日新聞夕刊でも「日本で見た〝空飛ぶ円盤〟米空軍将兵〝目撃〟の記録」と題し、米軍パイロットの複数の目撃体験が掲載され、日本での目撃情報も相次いで報道された。翌二十九年にはジョージ・アダムスキーの『空飛ぶ円盤実見記』が翻訳出版された。カリフォルニア州デザートセンターの渓谷でUFOと遭遇し、搭乗していた宇宙人とテレパシーで会話をしたという内容で、アダムスキーが撮影した写真まで発表され、本はベストセラーとなった。

米ソが本格的な冷戦時代に突入するなか、荒井は、円盤の存在を地球に平和をもたらす救世主のようにとらえていた。

そういうの（目撃情報・引用者注）を読んで、これは私の直感ですが、どうもこれは地球上の飛行機とは形態もちがうし飛び方もちがう、他の天体の知的生命があるいは飛ばしているのではなかろうか、と考えるようになった。そうなってくるとさらに興味を覚え、それとその頃、国際情勢がたいへん険悪になって、いつまた世界戦争が勃発《ぼっぱつ》するかわからんといった状況になってきた。こういう険悪な情勢を打開し、平和な状態にもどすにはどうしたらいいだろう。ここでもし地球を監視している第三者的存在のUFOというものの実在がはっきりすれば、たちどころに戦争はなくなるんじゃないか、そういう期待もあって、この円盤こそは、私たち人類の将来にとって貴重な存在ではないか、とこう考えるようになったわけです。

（「ＵＦＯと宇宙」昭和五十三年十二月号、『ＵＦＯこそわがロマン』所収）

日本空飛ぶ円盤研究会（以下、円盤研究会）の設立準備が始まったのは、朝日新聞「素描」欄に記事が出る一年前の昭和三十年七月である。顧問には荒井の友人で作家の北村小松や徳川夢声ら七名の著名人が就任し、荒正人《あらまさひと》、新田次郎、畑中武雄が特別会員として名を連ねた。朝日新聞や「週刊読売」などに研究会の紹介記事が出た直後からさらに会員が増え始め、新潮社から世界の奇談シリーズを出していた黒沼健や、若き作曲家として勢いのあった黛《まゆずみ》敏郎《としろう》、芥川賞を受賞したばかりの石原慎太郎ら著名人たちが続々と入会した。会費だけ払って実際には顔を出さない会員もいる中で、熱心に円盤観測会などのイベントにも顔を出していたのが会員番号一二番の三島由紀夫だった。柴野の会員番号は四五番だったから、三島はそれよりも早い入会である。

昭和三十三年九月までに入会した会員を掲載した「日本空飛ぶ円盤研究会々員名簿」を見ると、会員数は五百名、前述した著名人以外にも中学生から大学生、医師や銀行員、美術商といった会員も見られる。友誼《ゆうぎ》団体には戦前に「子供の科学」（誠文堂新光社）を創刊するなど科学啓蒙《けいもう》活動で知られる原田三夫の「日本宇宙旅行協会」をはじめ、円盤研究家の高梨純一の「近代宇宙旅行協会」など東京、千葉、大阪、静岡、和歌山などの十四団体が登録されていた。

なぜこうした各界の著名人まで円盤研究会に集まったのか。空飛ぶ円盤に何か新しい匂《にお》いを感じ、それぞれが子供のように胸をときめかせて好奇心たっぷりで集まってきたことは間違いない。ＳＦという呼称さえ、まだ一部の人間しか知らなかった時代である。

荒井の経営する書店の隣にあるそば屋の二階で行われていた月例会では、円盤の話だけではなく、不可思議な体験談、奇妙な話、ＳＦの話が盛んに飛び交った。

円盤はどこの星から、なんのために来ているのか。どんな動力で飛んでいるのか。宇宙人に、円盤に乗らないかと誘われたら、ためらうことなく乗るつもりだ……等々。

誰かの問いに、ほかの誰かの問いが重なる。「不思議だ」を連発する者。盛んに持論を展開する者。終始円盤の存在を否定し、なんのために入会したのかよくわからないような者もいた。女性会員はいるにはいたがごく少数。ほとんどが男性だった。

ああ、この人たちは仲間だなあ、ぼくと同じだなあ、柴野はそう感じて嬉《うれ》しくなった。入会してまもなく機関誌「宇宙機」の編集雑務を引き受け、荒井とともに新聞社を訪問しては円盤情報を収集し、記録した。朝日新聞社資料室にはすでに「空飛ぶ円盤」という項目がつくられ、年代順に記事が分類されていた。ただ、目撃例の収集や記事の分類よりも空想科学的な解析のほうに興味があった柴野は、何か物足りない。

柴野は大学在学中から作家志望で純文学の同人誌に参加していたこともあった。空想科学的発想で書いた柴野の小説はその同人誌では評価されなかったが、父親の知り合いを通じて探偵小説の大家だった大下宇陀児《うだる》や北村小松に読んでもらったところ大いに誉《ほ》められ、北村には出版社を紹介された。やはり小説を書きたい。当初から考えていたことを秋の例会に集まったメンバーの前で提案してみた。

「SFの同人雑誌を作りませんか」

すると、背の高いぬぼーっとした若い男が真っ先に柴野に名刺を差し出した。

「星、といいます。仲間に入れてください」

そういって、人なつこそうな細い目をさらに細くし、にこにこしながらこちらを見ている。一瞬、「いいます」が「いいむぅあす」と聞こえたような気がした。口中に空気をためこんでから一語一語ゆっくり吐き出すような特徴ある口調だった。

仲間もなにもない。今、呼びかけたばかりなのだから。そう思った柴野は、名刺をよく見て驚いた。「星製薬株式会社取締役副社長　星親一」とあった。

会員番号、一四三番。のちに「宇宙塵《うちゆうじん》」の編集長として日本のSFファンダムの草分け的存在となる柴野拓美（翻訳家・作家の小隅黎《こずみれい》）と親一の出会いである。

このとき柴野の呼びかけに応じた仲間は親一のほかに、のちに科学評論家となる齋《さい》藤守弘《とうもりひろ》、関西の隠《かくれ》伸太郎、講談社からすでに『火星にさく花』を出していた瀬川昌男、円盤研究の水晶琇哉《すいしょうしゅうや》（高梨純一）ら二十名。円盤研究会の庇《ひさし》は借りているが、かたや円盤マニアの好事《こうず》家《か》、かたや創作を目指す者、という違いから「科学創作クラブ」という別の団体として新たに旗揚げすることになった。同人誌の名前は「宇宙人」。「宇宙機」や日本宇宙旅行協会の会報でも会員を募集した。

柴野が矢野のもとを訪れたのは、それからまもなくのことだった。筆頭同人を引き受けた矢野に、とり急ぎ柴野は外国のSF事情や外国文献を紹介する随想の連載を依頼した。矢野のほうは柴野を「おめがクラブ」に誘い、柴野の誘いで続いて親一も入会した。今日泊亜蘭は「三号雑誌」という言葉を紹介して同人誌の心得を柴野に説いたあと、三号やっても作家が出ないようならいったんやめて新たにグループを作ったほうがいいと教えた。柴野はこれを機に、今日泊も科学創作クラブの客員会員に迎えた。

「宇宙人」の編集が本格的に始動したのは、昭和三十二年の正月明けである。月額の会費を百円以上として同人から数か月分をまとめて徴収、原稿を寄稿した同人にはページあたり五十円の掲載料を払ってもらうようにし、それでも足りないときは、柴野が「宇宙機」に書いた原稿料で補塡《ほてん》した。原稿整理から校正まで、ひとりで作業を行った。

ようやく見つかった印刷所に原稿を入稿する直前、柴野はふと考えた。「宇宙人」……「ジン」は、「人」よりも「塵」のほうがいいのではないか。そう閃《ひらめ》いた瞬間、「宇宙人」を「宇宙塵」に書き換えた。ほかの同人に相談しないのは悪いなと思いつつ、時間も迫っていたため独断で決めた。これがのちに、一世一代の傑作と自賛する誌名になろうとは、柴野はこのときは思いもしなかった。二月中か三月には刊行できる運びとなった。

このころの親一の日記には、まだ円盤研究会や科学創作クラブ、柴野や矢野、同人たちの名前は一切登場しない。柴野が見たのと同じ朝日新聞記事をきっかけに訪ねて入会し、すでに彼らとも会っていることはたしかなのだが、親一側の記録としては残っていない。正月元旦《がんたん》からはいつものように大谷米太郎に年始挨拶《あいさつ》に出向き、続いて重役たちと関係先の年始挨拶回りをしている。ほかは国税局や裁判所、不動産売却先との交渉ばかり。前途になんの希望も見えない会社に居続けることほど虚《むな》しいことはない。円盤研究会と科学創作クラブは、そんな日常からの逃避先だったのだろう。毎日のように昼間から有楽町の碁会所に出かけ、調子がいいときは閉店まで打ち、負けがこむと途中で切り上げて映画を見た。夜は北代や副島ら高師中からの親友たち、そして牧野光雄を誘って銀座で飲んだ。だからといって彼らに泣きごとをいったり愚痴をこぼしたりするわけではなかった。その代わり、円盤研究会で仕入れてきた宇宙や円盤の奇想天外な話を披露し始めた。牧野は、「琥珀《こはく》」のアキ子が呆《あき》れたようにいうのを記憶している。

「牧野さん、聞いてくださいよ。星さんたらねえ、地球と月はどのくらい離れているか知ってるかとか、地球と火星の距離はどうかだなんて、そんな話ばっかりするのよ。こんなデートってある？」

「それは君の選択の誤りだよ」

牧野は即答した。

「耳ざわりのいい言葉を期待するなら、星を選んだらだめだ」

宇宙や星の話ならばロマンチックな雰囲気を演出して女性を喜ばせられるはずだが、

親一にそんな芸当はできなかった。頭の中を占めているのは、会社をやめてすべてをリセットしたいということばかり。しかしこのままやめても、会社をつぶした三十男など雇ってくれる企業などない。大学で教員免許はとっていたので、かろうじて教師の職ぐらいは見つかるかもしれない。気が緩めば、そんな悩みや相談事も友人たちに対して持ちかけていたのかもしれない。だが、強すぎる理性はそれを許さなかった。宇宙の話をしても甘美であったり夢物語にはならなかった。今にも喉《のど》から飛び出てきそうな心情を吐露しないようにするための、堰《せき》のような役割を果たしていたのかもしれなかった。

「宇宙塵」創刊号のために書いた文章も小説ではない。愛読していた「リーダーズダイジェスト」の記事や科学書のトピックスを紹介しながら、地球環境や人類の進化についてあれこれと思考をめぐらせた「ある考え方」と題する約四千字の随筆だった。「A」から「H」の八章から成るその随筆から、「E」章を引用する。市販された印刷物で「星新一」という筆名を使用した、初めての原稿である。

　私は子供の頃削り氷を夏になると食べたけれど、最近はソフト・アイスが流行している。この発明のヒントを何かで読んだ。ある新聞社が最も簡単に皿を洗う法という懸賞募集をした時一等になったのはなんと「皿をゼラチン質でつくって食後のお菓子として食べてしまうこと」であった。荒唐無稽《こうとうむけい》といえばそれまでだがそれを実現したのがソフト・アイスとなったとのことである。

現代の科学文明は我々の生活を豊かにしてくれてはいるが、一方ゴミ屑《くず》製造の多きを競っている形である。ビルの残骸《ざんがい》から糞尿《ふんにょう》、原子炉のカスに至るまで、ゴミの増加が大きな問題となる日も近い気がする。そして科学はやはり解決をつけることと思う。

文明の遺跡とはピラミッドや土器のかけらといった形で残らなければいけないという考えはどうかと思う。むしろ文明の高い場合には遺蹟《いせき》が残らないと考えた方が正しいかも知れない。最も素晴しい道具とは使ったあと、放っておくと消えてしまうものかも知れない。

のちのショートショートへとつながっていく思考の軌跡が読みとれるのではないか。「新」は、新しい。「一」は、はじめ。心機一転、新しく始まる、という意味を込めた。筆名の由来を訊《たず》ねた牧野光雄に、親一はそう説明したという。

そしてまもなく、運命的な出会いがやってくる。

ハレ　カゼヒイテウチニネテイル　火星人記録ヨム　コンナ面白いのはめったにない　　（昭和三十二年一月二十三日、日記より）

前年十月に元々社から斎藤静江訳で刊行された最新科学小説全集の第十巻、レイ・ブラッドベリの『火星人記録』（現、『火星年代記』）だった。この時期の日記で親一が題名をあげて感想を書き込んでいるのは、映画も含めてこの作品だけである。
それは一九九九年から二〇二六年の火星が舞台の、ブラッドベリを一躍有名にした代表作だった。地球人が初めて火星に向かうと、美しい文明をもつ火星人がいた。だが、彼らは地球からもたらされた病疫《びょうえき》によって絶滅してしまう。やがて地球で勃発した世界最終戦争から地球人が火星に逃れてきて、新たに火星人として生きていく。十三の短編とそれらをつなぐ短編で構成した叙情豊かで幻想的なオムニバス小説である。心が洗われるようだった。獅子文六《ししぶんろく》や石坂洋次郎、村上元三などの連載小説は新聞や雑誌でかなり熱心に読んでいたが、人間関係のあれこれを描いたそれらとはまったく違っていた。もっとブラッドベリを読みたいと思ったが、邦訳されているのはほかに『華氏四五一度』が同じ最新科学小説全集から出ているだけだった。そこで『イラストレイティッド・マン』（邦題『刺青《いれずみ》の男』）の原書をペーパーバックで入手してみると、なんとか自分にも読めそうである。親一は外国語に強い今日泊に頼み、週に一回、洗足池の今日泊の家に通ってこれをテキストに英語を習い、『イラストレイティッド・マン』を読み進めた。

明治四十三年生まれの今日泊の記憶にあるこのころの親一は、いかにも実業家として挫折《ざせつ》した風情《ふぜい》の頼りなげな青年だった。

「やっこさん、なんてんだろーなあ、企業人っていうか、資本主義の世の中で社会生活者になれない、脱線した男でね。オリンピックが近いんで、西洋の女と色恋でもしたいからってんで英語教えてくれっていうんだけど、ちっとも熱心じゃなかった。リーディングなんかも全然しなくて、それやらなくてもいいでしょうっていいやがるんだ。わがままだったね」

要するに、英語を勉強しないで試験を受けた中学時代のように、自分が必要なものさえ習得できればあとはどうでもよかったのだろう。このとき親一は、流麗な今日泊の英語の発音を聞き、ブラッドベリのすばらしさに気がついた。一種のメロディなのである。考えてみれば、太宰治や三島由紀夫の小説も同様である。真似《まね》しようとしてもなかなか真似できない独特のリズム、音楽的な魅力をもっている。親一は、読むうちに、自分もこんな作品を書いてみたいと思うようになった。

同じころ、もうひとつ重要な出会いがあった。有楽町の碁会所の帰りによく立ち寄っていた銀座の「イズミ」という小さなバーで、高見順と知り合ったのである。親一の日記に高見の名前が初めて登場するのは、昭和三十二年四月十五日である。

ハレ　（中略）有ラク町ゴ　イズミ　高見先生　コーダサン

著名な作家といえば円盤研究会には三島由紀夫や石原慎太郎もいたが、実際に会ったことはなかった。高見はいつもひとりで来ており、氷を砕く錐《きり》のように尖《とが》ったものが苦手な先端恐怖症で、錐を自分の視界に入らないところにしまってほしいと店に頼んでいたこともあった。鉛筆の芯《しん》の先まで苦手のようだった。二人は次第に世間話をするようになり、親一のほうは相変わらず円盤や宇宙の話ばかりしていたが、高見はそれをおもしろがって聞いていた。

高見先生は、スタイルのいい魅力的なかただった。親しく話相手になって下さった。時には、すし屋に連れていっていただいた。文学を話題にしない点を気に入られたのかもしれない。世の中には作家という職業があるんだなあと、私は知った。小説はむやみと読んでいたが、作家に現実に接したのは、高見先生がはじめてだった。当時の日記には〈碁会所、バー、高見先生〉という文が、しばしば出てくる。
（「星くずのかご」No.1）

高見順には、歴史的な資料としての価値も高い『高見順日記』があるが、残念ながら親一と会ったとみられる昭和三十二年の前後数年のものは存在しない。戦前には、プロレタリア文学の作家として活動中に治安維持法で検挙され、転向後の屈折した心境を描いた「故旧忘れ得べき」で第一回芥川賞候補（昭和十年度上半期）となり、その後、浅草のカフェを舞台にした『如何《いか》なる星の下に』をはじめとする都市風俗小説で流行作家となった。戦時中は久米正雄や川端康成と貸本文庫鎌倉文庫を運営し、戦後は「敗戦日記」や私小説「わが胸の底のここには」を執筆していた。保昌《ほしょう》正夫作成の年譜によれば、親一が出会ったころはたしかに高見が先端恐怖や白壁恐怖のノイローゼに苦しんで創作ができなかった時期にあたり、それをようやく乗り越え、昭和三十二年のこの年に「昭和文学盛衰史」の完成に至っている。

親一と高見がどんな会話を交わしたかは想像するしかないが、芥川賞候補となった原誠に対してぶつけたような気安い問いを高見にしたとは考えにくい。おそらく物を書いて生きるということについて、そして伊藤整が「最後の文士」と呼んだように、身命を賭《と》して文を書く作家という職業の体温のようなものを親一は高見順から感じとっていたのではないだろうか。

この時期の精神的な変化はアイデアをメモするために使用しているポケットサイズの銀行手帳にも顕著に現れる。銀行が年末の挨拶まわりのときに顧客に配る革製の表紙のスケジュール帳で、金銭の貸借や新製品のアイデアを記録したものが昭和二十八年度から三十二年度分まで見つかっているが、『火星人記録』以降、柴野の名前が初めて登場し、創作のために思いついたテーマや言葉を書き留めたものと思われるメモが次々に現れるのだ。四月一日には、構想と思《おぼ》しき次のような鉛筆の走り書きがある。

①人工衛星　葬儀社ノ話　②人類滅亡の話　③ネコイラズの話　④サバ　カイの話　⑤ナイロンが天然にない話　⑥地震毛の話　⑦性欲コントロールの話

（昭和三十二年四月一日、銀行手帳より）

⑦の性欲コントロールの話とは、処女作「セキストラ」のテーマだろう。親一の中に創作意欲が猛然とわき上がってきた証拠ではないだろうか。

印刷所の都合で遅れに遅れた「宇宙塵」創刊号は五月十五日に刊行された。表紙の「宇宙塵」という誌名の上には、「空想科学小説専門誌 Science Fiction Club」という副題が印刷され、巻頭には柴野が依頼していた大下宇陀児、原田三夫、北村小松の三名の祝辞が掲載された。これまで探偵小説雑誌に場所を借りて細々と掲載されていた空想科学小説「SF」に、ようやく作品発表の場が確保された喜びは大きかった。メディアもこれをニュースとして採りあげた。矢野の知人だった毎日新聞記者が小さな「メモ」欄で、つづいて内外タイムスが学芸欄で世界SF大会の話題と米英の科学小説熱を紹介したあと、日本でも「注目浴び同人誌生る」として大きく紹介した。いずれの紙面にも「サイエンス・フィクション（S・F）」という言葉が使用されている。大半の新聞購読者にはまだ何のことか今ひとつピンとこなかったろうが、空想科学小説に関心をもつ読者からは大岡山の柴野の家に問い合わせの手紙が次々と届いた。

五月三十日、親一は考案中だった「性欲コントロールの話」を書き上げた。「セキストラ」と呼ばれる電気性処理器がもたらす世界平和を描いた作品で、性欲をコントロールすることによって精神は解放され、青少年の凶悪犯罪は減少し、中国の人口問題は解決、婦人の性解放運動も終結、戦意は喪失して戦争がなくなり、性の快楽が生殖と切り離されることによって人工授精で良質な子孫を残せるようになる……。セックスをみごとに相対化してエロティシズムのかけらもない。しかも新聞や雑誌の記事をオムニバス形式でつなげるという意表を突く作品である。のちに親一はインタビューに答えて、「銀座の酒場で友人と話したアイディアをもとにしました」（「宝石」昭和三十六年七月号）と語っているが、ここで改めて、醍醐《だいご》忠和《ただかず》が「セキストラ」に感じとったひとりの友人の苦悩と自死、その後、親一自身を襲った鬱屈《うっくつ》という背景が想起される。

だが、もちろん読むほうはそんなことは知りもしない。書かれた文章をそのまま受け取るだけである。

原稿を受け取った柴野は、あっ、と驚いた。

「星さんが当意即妙っていうのか、素晴らしいセンスの持ち主であることはそれまでの例会の話を聞いてわかっていました。もしぼくに文章を見る目があれば、創刊号の随筆で彼の才能に気づいてもよかったんですが、あのときはそれほど気にしていませんでした。だから、次の『セキストラ』にはぶっ飛んだんです。勘どころがありました。こおら、すごいと。形がちょっと変わってるでしょう。新聞記事の切り抜きを並べてね。こういうのありなのかあってびっくりしました。ありなのかなんて言葉は当時ありませんけどもね。ちゃんとした普通の文章でこれが書けたらすげえなあ。ほんとのSFそのものだなあって思いました」

人とは違うもの、意表を突くものを模索し、試行錯誤していた時期の実験作といえるだろう。これで作家として立つ決意を固めていたわけではなく、趣味で書いたもので、「科学的飛躍による社会の変化というものを書くんだから、主人公というものはない。そんな程度の気分で、あの型式を使っただけ」（「三田文学」昭和四十五年十月号）だった。アメリカにはすでに存在する形式、手法であったし、ふだんから新聞や雑誌記事を切り抜いてスクラップブックを作っていた親一にとっては、その延長線上の作品だったのだろう。後述するが、「普通の文章でこれが書けたら」という柴野の指摘のとおり、オムニバス形式はこの翌年に、ある純文学系同人誌に発表した一作品のあとは姿を見せなくなる。

柴野は「宇宙塵」の校正を手伝ってもらうために、しばしば親一の会社を訪れた。工場は戦災で焼かれ、焼け残ったところも鉄骨むき出しで赤錆《あかさ》びており、硝子《ガラス》窓は修理されずに放置されていた。最盛期には大崎や五反田の駅から従業員の列が会社までつながっていたのに、いまや見る影もなかった。副社長室を訪ねていくと、広い部屋に親一がぽつんとひとりで座っていた。事情は察するしかなかったが、会社がうまくいっていないのは訊ねなくてもわかることだった。柴野は持ち込んだ原稿とゲラを鞄《かばん》から取り出し、二人で手分けして黙々と校正にはげんだ。

そろそろ「宇宙塵」の同人で集まろうという話になり、六月には同人のひとり、桜内雄次郎の家に十四、五名が集まって月例会を開いた。なかには熊本から参加した光波耀子《ようこ》のように熱心な女性もいた。新聞で紹介されたため二回目は人数が増えるかと思い大井町にある品川文化センターの部屋を準備したが、集まったのは同じような顔ぶれの十四、五名だった。すべての会員が語り合いたいというわけではないのかと柴野は気づき、その後は柴野や親一ら同人の家で行うようになった。親一は率先して話をするほうではなかったが、座の空気を一瞬にして変える発言をして出席者の心をとらえた。

「円盤研究会に集まってくる連中は、珍しい話、不思議な話、奇妙きてれつな話、プラス最新の科学的話題で盛り上がる。これがそのまま宇宙塵の月例会や編集委員会やその後のだべり会に持ち越されていくんですけど、そういうのを聞いていても、星さんは実に見事に言葉をはさむんです。茶々を入れる、というのではないんですよ。なんというか実に冴《さ》えていて、うまいんだなあこれが。そのときの話題を自分の知識と結びつけてわあっとみんなの度肝を抜く。あの感覚は誰にも真似できませんな。それが全部、ぼくらの好きなSFと結びつく話題ですから、やあ、いい仲間ができたと嬉《うれ》しかった」

具体的にどのような言葉を発したのかと訊《たず》ねると、記憶に残っていない。これは柴野に限ったことではなかった。親一の発言はおもしろかったと語る人は大勢いたが、みな一様によく覚えていないのである。頭の回転が速いというだけではない。会話の流れから想定されるものとは違う角度から突拍子もない言葉がぽんぽん飛び出す。なんとも絶妙でそのときはみんな大爆笑したり、呆気《あっけ》にとられたりするのだが、記憶にほとんど留まらない。突風のように過ぎ去っていく。乗らなきゃ感じがわからないジェットコースターのようなものか。ありふれたことわざやいい回し、オウム返しを嫌う親一ではあったが、ここにきて水を得た魚のように何かがあふれ出していた。

海外SFの最新事情を紹介する矢野、江戸の講釈師のように洒脱《しゃだつ》な語り口の今日泊亜蘭、そして、目新しい小話を調子よく語って座を盛り上げる親一。そのうちネタが尽きることもあって、「この話、もうしゃべったかなあ」といいながら小話を親一が披露すると、矢野が「そりゃ、もう聞いた。番号でもつけたらどうか」と茶化す。東京教育大学に通う学生だった齋藤守弘は、矢野と親一の二人の語りに特に引かれたという。

ＳＦ連歌という遊びをしたこともあった。タイトルを決めて二つのチームに分かれ、起承転結の順番に座ってひとり三行ずつのセンテンスを同時に考え、テーブルの端から順に発表する。最終的に出来上がった物語のおもしろさを競い合う。

たとえば、「シグマ星裏」というお題があった。「結」の三行を担当することになった齋藤は、自分の前に座った同じチームの親一が何を書くか想像し、こんな三行を考えた。

「ここは名にしおうシグマ星裏だ」
「金は果たして手に入るだろうか」
「私は地球のうらぶれた飲み屋が恋しくなった」

親一が披露したのは案の定、金がらみで、「新発明で一発当てた」という齋藤が考えた「結」につながる内容だったので思わずにんまり。齋藤が「結」の三行を発表すると、座は大いに盛り上がった。

「宇宙塵」の仲間たちとの刺激的な会話は、彼らの創作のアイデアづくりを直接間接に刺激した。アイデアは、親一の銀行手帳からこぼれ落ちそうな勢いである。

　レンアイヨリケツコンニ入ル心境ノカカレザルコト　ＳＦニレンアイヲ入レルベカラザルコト　アマザケニアジノモトヲ入レルゴトシ

（昭和三十二年五月二十一日、銀行手帳より）

　むかし神話製造家があつて　世界にひろめた

（五月三十日、同）

　古事記の文体でＳＦをかく

（六月二十三日、同）

「ＳＦ」の文字、男女の恋愛やセックスとＳＦの関係、形容詞や修飾語はなるべく排した『古事記』のようなモノクロームな文体、神話への関心。のちの作風につながる記述が早くもここに登場している。自分自身も「神話製造家」にならんと決意したと考えるのは早急にすぎるだろうが、何かを必死に探し求めていたことはたしかだろう。

月例会には毎回出席した。柴野も矢野も、齋藤も今日泊もやってきた。二回目以降は新聞記事を見て入会した光瀬龍など新しいメンバーも加わった。戸越の親一の家に仲間がやってくるときは、親一が自分でお茶を出し、近所で買ってきた菓子を食べながら何時間も盛り上がった。

これまでとはまったく異なる世界の人々と付き合い始めた息子を見て、精は、

「いい加減、おつとめしてくれないと困るわ」

と、気が気ではなかった。

柴野は柴野で、SFなどという得体の知れない世界に親一を引きずり込んだ張本人として、いつもにこやかに迎えてくれる精を前にして罪の意識のようなものを覚えずにはいられなかった。しかし、親一の心は次第に解放されていった。会社のことはもういい。作家になれるかどうかはわからないが、今後どうするかはこれからゆっくり考えればいい。そう思っていた。

六月二十五日、「宇宙塵」の第二号が到着した。柴野の予測どおり、「セキストラ」の評判は抜きんでていた。なかでも矢野が驚愕《きょうがく》した。柴野と同じように親一の会話にはふだんから度肝を抜かれていたが、やはりこの男は違う、と思った。日本探偵作家クラブでサーカスを見学したとき、会場にいた乱歩にさっそく「先生、ついに天才がひとり出ました」と耳打ちした。乱歩は、ああそうか、そうか、と目を細めてうなずいた。ではどうやって売り出すか。矢野は日を改めて乱歩に相談に出かけることにした。

矢野の次男、実の回想。

「そのころまで父は、翻訳家になるか作家になるかでまだ悩んでいました。ところが星さんと出会ったことで、これはもう無理だと思ったようです。考え方、発想がすごい。こら、かなわん、といっていました」

SFの市場をなんとしても作りたかった矢野は、プロデューサー的な動きをしている手前、自分の小説のほうの売り込みはなかなかやりにくく、光文社や講談社で子供向けの小説を書きながら、もやもやとした思いを抱えていた。だがこのとき、心を決めた。

こうして、親一が何も知らないところで、参謀総長・江戸川乱歩と仕掛け人・矢野徹による「作家・星新一」売り出し戦略がスタートする。

そのころ――。

七月二十三日、戸越の星家の玄関先に各社の新聞記者たちが集まっていた。

星製薬を中心とする大崎の土地八万六千坪の政府による区画整理が決定し、星製薬所有の土地は高速道路や小学校用の敷地として約四割が失われることとなった。これに伴い星製薬の御曹司である星親一副社長が年内いっぱいで取締役を辞任、翌三十三年一月の株主総会で認められれば会社の経営から一切手を引くことが取締役会議で決定していた。会社に問い合わせが相次いだため、急遽《きゅうきょ》親一の自宅で共同記者会見が開かれることになった。
記者たちが玄関に待機していると、丹前を無造作に羽織った親一が現れ、虎《とら》が描かれた衝立《ついたて》の前に腰を下ろした。顎《あご》にはうっすらと無精ひげが生えていた。取締役辞任の理由を問いただそうとする記者たちを前に、親一はゆったりと口を開いた。

私には経営的手腕もないし、再建する意欲もない。同族会社そのものなので、私がその権利を全《すべ》て放棄すれば、現在会社と個人が所有する資産の分配で、社員たちの退職金とすべての借金は賄《まかな》えると思う。（矢崎泰久『「話の特集」と仲間たち』）

そこにいた、日本経済新聞社会部記者の矢崎泰久は、親一の突き放したような物言いにぎくりとした。創業者の御曹司が会社を再建できずに経営権を譲渡するというのに、恐縮するでもなくあやまるでもない。のちに「話の特集」編集長と人気作家として再会することになる二人だが、このときの矢崎の目には、ただただ無責任な二代目にしか映らなかった。

「あれは実にへんな記者会見でした。ちょっと異常な感じだった。人に渡したのであとのことはもう知らない、関係ないという捨て鉢な態度なんです。足を洗う、という表現を使っていました。普通なら株主や社員、顧客に対して詫《わ》びの一言もあるでしょう。よくもこんな経営者の会社がこれまでもったものだと思いましたね。もう物を書き始めていたころだったようですが、そんな片鱗《へんりん》はまったく感じられませんでした」

矢崎が感じた親一のどこか投げやりな態度は、一方の大谷側の人間には潔《いさぎよ》い態度と映ったようだ。大谷米太郎の星製薬買収計画に協力した佐野弘吉（NHK顧問、当時）は、のちに「新評」に掲載された「現代のイソップ　星新一の素顔」（構成・井家上隆幸）で次のように語っている。


傾ききった企業の経営は、参謀もいないし、青年期に入ったばかりの星さんにとっては、相当な負担のようでした。が、彼は判断が非常にクールで、流れに棹《さお》さすようなことは考えなかったようです。彼にあったのは、星の家名を守るに最小の備えがあればそれでよし、ということのみではなかったでしょうか。

いまにして思えば、その見切りをつける冷静さ、口惜しさとか情けなさといった感情をまったく表面にあらわさなかった態度はりっぱでしたね。将来なにかで頭角をあらわす人物になるとは思いましたよ。まさか作家になるとは思わなかったが……。
（「新評」昭和四十八年七月号）

記者会見が行われた日とその前後の日記や銀行手帳を見ても、辞任に至るまでの親一の内面がうかがえる記述はない。「捨て鉢な態度」で「感情をまったく表面にあらわさなかった」というのは事実だろうが、それはあくまでも、父親の会社を手放した御曹司の無念や悲哀を期待する第三者の目に映った印象である。実際にはしがらみを断ち切りようやく暗闇《くらやみ》から抜け出せた喜びと清々《すがすが》しさに包まれていたかもしれない。ようやく自由を手にした親一は、作品の好評を得てから妙に自信過剰となり、身近にいた友人たちは戸惑った。
牧野光雄が当時、大学ノートに綴《つづ》っていた日記から引くと――。

今日はしばらくぶりで星親一君が参議院会館に現れる。最近彼は、しきりにSF、空想科学雑誌への投稿に専念している。SFって何かと聞くと、私には、実際に起こりそうな科学についていろいろと空想を重ねて小説や随筆に書き表すものといった。

星君は空想科学の話ばかりしているが、私には空想科学よりも星君自身の最近の変化のほうが気になった。前の星君とは違う。彼が従来から持っていた温良さ、寛大さといった駘蕩《たいとう》としたものが少なくなって、変わって、冷淡さ、自己顕示的なものが目立ってきた。

昔は温厚、今は戦う星。昔の星君ではなくなってきている。

星君には前々から権勢欲、名誉欲が内在していたとは思えるが、今のように露骨に表面に現れるようなことはなかった。今は独りよがり、独善、自己の力を過信しているように見える。

最近書いた「セキストラ」が好評だったので急に気をよくしているらしいが、もっと自重すべきではないか。（昭和三十二年九月四日付）

「セキストラ」が「宝石」誌に転載されるという連絡を親一が受け取った前後の様子である。懸賞に応募していたわけでもないので、親一はまったく予期せぬ朗報に飛び上がり、その夜は「胸がときめき、なかなか眠れなかった」（「星くずのかご」No.2）。

牧野にも自慢せずにはいられなかったのだろう。あるいは、有名になってやるといったような意気込んだ発言があったのかもしれない。心を許した相手だったからこそあからさまな表現になってしまったのだろうが、親一がこれまでとはまるで別人になってしまったように牧野の目には映った。

「さみしかったんだね……」

と、牧野はいう。

「作家になるのはやめたほうがいいと、さんざんいってやったんです。道を誤るよ、大けがせぬうちにやめろ、趣味にしておいたほうがいいと。しかし、星君にしてみれば、ほれみろ、まちがってなかったじゃないかという気分だったのではないでしょうか。今思うと、私は、友人をひとり失ったような気がしたんですね。遠のいていくというか。さみしかったんですよ。同じことは、原誠が芥川賞候補になったときにも感じたんです。あのときに彼もがらりと変わった。私が、小説家というものは……と話し始めたら、おれは小説家じゃない、国文学者だっていったんですね。ぞくっ、としたですよ。背筋に冷たい風が吹いた。学生時代から仲良くやってきたんですが、芥川賞候補になったとたんに勲章をぶら下げているようになった。ぼくたち三人は、腹を見せ合った仲だったんですが」

ある一定の評価を得られたことが書き手を思い上がらせるだろうことはさほど不思議ではない。自分はこれまでの自分とは違うと感じ、たいして根拠のない自信がこみあげてくる。過去を知られている人間とはできるだけ距離を置きたくなってくる。親一の場合、牧野と関係を断つことはなかったが、ぶらぶらと議員会館に出かけて牧野を飲みに連れ出す回数は徐々に減っていった。

執筆欲がわき上がり、頭の中は創作のことでいっぱいになる。「セキストラ」への周囲の反応が予想外にもよかったことで、本当に自分は作家になれるかもしれない、一刻も早く次の作品に挑戦したいと思ったのだろう。そんなときに、作家なんて大けがするよ、などという冷静な忠告に耳を貸すはずがない。

親一はすぐさま、「宇宙塵」第三号に落語を題材にした「落語・知慧《ちえ》の実」を書き、第六号と七号では火星へ向かう宇宙飛行士の恋愛を描いた中編「火星航路」を連載した。

文芸誌に毎月掲載されている同人誌評欄で紹介されていた純文学系同人誌「劇場」の存在に目を留めたのもこのころである。SFというものがまだよくわからず曖昧模糊《あいまいもこ》としていた時期の試行錯誤のひとつであろう。円盤研究会や「宇宙塵」の同人のように、奇想天外な話を好む人々ではないところにも身を置き、自分の作品が通用するかどうか試したいと考えたのかもしれない。親一は、新宿区内藤町にある劇場同人会の住所を手帳に書き留めていた。

天才が現れた、と乱歩のもとに矢野がやってきたころ、乱歩は「宝石」誌の経営不振のため自腹で資金を拠出し、八月号から自ら責任編集者となり、全面的な立て直しを図っているところだった。

戦後しばらく、ナショナリズムの復活を恐れたGHQの検閲のために殺し合いや仇《あだ》討《う》ちが描かれる時代小説が禁止され、多くの作家が現代小説に流れたために探偵小説が息を吹き返し、「宝石」はその勢いを借りて最盛期には公称部数十万部にまで達していた。だが、版元の岩谷書店が途中で資金難となり経営から手を引いたため、昭和三十一年からは「宝石」の主幹だった作家の城昌幸《じょうまさゆき》（本名・稲並《いなみ》昌幸）が社長を引き受け、雑誌名そのままの宝石社からの刊行となっていた。乱歩は、戦後まもなくアメリカの「エラリイ・クイーンズ・ミステリ・マガジン」（EQMM）に倣《なら》い、「江戸川乱歩ミステリー・ブック」なる探偵小説誌を創刊しようとしていたほど専門誌の刊行と編集は悲願であり、だからこそ「宝石」に対しても創刊当初から全面的な協力をしていたのだが、今回の依頼は二つ返事で引き受けた。執筆依頼は当然のこと、実力者の作品発表や新人の発掘、広告や経理、販売までにも目を行き渡らせ、無署名の小さな記事まで自分で書いた。

矢野からしきりに「セキストラ」を読むよう勧められた乱歩は、一読してこれは傑作だと思い「宝石」に掲載することを考えたが、自分が責任編集をしている雑誌に自分が推薦するのではどうも具合が悪い。そこで乱歩が大下宇陀児に「提灯《ちょうちん》もち」(『矢野徹・SFの翻訳』)を依頼し、九月末発行の十一月号でデビューさせることになった。

月　クモリアメ　矢ノ氏ヨリデンワ　宝石社　国税局　神ボー町　ヤノ氏　イズミ

(昭和三十二年九月三十日、日記より)

火　ハレ　参院会カン　トミケン10年式　シブヤ　シバノ氏　イケブクロ　大下先生　江戸川先生　プラネタリウム　草下氏　望月氏

(十月一日、同)

矢野の名前と宝石社、続いて大下宇陀児と江戸川乱歩の名前が初めて親一の日記に登場した。日記の記述を当時の資料や取材で得た証言などから解釈すれば、「セキストラ」の掲載された「宝石」ができたと矢野より電話があり、芝西久保巴町《ともえちょう》にある編集部に挨拶《あいさつ》に出かけ、おそらく谷井正澄編集長から雑誌を受け取り、その足で、差し押さえられていた自宅の件で東京国税局に立ち寄り、神保町《じんぼうちょう》で矢野と落ち合って詳細を聞くと、大下が絶賛して乱歩に推賞したのだと教えられる。銀座のバー「イズミ」に立ち寄ったのは、高見順に報告したかったからではないか。高見の名がないので、会えたかどうかはわからない。翌日には、大下と前から面識のある柴野が、池袋の大下と乱歩の家に連れて行ってくれることになっていた。

十月一日午後には、柴野と渋谷で待ち合わせてまずは池袋駅東口にある大下の家に挨拶に出かけた。

大下宇陀児は、江戸川乱歩、横溝正史、角田喜久雄らとともに、現代探偵小説の基盤を築いた大正末期の作家のひとりで、戦後は、乱歩の怪奇物に対し、社会を反映する風俗推理小説の分野を開拓した。ラジオの人気番組「二十の扉」のレギュラー出演者でもあり、親一はその声に透明な明るさを感じていた。実際に会ってみるとそのとおりの印象で、若いころはさぞかし美男子だったろうと思われた。大下は終始にこやかで、初対面の親一と柴野に構想中の作品の出だしの部分について話をした。それから二人は池袋駅西口にある乱歩の家に出かけているが、緊張のあまりか、親一は、この江戸川乱歩との初対面の記憶がまったくない。

そのあとプラネタリウムに立ち寄っているのは、昂揚《こうよう》した気持ちを鎮《しず》めるためだったのか。草下は草下英明、望月は望月始でいずれも「宇宙塵」同人。彼らが祝杯を挙げてくれたのかもしれない。長野県小諸《こもろ》に住む「宇宙塵」同人、のちにジュヴナイル作品で活躍する宮崎惇《つとむ》は、その著書『空想科学小説の諸相』で親一から送られた手紙を紹介している。

小生の「セキストラ」、柴野さん、大下先生の御尽力によって、本月発行の「宝石」に転載されることになり喜んでいます。この作は今となると偶然の傑作と思え、今後が心配です。ＳＦを書く上には通俗普遍性と高級さといった相反するものを含ませねばならぬと思いますが、この点、大いに勉強したいと思っています。人工衛星が飛んで、ＳＦを書くにはよほどうまく予測しておかぬと、すぐ現実に追い越されてしまうことに気づき、常に新しさを持った作を書かねばと思いました。しかし何《いず》れにせよ、今後ＳＦ上昇の機運になると思いますから大いに頑張りましょう。

こうして、「セキストラ」は「宝石」十一月号に掲載された。さし絵は、この翌年に第四回文藝春秋漫画賞を受賞する久里《くり》洋二。乱歩の文責であることを示す（Ｒ）署名のルーブリック、すなわち紹介文つきである。この号には、横溝正史「悪魔の手毬《てまり》唄《うた》」、坂口安吾《あんご》「樹《き》のごときもの歩く」、大下宇陀児「百舌鳥《もず》」が三大連載として目次の右トップに大きく掲げられており、「猫は知っていた」で第三回江戸川乱歩賞を受賞したばかりの仁木《にき》悦子が受賞第一作の「粘土の犬」を発表していた。

「セキストラ」の末尾に掲載された乱歩の「性的未来小説」と題するルーブリックには、大下宇陀児が「しきりに推賞するので」読んでみたと書かれており、実際読んでみての感想は、「これは傑作」「日本人がこういう作品を書いているということが、わたしを驚かせた」「冒頭と結末の照応も気が利《き》いている」「その書き方が子供だましでなく、いかにももっともらしく感じとれるところが、作者の凡手でないことを証している」と、手放しの絶賛ぶりだった。

わたしは声を大にして、『宝石』の読者諸君に一読をおすすめします。（R）

「星新一」を発掘したのは大下宇陀児であるとは、親一本人も随筆や宮崎惇への手紙に書いており、ミステリ史の文献として定評ある山村正夫の『続・推理文壇戦後史』にも「大下宇陀児に発掘された星新一」と題する章が独立して設けられ、これが定説になっている。

しかし、いざ大下がどのように評価して推賞していたかを知ろうとすると、肝心の大下本人の推賞文は見当たらず、「宇宙塵」第三号の欄外に小さく掲載された「お便り御批評」欄の「第二号大変面白いです。『セキストラ』特によく、しかし他の二篇もよい出来で感心しました。どれも着想が非凡で、これだけの枚数に縮めるのは惜しい。着想を他に盗まれぬように」という短い一文のみである。それに対して乱歩の「宝石」のルーブリックは約八百字と長く、「セキストラ」の具体的な内容にまで言及してほめ称《たた》えている。山村正夫は「滅多に人を賞《ほ》められたことのない乱歩先生が、手放しで讃辞《さんじ》を呈しておられるのはよくよく感心されたからに違いない」と書いている。

戦前には農商務省臨時窒素研究所の化学者だった大下は、柴野の依頼で「宇宙塵」創刊号に祝辞を寄せた、ＳＦの支援者だった。ＳＦについては乱歩よりも理解があったと語る人も多い。祝辞には「もう二十年近くも前から」こういう「科学小説専門の雑誌」が欲しいと思っていたと書き、没後発見された遺稿「ニッポン遺跡」は従来の大下の推理小説とはまったく違う未来小説だった。「宇宙塵」を毎号送られていた大下が「セキストラ」を高く評価していたのは間違いないだろう。

しかし、大下が推賞したのは事実であるとしても、大下が「発掘」したというのは宣伝用の惹句《じゃっく》で、矢野が書き残している通り、乱歩から依頼された大下の「提灯もち」が、いつのまにか大下の「発掘」という定説になってしまった。しかし、ＳＦ市場を作ろうとさまざまな布石を打ち、才能ある作家を探していた矢野徹、その相談を受けて矢野を見守っていた江戸川乱歩、そして、親一に書く場を提供した「宇宙塵」柴野拓美の存在がなければ、「作家・星新一」のデビューはこれよりはるかに遅れていたことは確実である。もっといえば、「作家・星新一」は存在しなかったのではなかろうか。

親一の日記に「今日あたり死のうかな」の一文を見た今となっては、小説を書くことが親一のいのちを救ったのではないかとさえ思えてくる。

この時はじめて、私は作家になろうと思った。それ以外に道はないのだ。会社をつぶした男を、まともな会社がやとってくれるわけがない。あこがれたあげく、作家になったのではない。ほかの人とちがう点である。やむをえずなったのだ。背水の陣ではあったが。

（『きまぐれフレンドシップ』）

星親一は、星新一となった。以後、本書では「新一」を用いることとする。

第六章　ボッコちゃん

「セキストラ」が転載された「宝石」が発売されると、東京新聞に文芸評論家、荒正人《あらまさひと》の「未来小説について　安部公房『鉛の卵』、星新一『セキストラ』の方法」（昭和三十二年十月三十一日付夕刊）と題する書評が大きく掲載された。初めて同人誌に発表した作品が商業誌に転載されただけでなく、新聞の文芸時評欄で、それも「壁－S・カルマ氏の犯罪」で芥川賞を受賞した新進気鋭の作家と並んで採り上げられたのである。画期的な出来事だった。

ただし、必ずしも好意的ではなく、二つの作品に対して厳しい指摘がなされていた。「群像」に掲載された安部の「鉛の卵」は、百年後に目覚めるべく冷凍されていた現代人がなんらかの手違いで八十万年後の未来に生き返る話である。その未来には血液の一部を葉緑素に置き換えて光合成で生きる「緑色人」がいる。飢餓を乗り越えるための方途だったが、主人公は彼らの禁を破って食物を口にしたため、その世界から追放される。人間の欲望の意味を問う作品であるが、荒は、冷凍人間という着想はすでに翻訳小説に存在するので独創的ではなく、また現代社会への批判や未来の予言もないと指摘。「アメリカ発見」（「中央公論」昭和三十二年十一月号）のような作品を書ける作者なのだから、政治や共産主義を未来小説の形で新しく発見してもらいたい、と自覚を促した。

一方、「セキストラ」に対して、荒はもっと手厳しかった。「着想は一応興味をそそられる」が、それとて三十年前にソ連の作家のエレンブルグが「トラストD・E」のなかで、不思議な性の薬が国民に及ぼす影響として描いているのに似ており、しかも「それよりはるかに劣る」と断じた。「トラストD・E」は、失恋の痛手から「トラストD・E」、すなわち「ヨーロッパ絶滅トラスト」を組織した男が、その人生をかけてヨーロッパの資本主義とブルジョア社会の破滅を目指すという中編小説である。大半は地の文だが、時折、雑誌記事や手紙、電報が断片的にはさみこまれ、アフロディチンなる薬を常用すれば誰もが去勢されたように実直な人間になって戦意も喪失してしまうという発想は、盗作とか剽窃《ひょうせつ》にはあたらないものの、なるほど「セキストラ」に影響を与えたと指摘されてもやむをえない。

やはりプロは怖い。荒の厳しく容赦ない批評に新一は脅《おび》えたのではなかろうか。

「セキストラ」で華々しいデビューを飾りながらも、のちに「思い出の多い作品なのだが、出来ばえの未熟さもあろうが、私自身、あまり好きな作品ではない」（「星くずのかご№1」）と突き放している。

とはいえ、つい最近までSFという言葉さえ知らなかった新一には、採り上げてもらえただけでもありがたいことには違いない。

同じ時期に、北村小松や渡辺啓助からも激励の手紙が届いていた。「セキストラ」は、円盤研究会で交わされていた突飛で奇妙で浮き世離れした議論に影響された、自分自身でも「妙な作品」（同前）と思える内容だったが、こんな作品を好む人もいるのかと思い、自信とはいわないまでも安心感をもつことができた。

新一は知る由《よし》もなかったが、荒の文芸時評は、のちに「SFマガジン」を創刊する早川書房の福島正実《まさみ》らSFを小説の新しい分野として確立したいと考えていた出版関係者にも敏感に受けとめられていた。

そこには、「科学小説（サイエンス・フィクション）」の置かれている状況が記されていた。

科学小説は子供向けの読み物として認知され、大流行しているが、小説の世界ではまだ片隅に置かれている。大正中期まで探偵小説が翻訳物ばかりだった事情と似て、はるかに西洋物に及ばない。江戸川乱歩が日本に探偵小説を定着させたように、「科学小説の乱歩」の出現を待望する。科学技術が爆発的に発展している現代においては、未来はすぐに現実のものとなるのだから、「たんなる新奇な発明や発見の予言者になるだけではなく、人類の未来そのものを指し示し、文明の根本的批判者になってほしい」と期待を込めた注文を安部と新一につけた。

荒は、埴谷雄高《はにやゆたか》や本多秋五、平野謙、小田切秀雄らとともに、文学者の戦争責任を追及し、文学を思想の場に放とうとした「近代文学」誌の創刊メンバーのひとりで、戦後に青春期を送った小説家志望の学生たちに大きな影響を与えた。ブラッドベリの『火星人記録』やハインライン『人形つかい』、フレドリック・ブラウンの『発狂した宇宙』などを含む元々社の海外翻訳SFシリーズ「最新科学小説全集」に対していち早くその出版意義を評価したのも荒である。

共産党員として、社会における真の個人主義の確立を目指していた荒だからこそ、東京新聞の文芸時評でもジュール・ヴェルヌやウエルズの名を挙げ、風刺や幻想よりも文明批評としての本格的な科学小説の誕生を期待していた。荒について福島正実は、「初期のSF界にとって希有《けう》な〈味方〉の一人であった」（『未踏の時代』）と回想している。

しかしながら、当時のＳＦを取りまく出版状況は厳しく、ＳＦに手を出せば必ず失敗するというのが出版界のジンクスとなっていた。誠文堂新光社の日本版「アメージング・ストーリーズ」の休刊、都筑《つづき》道夫が企画に参加した室町書房の「世界空想科学小説全集」は二冊で頓挫《とんざ》、ジュヴナイル、すなわち少年少女向けシリーズを出した石泉社の倒産、「最新科学小説全集」を出した元々社もこの年に入って二十冊を残して倒産したばかりだった。昭和三十二年末から海外ＳＦシリーズ「ハヤカワ・ファンタジイ」を刊行しようと企画していた早川書房の都筑と福島は、もはや同じ轍《てつ》を踏むわけにはいかなかった。

「エラリイ・クイーンズ・ミステリ・マガジン」日本語版の編集長だった都筑には、苦い経験があった。ＳＦを盛り上げようと、前年に矢野徹とＳＦ論争を誌上で繰り広げたが、さっぱり反響がなかったのである。俎上《そじょう》に上げたのは、ハインラインの『太陽系帝国の危機』で、何もＳＦでなくても書けると都筑がケチをつけ、矢野が、いや、ＳＦだからこそ価値があると反論し、それに都筑がいい返して、矢野がまた……と続くはずだったのだが、ほとんどの読者は肝心の『太陽系帝国の危機』を知らない。知らないものについて論争しても読者にはちんぷんかんぷんで、話題になりようがなかった。

元々社のシリーズが頓挫したあと、福島は自分の会社でそれに代わるシリーズを企画してみたが、編集会議で通らなかった。思いあまった福島は、すでにジュヴナイルシリーズを出していた講談社に同じ企画を持ちかけるが、こちらもまったく好感触を得られなかった。都筑はのちに振り返っている。

「今からは考えられないことなんだけど、〝科学〟という言葉が禁句みたいな感じだったんですね。〝科学〟という言葉が出てきただけで、読者が敬遠する、そういう時代だったんです」

（「ASTEROID」VOL.16）

矢野徹のアメリカ行きを支援した神戸新聞学芸部の宮崎修二朗の次のような回想が、当時のSFに対する一般的な見方ではないだろうか。

「あのころは勉強不足だったので、科学が小説になるなんて邪道、インチキという意識しかありませんでした。志賀《しが》直哉《なおや》や横光《よこみつ》利一《りいち》の世界で育ってきたわけですからね。国枝史郎の時代小説のように面白い話は文学じゃないという考え方があって、吉川英治や山本周五郎でさえ低く見られていた。ましてやSFなんて、言葉は悪いけど、あいの子みたいな感じ、大和撫子《やまとなでしこ》じゃない。空想ならいくらだって書ける、なんて思っていたんですね」

講談社の編集者だった大久保房男の『終戦後文壇見聞記』には、昭和二十六年に「群像」の鼎談《ていだん》「創作合評」の終了後、阿部知二《ともじ》が「時代物に手を出しちゃいかんね、乞食《こじき》三日したら止《や》められぬ、と言うけど、時代物を書くとやめられなくなる」といったのに対し、丹羽文雄と高見順が大いに同感したとある。誰もが知っている歴史上の人物の造型をふくらませるようなことは楽な仕事だという意味だった。この鼎談を受けて高見は「時代物に手を出すなということについて」（「群像」昭和三十五年七月号）という随筆を発表し、花田清輝が時代物「群猿図」を書いたことを批判しながら、次のように書いている。

すでにでき上っている形に対する新解釈だの、独自の解釈による新しい人間像の創造だのというのは、歴史家ならいざ知らず、作家としてちっとも自慢にならないことだし、過去の人間への新しい生命を吹きこむなんていうのも、作家の仕事としては易《やす》きについた楽な仕事だし、人間の運命の変転は、歴史の人物によってしか語れないなどというのも、現代物の作家としては、逃げた態度だと私は、私たちは考えた（後略）

いわんや、未来の人間を扱う空想科学小説においてをや。高見はそう考えただろうか。

高見の担当編集者だった大久保は、この一文は花田にことよせた井上靖批判だったと高見本人から聞いており、左翼からの転向者だった高見は、現実社会の不条理から目を逸《そ》らしていることができないようであった、と『終戦後文壇見聞記』で明かしている。

たとえ社会が変化して作品が腐ったとしても、直面する現実の問題をどうすればよいのかということを小説に書いていきたい。川端康成のような大家なら、愛とか恋とか性のような人間の永遠のテーマを扱った小説に書いたほうがいいけれど、自分は「現実の問題に目を逸らすことは出来ないし、作家として、この現実を如何《いか》にせんということを書いて行こうと思う」。高見は大久保にそう語ったという。

そんな高見が、円盤の話ばかりしている、自分と同じ東大出の作家志望の青年をどんな目で見ていたか。そして、少しずつ評価されつつあることをどう感じていたか。

新一の遺品から高見の手紙は今のところ一通も発見されていない。本当に一時期、酒場で気楽な話をするだけの間柄だったのだろうか。どんなに社会が変化しても読まれ続ける、時代に耐えうる作品を書くことに新一がのちに執念を燃やしたのを考えると、改めてこの二人がともに語り合った時間が存在したことに深い関心を抱かざるをえない。

逆風が吹く中でも、光は針穴ほどの隙間《すきま》を見つけて差し込むものだ。都筑らが二度目に会社に提案したSF企画が一転、編集会議を通過し、社長・早川清の許可が下りたのである。「ハヤカワ・ファンタジイ」、のちの「ハヤカワ・SF・シリーズ」だ。昭和二十年八月に演劇関係の出版を目的に早川書房を創業した早川清は、科学小説の海野十三や江戸川乱歩と親交をもち、ミステリやSFの理解者だった。だからこそ慎重にSFへの進出を検討しており、なかなか決断を下さなかった。しかし、いったん決めれば編集には一切口を出さない。編集者にとってこれほどありがたいことはなかった。

都筑と福島は、このシリーズを出すにあたって、次の三点に留意することを決めた。まず、サイエンス・フィクションという誤解を招く表現は使わずファンタジイと表現すること。次に、SFでも、サスペンス・スリラーとしても読める作品を入れてミステリの読者にも興味をもってもらうこと。最後に、読みやすくSF独特の雰囲気を損なわない翻訳にすること。翻訳については、誤訳悪訳珍訳揃《ぞろ》いといわれた元々社の経験をふまえてのことだった。

因果なことに、彼らがアイデアを持ち込んでいた講談社からもSFの企画が通ったという連絡が入った。早川書房の編集者として社の利益だけを考えるのか、それともSF市場を確立するという全体の目標を優先するのか。二人は大いに悩むが、SFの繁栄を願い、講談社の企画にも全面的に協力することにした。両社の方向性が重ならないよう、当初は、早川がSFスリラー、サスペンス、サタイヤ（風刺）に、講談社が、宇宙、未来、ロボットものと区分けしていたが、途中からはうやむやになっていく。

こうして昭和三十二年十二月には「ハヤカワ・ファンタジイ」が、翌三十三年八月からは講談社の「S・Fシリーズ」が刊行された。「ハヤカワ・ファンタジイ」の第一弾は福島の訳によるジャック・フィニイの『盗まれた街』とカート・シオドマクの『ドノヴァンの脳髄』（中田耕治訳）。福島は、講談社のシリーズでもハインラインの『夏への扉』をペンネームの加藤喬《たかし》で翻訳した。給料の低い早川書房では、社員の社内翻訳にも一枚百円の原稿料が支払われた。ペンネームで他社の仕事をして小遣い稼ぎをするのもあたりまえ。そうでもしなければ生活できなかったのである。当時、早川書房の編集者だった小泉太郎、のちの生島治郎《いくしま》によれば、都筑と福島は内職原稿を盛んに書いている双璧《そうへき》であり、「都筑道夫がミステリおたくだとすれば、福島正実はSFおたくとも言うべき存在だった」(『浪漫疾風録』)と回想している。

昭和四年生まれの都筑道夫と福島正実は、このときともに二十八歳。この前後から、社外での執筆活動に忙しくなった都筑が徐々に手を引き、SFは福島がひとりで全責任を負うようになっていった。編集者として、翻訳者として、ジュヴナイルの作家として、常に思いつめているような様子で仕事に邁進《まいしん》する福島を気遣い、「福島さん、少し息ぬきをしたらどう?」と生島が声をかけると、福島は「いや、そんなヒマはないんだ」と光る眼でじっと遠くを見つめ、こう答えた。

「ぼくにはやるべきことが多すぎる」

(福島正実編『日本SFの世界』)

常盤《ときわ》新平はこのころ、翻訳の師である中田耕治の紹介で福島に出会い、翻訳をとことん鍛えられた。常盤の直木賞受賞作『遠いアメリカ』には、福島とおぼしき久保田という目つきの鋭い精悍《せいかん》な編集者が登場する。駆け出しの翻訳者だった常盤らしき主人公の重吉が指定された喫茶店に行くと、いつもコーヒー一杯で一心不乱にアルバイトの原稿を書いている久保田の姿があった。久保田は重吉の姿に気づくと、しばらく待たせたあと、翻訳のチェックを始めた。重吉の『逃げだした金髪』の訳文を、「上《う》手《ま》いところと下手なところがあるね」「だから、文章にリズムがなくなる。プロは上手いところと下手なところの差がないんだよ。とくにガードナーはスピーディに読ませないといけない」といって赤線を引いては新しい訳文を書き込み、三か月にわたって鍛え抜いた。三か月目にようやく出版が決まって放免となり、明日から来なくていいといわれる。重吉が立ち上がって深々と頭を下げると、久保田は手を振って制しながらいった。

「僕たちが住んでいるところは、じつにチマチマした世界なんだ。長屋の住人みたいなものだと思うよ。よく言えば、出版界のマイノリティ。ちっぽけなんだ。二流か三流なんだよ。しかし——そして、のほうがいいかな——だから、僕は矜《きよう》持《じ》だけは忘れたくない。さあ、もういいかげんにすわれよ」

ミステリやSFが置かれた状況を十分自覚しながらも、いかにそこに賭《か》けたか、編集者の熱意を感じとることのできる台詞《せりふ》ではないだろうか。そしてまもなく重吉は久保田の誘い、いや、常盤は、一緒に仕事をしないかという福島の誘いで早川書房に入社するのである。常盤の回想。

「福島さんというのは毀誉褒貶《きよほうへん》が多くて、ぼくも翻訳をずたずたに直されました。昭和三十三年のことですが、朝十時に来いというから行ったら十時半になってやっと来た。あんまり遅いので途中で何度も帰ろうかと思いました。当時はボールペンじゃなくて赤鉛筆ですけど、あんまり力を入れて直すもんだからポキと鉛筆が折れました。福島さんがぼくを鍛えたんですよ。親しくなるといい人なんです。商品になる翻訳を教えてくれました。商品になるというのは、読みやすいということです。直訳じゃない。日本語になっている。早川書房に入ったときは、出版界のタコ部屋に入ったなと思いました。給料は安い、原稿料も安い。でも、やっぱり本が好きだったんですね。本が欲しかった。アメリカのペーパーバックがどんどん入ってきていましたから、内職すれば本が買えたんです。そのうち福島さんから、おまえSFをやれといわれるようになったんですが、ぼくはSFは嫌いだったので逃げました。食わず嫌いだったたんです。ミステリだって、都合よく犯人がわかるので好きじゃなかった。当時は、アル・カポネについて調べるため神田の古書店を歩き回っていたころで、一九二〇年代のアメリカのノンフィクションにしか興味がなかったんです」

そのころの新一は一日中原稿を書いているか寝ているかで、「宇宙塵《うちゆうじん》」の例会や「おめがクラブ」の会合に出かけるほかは予定がほとんどないという状態である。そのかわり、作家になることについての、あるいは小説のアイデアとおぼしき断片的なメモが次々に現れる。「宇宙塵」の会合があった日に書かれることが多く、仲間との会話がいかに新一に刺激を与えていたかがよくわかる。

日　ハレ　ゴゴヨリ　ウチニテ　宇宙ジン会
（昭和三十二年十一月十日、日記より）

自己バクロコソ　サツカ　性的ミリョクガ　ナイノデ　ウイツトデ
ヒキツケル
（同日の銀行手帳より）

作家となれば、大なり小なりプライバシーを犠牲にしなければならない。感情より理性が先に立つ自分自身の、作家としての方向性について思案したメモだろうか。のちに自らに課した禁じ手のひとつ、「性的表現をしない」につながるものだろうか。

「通信」霊界通信　作ツタ奴《やつ》ガ　死人ノ事（死ゴヲホメル）ヲキカセ　自分モ死ヌ　大流行　私ハ信ジラレヌ　社会ノウゴキ　マンラン　マジメニ考エタラ　何モ信ジラレナイ

（同日の銀行手帳にはさんであった四つ折のメモより）

これは「セキストラ」に続いて「宝石」に掲載される「殉教」のアイデアだろう。当初、「通信」という題名で構想を練っていたということか。初期の傑作といわれる短編である。

小さなホールで公開実験が行われた。男が発明したのは、霊界にいる死者との通信ができるという機械である。観客は半信半疑だった。すると、男は死んだ自分の妻と機械を通じて話をしたかと思うと、青酸カリを飲んで自殺してしまう。観客が驚いていると、機械の向こうから今度は男が語り始めた。死んでみて初めて、いかに死後の世界が心地よいかわかったと。やがて観客は、機械の中から聞こえる家族や恋人の快適そうな声を信じ、自分も自分もと自殺していく。機械、すなわち科学と人を信じる者は死に絶え、一方、科学も人も信じられず、すべてのものに対して懐疑的な者は生き延びて新しい世界を作る。

後者を選択した男は問う。自分たちはノアの箱船に乗り遅れたのか。それとも、ノアの箱船に乗ったのは自分たちなのかと。

四つ折のこの構想メモから作品に至る過程を見たとき、香代子にたびたび新一が話していた、「宗教は信じるものだけど、科学は信じるものではない。理解するものだ」という言葉を私は想起した。世界中の人々が電気性処理器を信じる姿を描いた「セキストラ」もそうだったが、新一の科学に対する姿勢は引き続き「電波交霊機」(「殉教」下書きより)という機械が登場する「殉教」にも明解に現れている。

機械を盲信し、自ら死を選ぶ人々の姿には、戦時中の一億総動員の記憶を呼び戻すこともできよう。核実験を押し進める米ソの核開発競争、ソ連のスプートニク一号打ち上げ成功で沸く宇宙開発時代の幕開け、さらには高度成長へと突き進もうとする国内状況を重ねることもできよう。一方で、機械にも人間にも懐疑的な人々の姿には、科学も人も、何ごとも決して信じることのできない自分を冷めた目で見つめる作家自身の視線を感じることもできる。

「文明の根本的批判者になってほしい」といった荒正人の指摘に応《こた》える作品なのだろ

うか。新一が「殉教」を「宝石」編集部に持ち込んだところ、昭和三十三年二月号に掲載されることが決まった。大下宇陀児から届いた葉書を読み、新一は励まされたことだろう。

目次が、あの短いものに対してあんなに大きいことは、めったにないことで、それだけ価値を認められたわけですね。おめでとう。次作、固くならずにやって下さい。もっと、いいものができるとは限らない。しかし、それでもいいのですよ。そのうちには、また面白いものができることを小生は確信します。小生は今日、中正夫著「宇宙の旅」を読みました。では。（昭和三十三年一月十六日付消印）

昭和三十二年十二月。新一が矢野に連れられて上野の精養軒や虎ノ門の晩翠軒で開かれる日本探偵作家クラブの月に一度の会合、土曜会に顔を出すようになると、ある作品の構想が生まれる。

オセジヲイワナイ　ボッコチャン　（昭和三十二年十二月の銀行手帳より）

バーに置かれた美人ロボットが引き起こす静かな悲劇を描いた「ボッコちゃん」。

ボッコとはロボットの愛称です。前の日にビールを飲んで、トイレに入った時に思いついた。（「宝石」昭和三十六年七月号）

構想が頭に浮かんだ瞬間のことをのちのインタビューでそう語っている。その日が正確にいつだったか、またこのインタビューでの答えが事実なのかどうかは不明だが、「宇宙塵」か円盤研究会の会合で飲んだときだったのだろう。「ボッコちゃん」という名前については、山之内製薬のPR誌「薬局の友」（昭和四十年十月号）のインタビューの中で、新一本人が「女のロボットの意」と明かしている。

ボッコちゃんはお世辞をいわない。ロボットだからお世辞をいわない／いえないのではなく、構想段階から、お世辞をいわない女のロボット、というキャラクター像が新一の頭に設定されていたことをこのメモは示している。

新一は当時、星製薬で大量に余った便箋《びんせん》を下書き用に使用していた。「おせじをいわないボッコちゃん」と題する原稿の下書きは、星製薬の商品の販売会社だった協和薬品の便箋の裏に、作品名は鉛筆で、本文は二枚にわたってブルーブラックの万年筆で記されている。遺品からは膨大なメモが見つかっており、新一は作品が完成するまでのプロセスに関わるメモをほとんど捨てていなかったのではないかと推察される。「ボッコちゃん」のあとしばらくしてからの下書きはいずれも、書き損じた原稿用紙の裏にもっと小さい文字でぎっしりと、一編あたり五センチ×二〇センチ程度の長方形に「起承転結がいっぺんに見渡せる」(早川書房の森優《ゆう》が新一から聞いた言葉)ように書かれるが、「ボッコちゃん」の時点ではまだ確立されていなかった。

しかし、文体は違う。のちの新一の作品の特徴をすでに備えている。一つの文章はどれも短く、リズムがある。ほとんど過去形だが鼻につかない絶妙なバランスを保っている。地名や人名などの固有名詞や時事用語がない。宮崎惇への手紙にあったように「セキストラ」の反省から、時事風俗や性的な内容から遠ざかりたいと考えるうちに行き当たった文体なのだろうか。

そのロボットは、うまくできていた。女のロボットだった。人工的なものだから、いくらでも美人につくれた。あらゆる美人の要素をとり入れたので、完全な美人ができあがった。もっとも、少しつんとしていた。だが、つんとしていることは、美人の条件なのだった。

ほかにはロボットを作ろうなんて、だれも考えなかった。人間と同じに働くロボットを作るのは、むだな話だ。そんなものを作る費用があれば、もっと能率のいい機械ができたし、やとわれたがっている人間は、いくらもいたのだから。

それは道楽で作られた。作ったのは、バーのマスターだった。（中略）

「名前は」

「ボッコちゃん」

「としは」

「まだ若いのよ」

「いくつなんだい」

「まだ若いのよ」

「だからさ……」

「まだ若いのよ」

この店のお客は上品なのが多いので、だれも、これ以上は聞かなかった。

「きれいな服だね」

「きれいな服でしょ」

「なにが好きなんだい」

「なにが好きかしら」
「ジンフィーズ飲むかい」
「ジンフィーズ飲むわ」（後略）

新一は、大きな手応えとともに万年筆を擱《お》いた。

書き終った時、内心で「これだ」と叫んだ。自己を発見したような気分であった。大げさな形容をすれば、能力を神からさずかったという感じである。

（「星くずのかご」No.1）

最初に柴野が受け取った原稿用紙七枚の「ボッコちゃん」では、客とボッコちゃんとの会話は改行なしでずっと続いていた。柴野が「星さん、これは読みにくいんじゃないの」と指摘し、「宇宙塵」第九号では客がボッコちゃんに話しかけ、ボッコちゃんが答えると、そこで改行が入った。

前掲の引用のように会話をひとつずつ改行してリズミカルな流れになるのは、「宝石」に買い上げられ、昭和三十三年五月号に転載された時点からである。一部そういった表記上の手直しをした箇所はあるものの、「ボッコちゃん」は下書きとほとんど変わりはない。「殉教」の下書きと現在の形が、出だしから細かい記述まで大きく異なっているのとはずいぶん違い、「ボッコちゃん」はまさに一気に書き上げたものがすでに完成形だったという印象なのだ。まるで、ボッコちゃんという天使が舞い降りたように。

「わが小説」（朝日新聞、昭和三十七年四月二日付）という随筆で新一は、「ボッコちゃん」には「私の持つすべてが、少しずつ含まれているようだ。気まぐれ、残酷、ナンセンスがかったユーモア、ちょっと詩的まがい、なげやりなところ、風刺、寓話（ぐうわ）的なところなどの点である」と書いている。幼時逆行の現れだという指摘に対しては、「自分でもその通りと思う」と認め、分別のある大人ばかりの世の中で、自分ひとりぐらい地に足がついていない人間も必要だろうと確信犯であることを表明している。

お世辞をいわない、という設定がどこから来たのかはよくわかっていない。たんなる思いつきにすぎないのかもしれないが、友人たちが指摘する新一自身の姿が重なって見える。新一が会話のなかでもっとも嫌うのがお世辞だった。自分に対し、心にもないお世辞やおべっかを使う役員や親族、会社関係者の姿をさんざん見てきたからだろうか。新一を星製薬の御曹司と知った銀座のバーの女性たちが、あるいはそうだったのかもしれない。

客に応対するボッコちゃんの言葉は、オウム返しである。これもまた、新一が嫌いな話し方だ。昭和三十一年一月二十九日の日記に、「私の云《い》つたことが、耳から入ってそのまま口から出てしまふ　そんな返事がいやなのです　やはり少し変つて出てこなくては」と書かれていたが、これと関係しているだろうか。「私の持つすべてが、少しずつ含まれている」というならば、新一の言葉や会話の好き嫌いと女性に対する多少屈折した思いも投影されているとはいえまいか。

ただ、新一自身の体験や好き嫌いがあったとしても、新一はなぜ、ロボットと客との会話で一編の小説にまとめあげたのだろうか。

私はたまたま知人の聴覚心理学者、柏野牧夫から寄贈された『コミュニケーションを科学する』という柏野を含むＮＴＴコミュニケーション科学基礎研究所の研究員らが監修した本を読んでいて、はっとしたことがあった。その本に掲載されている会話が、「ボッコちゃん」にそっくりなのである。

Ａ　もちろんよ。彼ってすごくクールだと思わない？

B　ええ、クールだと思うわ。
A　私のボーイフレンドもクールだと思うわ。
B　どうしてあなたのボーイフレンドもクールだって言うの？
A　女の子がみんな彼のこと好きだっていうの。
B　続けてちょうだい。
A　彼と知り合ってから五年になるわ。
B　続けてちょうだい。
A　光陰矢の如《ごと》しね。
B　続けてちょうだい。
A　あなた、「続けてちょうだい」ばっかりね。
B　そうなの、「続けてちょうだい」ばっかりなの。
A　どうして「続けてちょうだい」ばっかりなの？
B　私、「続けてちょうだい」しか言わないわ。

Aが人間、Bがイライザというコンピュータである。インターネットでも公開されていて、言葉を入力するとイライザがそれに答えるというシステムになっている。はじめのうちは自然な会話を交せるが、途中からBの受け答えがおかしくなってAが混乱し、やがてAの話し相手は人間ではないことがばれていく。

イライザは一九六六年、あるテストに挑戦するため開発されたコンピュータだった。そのテストとは、英国の数学者アラン・チューリングが一九五〇年に提唱した「チューリングテスト」という思考実験である。推測にすぎないが、新一はこのチューリングテストについてどこかで読んだか耳にしていたかもしれない。

一九四六年、コンピュータENIACが誕生したとき、二十世紀最大の発明のひとつであるといわれ、同時に、コンピュータが人間にどこまで近づけるか、コンピュータは知能を持つことができるのかが大きな関心事となった。『コミュニケーションを科学する』の該当部分を要約すると、チューリングテストは次のようなものである。

ある人が質問者になって、二人の相手と文章で交信したとする。二人の相手のうち、一方は人間でもう一方はコンピュータだが、質問者はどちらが人間で、どちらがコンピュータかは知らされていない。ただし、コンピュータはいかにも人間らしい受け答えをして質問者を混乱させるようにあらかじめプログラムされている。こうして二人の相手と交信を続けていき、どちらが人間でどちらがコンピュータかを質問者が当てられなければ、コンピュータは知能をもっていると判断してもいい。

チューリングテストに合格するコンピュータがあれば、それは知能があると考えてよい、とチューリングは主張する。

海外のSFを集中して読んで時代の潮流を把握し、円盤研究会や「宇宙塵」の仲間と頻繁に議論していた新一は、そのころ誕生したばかりのコンピュータの抱える最大の課題が「コンピュータは知能を持つことができるのか」であることを承知していたのは間違いないだろう。「リーダーズダイジェスト」をはじめ主要総合雑誌を定期的に読んでいた新一なら、コンピュータに関する情報を入手するぐらいお手の物である。おそらくチューリングテストについても知っていたのではないかと私は推察する。

もうひとつ、新一がふまえていたと考えられるのが、アイザック・アシモフが提唱した「ロボット工学の三原則」である。ロボットを扱ったSFの歴史は古く、世界初の本格SFといわれるメアリ・シェリーの『フランケンシュタイン』(一八一八)やヴィリエ・ド・リラダンの『未来のイヴ』(一八八六)、ロボットの語源となったカレル・チャペックの『R・U・R』(一九二〇)などがあり、題材自体は決して新奇なものではない。新一はリラダンの愛読者でもあった。

だが、戦後になって日本で翻訳が進んだロボットSFは、これら神秘主義的な、あるいは暴力的な怪物ロボットではなく、一九五〇年にアイザック・アシモフがその著

『われはロボット』で初めて提唱した「ロボット工学の三原則」を境に大きく転換した、人間とロボットの関係性に基づく作品群だった。その三原則とは——。

第一条　ロボットは人間に危害を加えてはならない。また、その危険を看過することによって、人間に危害を及ぼしてはならない。

第二条　ロボットは人間にあたえられた命令に服従しなければならない。ただし、あたえられた命令が、第一条に反する場合は、この限りでない。

第三条　ロボットは、前掲第一条および第二条に反するおそれのないかぎり、自己をまもらなければならない。

（『われはロボット』、小尾芙佐《ふさ》訳）

美人ロボットの「ボッコちゃん」は、決して人間に危害を加えることはないし、命令に背くこともない。人間から危害を加えられても、相手に危害を加えることなく自己を守る。ボッコちゃんが客に飲まされた酒は、足元のチューブから外に流れ、マスターがそれを回収して再び客に注ぐようになっている。ならば、ボッコちゃんが客から毒入りの酒を飲まされたらどうなるか——。

「ボッコちゃん」は三原則を厳密に守ってなお引き起こされる悲劇を描いた作品とい

える。

女性たちとの会話にせよ、チューリングテストにせよ、ロボット工学の三原則にせよ、新一がどこまで意図していたのかは不明だが、本人がいうように「ボッコちゃん」が「神からさずかった」作品だとしたら、日ごろ耳にしたり目にしたりした情報、銀行手帳に書き留めたアイデアやメモを繰り返し読みながらの思考、それらの積み重ねがある日、飽和状態となり突然、物語となってポロリと飛び出したとは考えられないだろうか。

これは自分でも気に入っており、そのごのショート・ショートの原型でもある。自己にふさわしい作風を発見した。自分ではこの作を、すべての出発点と思っている。私の今日あるは『ボッコちゃん』のおかげである。(『きまぐれ博物誌・続』)

あれだけはなんかほんとに神様が耳元で囁《ささや》いてくれたという、よく書けたという感じがしますね。(「別冊新評・星新一の世界」)

こうした記述や発言を読んでいると、どこか後付けの自己演出のような印象を受けないわけでもない。しかし、たとえば、新一が敬愛するレイ・ブラッドベリもまた、

『ブラッドベリがやってくる』というエッセイ集で、二十二歳で処女作「みずうみ」を書き上げたとき、自分の作品がようやく書けた、ついに見つけたと思った、と述べている。

十二歳のクリスマスに買ってもらったおもちゃのタイプライターで自作の物語を打ち始めて、一日一千語ずつ、三十万語を書き上げたころに「みずうみ」が飛び出した。書き上げるまでにはたった二時間。そのあとは、日なたのベランダでタイプライターに向かって座り、鼻の頭から涙をぽたぽたと落として首筋の毛を逆立てていた——と。

新一の場合、この前後からつとめて行っていたのは、読んでおもしろいと思った小説や映画、新聞の小さなコラム、小話を徹底的に暗記することだった。それを「宇宙塵」の集まりで披露する。周囲をあっと驚かせたり、嘆息させたりすることが自分自身への刺激となった。

実際にやってみればよくわかるのだが、何かひとつおもしろい話をしてごらんといわれて、すぐに話せる人はそうはいない。正確に記憶していないと、順番がおかしくなったり、途中で言葉がつっかえて中途半端《はんぱ》な間があいたりして、座を白けさせてしまう。短いものは覚えられても、長いものはそうはいかない。となると、話のポイントをうまく押さえて短い言葉で要約しなければならない。

だれに教わったわけでもないが、新一はこれまでとは違う人間関係に自分の身を置いて初めて、こうした練習を積み重ねた。名作誕生の背景はなにも神懸かり的な裏話のある彩《いろど》り豊かなものばかりではない。意識的に文章修業を続けたことが無意識のうちに創作の中に現れる。意識した所作の積み重ねによって、無意識が「ボッコちゃん」というご褒美《ほうび》を与えてくれたのかもしれない。

「ボッコちゃん」が発表される昭和三十三年は、正月元旦《がんたん》から新一の日記に大きな変化が現れた。大谷米太郎の社長就任以来続いていた年始挨拶《あいさつ》を示す「大谷」の文字が消える。もうひとつの変化は、日記帳そのものだ。星製薬時代から使用していた博文館當用日記から、山と溪谷《けいこく》社発行の「アルパイン・カレンダー」に変えたのである。表紙いっぱいに雪山の写真が使われたB6変型サイズのスケジュール表で、中味は相変わらずスケジュールのメモ程度だが、日記全体に解放感がただよっている。新一の心と体が真っ白な雪山に解き放たれ、人生のチャンネルが音を立てて切り替わったかのようだ。

「セキストラ」の好評、そして「ボッコちゃん」で得た好感触を機にますます創作にのめり込む新一の姿に驚き、心配したのが家族である。すでに結婚して独立していた弟の協一にはまさに青天の霹靂《へきれき》だった。

「小説を書きたいなんてことは家では一度もいったことなかったんです。だから何も知りませんでした。兄は小説を売り込む苦労は全然なかったんじゃないかな。最初から売ろうと思って書いている小説じゃない。売って金をもうけることなんか考えて書いてないです。退屈だったから書いていたようなものですから」

家族同様、会社を手放して宇宙やロボットなどの話を盛んにするようになった新一を見て、これはなんとかしなければならないと真っ先に思ったのは、大蔵省に入省した高師中時代の親友、副島有年だった。

新一の内面の変化をたしかなものとは捉《とら》えていなかったのだろう。一月二十八日に開かれた株主総会で正式に星製薬取締役を退任し、春から毎週のように失業保険をもらうため職業安定所に通い始めた旧友の姿をだまって見ていられず、東京都渋谷区にある有名女子校の理科教師の職を紹介した。東大農学部卒業で教員免許状をもっているのだから、なんら問題はないはずだった。ところが、この面接は不合格に終わる。

副島の妻、弘子の回想。

「主人は世話焼きでしたから、当時まだ星さんが何をなさりたいのか主人にはよくわかっていなくて、星さんを面接にお連れしたんです。ところが、ことわられちゃったって。どうしてって主人に聞いたら、女子校にこんな人が来たら大変なことになるからダメだってさと。甘い顔でハンサム、しかも独身だから、何か問題を起こされちゃ困るといわれたんだそうです。それほど甘いマスクで、吸い寄せられる感じだったんです。主人はがっかりしてましたよ」

この話を裏付けるエピソードがある。会社を去った直後の新一に、根岸寛一が「映画俳優にでもなってみないか、木暮実千代さんに紹介してやる」とニューフェイスの応募を勧めたことがあった。演技のなんたるかも知らないため、気の進まぬまま話も立ち消えになってしまったが、新一がいかに目を引く存在だったかを物語る。

しかし周囲の心配をよそに、新一は「宇宙塵」の例会へ、宝石社へ、矢野や柴野の家へと足しげく通っていた。ある日、矢野宅を訪れると、妻の照子に冗談をいって驚かせた。

「耳の中に水がたまるんでね。毎日女医さんに、注射針でコマクをブスッとつきとおされて、水を吸いだされるんだ」

「あらまあ、たいへん」

「それが、女のひとが処女×をやぶられるのとおんなじなんだ。はじめはこわくていたくて……いまじゃあ、たのしくてたのしくて」

「×○！×？△？」（矢野徹「星新一のオナラ」、「宝石」昭和三十六年七月号）

矢野の妻、照子の回想。

「ある日、部屋で何かを書いておられるときにお茶をもっていったら、ぼく、ちょっと字があれなので、といって腕でぱっと隠された。男の方でもそんなことなさるんだと思って、そのことは今でもよく覚えていますね」

新一の文字は、下書きだと小さく細かく神経質そうなのだが、原稿用紙に清書する段階になるとマス目いっぱいにきっちりと書き込むため、小学生が書いた作文のような印象を与える。

「矢野が星さんの家に行くと、お母様がいつも、誰かいい人いませんかね、と見合いの相談を持ちかけてこられた。家柄がいいので、かえってむずかしいとおっしゃっていたそうです」

精は新一の見合い話に人並み以上に熱心だった。三十歳を過ぎ、会社を手放してからはますます焦《あせ》りを見せ始めた。すでに弟の協一が所帯をもち、鳩子の縁談も進んでいたから尚更《なおさら》だった。なんだかよくわからない書き物に熱中し始めた息子を見て不安を募らせたのだろう。ここでちゃんと所帯をもてば、定職に就くだろうと、北千束《きたせんぞく》で見合いの紹介をしている友人の堀部静江を通じて次々と新しい見合い話を持ち帰った。協一の記憶では、日産コンツェルンの創設者である鮎川義介《あゆかわよしすけ》の娘とも見合いをしたことがあったという。

新一は、ひとりでは気が進まなかったのだろう。北千束に出かけるときはいつも牧野光雄と一緒だった。

「これは星さんの袋、これは牧野さんの袋って、写真と身上書を別々に渡されてね。ぼくのほうは、中小企業の社長の娘さんだけど、実は二号さんの、といつも何やら条件がつくんですよ。でも、星君のほうはつかない。ぼくもそっちのほうがいいといってても、おばさんに、だめだめなんていわれました」

「琥珀《こはく》」のアキ子とはその後、どうなっていたのだろうか。このころの新一はかつてほど頻繁には「琥珀」に通っていない。後年、新一がよく通っていた銀座のバー「まり花」のママだった西本衣公子《いくこ》によれば、ある日突然、ほかに誰も客がいないときに「琥珀」の話を新一の口から切り出されたことがあったという。醍醐忠和に新一がいったとおり、新一とアキ子とはやはり男女の関係にはなかったが、新一が店のオーナーだったのはたしかであった。

　消長著しい銀座である。ビルの建て替え工事で四丁目に移転したあとしばらくは繁《はん》盛《じょう》したものの、新一が衣公子に打ち明けたところによれば、アキ子が若いバーテンと逃げてしまい店はあっという間につぶれてしまったのだという。その後の足取りがつかめたもののすでに泉下の客となっていた。「ボッコちゃん」執筆前後をもっともよく知るはずの女性はこうして永遠に沈黙してしまった。まるで、ボッコちゃんの誕生と入れ替わるように。

「宇宙塵」第九号（二月号）に発表した「ボッコちゃん」が「宝石」五月号に転載されると、新一は以後たびたび「宝石」で仕事をするようになった。原稿料は四百字詰めの原稿用紙一枚あたり百円、手取りは八十円である。ラーメン一杯四十円の時代だ。先が思いやられたが、まだ無名の新人であり、発表できる商業誌ができただけでありがたかった。

少年少女向けの雑誌「子供の科学」で「黒い光」の連載も始まり、矢野徹が書き始めた新潮社の「少国民の科学」シリーズ第四巻『雷からテレビまで』の校正を手伝ううちに、新一もそのシリーズのうちの一巻の執筆を任されることが決まった。「宇宙塵」から駆け出しの作家としてデビューした新一は、すでに同人たちの羨望《せんぼう》の的になっていた。

講談社学芸部から江戸川乱歩に呼ばれて「宝石」誌の編集に携わるようになった大坪直行は、その夏に初めて新一に会った。

当時の宝石社は芝西久保巴町、今の虎ノ門三丁目にあり、建物は二階建てのコンクリートだが、編集部は屋上のバラック小屋にあった。夏はうだるほど暑く、原稿が飛ばないように扇風機は机の下に置いて、なかにはステテコ姿で仕事をしている者もいたという。乱歩はたいてい二階の応接間にいて、階段が急だったため晩年は編集部まで上がってくることはあまりなかった。

「星さんは、よく宝石社に訪ねてきたんです。急な階段をぬーっと上がってきましたよ。背が高くて、やせてて、まあ、ぼっちゃんだね。いやあ、また来ちゃった、どうですか、なんていって現れてね。そのうちぼくも流行作家になったらどうしようかな、注文いっぱいきたら断るのが大変だなあなんていうから、そんなことあんまり考えなくても流行作家になんかならないから大丈夫ですよっていいました。本が出たからといって爆発的な売れ方をするわけではないし、まだまだ当時はそれで食べていけるような状態ではありませんでしたから」

大坪が新一から初めて原稿をもらった作品が、「おーいでてこーい」である。台風が去ったあとに突然現れた穴をめぐる騒動とどんでん返しを描いた奇妙でぞっとする新一の代表作のひとつだ。その穴は深く底無しのようで、手始めに誰かが石を投げ入れるが底からはなんの反響もない。そのうち、原子炉のカスや機密書類、実験に使った動物の死骸《しがい》、元恋人の写真……となんでもかんでも穴に捨てるうちに町はきれいになる。しばらくして空から石が降ってきても、誰もそれに気づかないという話。今でも読者の人気投票をすると必ず上位にランクされる作品だ。

新一が「宇宙塵」第十五号（昭和三十三年八月号）に掲載されたものを編集部に持ち込むと、すぐに掲載が決まった。

「これはおもしろいや、と思いました。ぼくは戦前に『新青年』を愛読していたので、城昌幸《じょうまさゆき》や渡辺温《おん》といった短編作家の影響を感じましたね。そうか、日本にもこんなしゃれた作品を書く若い作家が現れたのかという強い印象をもちました」

そこで大坪は考えた。せっかくの活《い》きのいい新人である。これまでのいわゆる挿し絵ではおもしろくない。大坪はふだんから、新進の画家がいないかと頻繁に書店に通い、展覧会や個展にも足を運んでいたが、このところ気になっていたのが横尾忠則《ただのり》と真鍋博《まなべひろし》だった。なかでも、緻密《ちみつ》な作風がSFの雰囲気にぴったりだと思ったのが当時二十六歳の真鍋である。池田満寿夫《ますお》らと「実在者」という創作グループで活動し、読売アンデパンダン展に毎年のようにシュルレアリスムの手法を用いた絵を出品して二紀会の新鋭といわれた真鍋は、漫画集『食民地ニッポン』を出版し、芸術評論誌「ユリイカ」のカットを描いたりするなど、風刺漫画やグラフィックアートの領域でも頭角を現しつつあった。

あがってきた「おーいでてこーい」の挿し絵は、真っ黒の大きい穴をやはり真っ黒な影のようなのっぺらぼうの男たちがおそるおそるのぞき込んでいる、真鍋の初期のシュールな作風そのものである。新一はこれを見て、真鍋が強烈な個性と才能の持ち主であることを実感した。

新一は真鍋にいつ初めて会ったのか。真鍋が生前、将来貴重な資料になると語っていたという日記帳を真鍋の妻、麗子に依頼して調べてもらったが、ついにわからなかった。作家とイラストレーターは作品を通じてのみ交流し、打ち合わせなど行わない。実際に顔を合わせたのは「おーいでてこーい」よりずっと後だったのかもしれない。真鍋は昭和三十五年に出身地愛媛の民話に挿し絵を添えた『愛媛の昔語り』を新一に贈呈しているため、それまでにどこかで挨拶をする機会はあったのかもしれない。その本を受け取った新一は、やはり真鍋博はかなりユニークな仕事をする人だと感じた。あまりに個性的であるため、人によっては波長が合わない人もいるかもしれないとも思った。ある婦人雑誌の目次に真鍋が描いたやさしい絵を見てから、そんな心配は杞憂《きゆう》だったとわかるが、新一はこの時点ではまだ、「文・星新一　画・真鍋博」というペアが互いに切っても切り離せない関係になるとは思ってもいなかった。

ちなみに「おーい　でてこーい」は最終的なタイトルで、遺品から見つかった下書きによれば、当初のタイトルは「穴」となっており、初出の「宇宙塵」では「おーいでてこい」、「宝石」(昭和三十三年十月号)では本文が「おーいでてこーい」、目次が「おーいでてこい」と表記が違っている。発表後は大いに話題になり、ある児童文学の作家に地方紙であからさまな盗作をされたり、連絡も許可申請もないままいつのまにか大阪でラジオドラマとして放送されたりした。

実は、このラジオドラマを制作したのが、小松左京だった。

小松は、京都大学文学部イタリア文学科を卒業後、経済誌「アトム」の記者を経て、経営が悪化した父親の鉄工場を手伝いながらラジオ大阪で漫才台本などを執筆していた。勝手に番組を制作してしまったので、二人はまだ知り合っていない。やがて父親の会社が倒産し、夜逃げ同然で妻と家を出て転々としながら産経新聞文化面に翻訳ミステリ評を書くなど、苦労の耐えない生活を強いられていた。しかし一方的にであれ、のちに親友となる二人にここで早くも接点があったことは興味深い。

世はミステリブームだった。戦後、「偵」の字が当用漢字にないことから表記が「探偵小説」「探てい小説」「推理小説」と混在していたミステリは、松本清張の『点と線』の流行をきっかけにひと息に「推理小説」と呼ばれるようになった。「おーいでてこーい」が掲載された同じ「宝石」十月号には、松本清張が「零の焦点」(のち『ゼロの焦点』に改題)を、横溝正史が「悪魔の手毬唄《てまりうた》」を連載中で目次のトップを飾り、「宝石」と「週刊朝日」が共同で募集した懸賞の二席に入選した読売新聞社会部記者、佐野洋の「銅婚式」が囲みで掲載されている。「おーい でてこーい」は、山田風太郎の「首」、鮎川哲也の「二ノ宮心中」、高城高「暗い海深い霧」、鹿島《かしま》孝二「東洋の神秘」と同じ扱いで並ぶ。星新一にSF作家という肩書きはまだない。強いていえば、推理小説の変型のような作品を書く作家、というイメージだろう。

ところで、「ボッコちゃん」で自己を発見したとまで思った新一であるが、だからといって確固たる自信をもっていたわけではなかった。ショートショートというスタイルを当初から意図していたわけでもない。

ショートショートという言葉は、「エラリイ・クイーンズ・ミステリ・マガジン」日本語版編集長だった都筑道夫が昭和三十四年一月号でフレドリック・ブラウンの「模範的殺人法」を掲載するときに初めて日本に紹介したもので、「ボッコちゃん」が発表された時点ではまだ使われていなかった。「宇宙塵」の仲間の前で、新一自身は「空想科学落語」などと呼んでいたという。

創作に携わる人間には、何かを機にすべてが開かれ、新しい領域に入ったと感ずる大きな転機があるだろう。しかし、それとて第三者の客観的な評価、それも高い支持が得られてこそたしかなものとなる。評価を得られない間は自分の試みには十分な自信がもてない。評価を得て初めて書き手は自信をもち、そういえばあのときのあの作品がやはり転機だった、重要だったと改めて確認できるものではないだろうか。

ブラッドベリが自分を見つけたと思った「みずうみ」同様、「ボッコちゃん」は新一の原型だった。しかし、ブラッドベリがせっかく発見したものの意味に気づかず、ひとつところで堂々巡りをしてサスペンスや探偵雑誌に書き散らし、長い間宝の持ち腐れにしてしまったように、新一も、せっかく発見したものがたしかなものなのか、まだその意味に本当に気づいていたわけではなかったようだ。

というのも、「神からさずかった」と語る発言や記述は昭和三十六年に直木賞候補となり、「ボッコちゃん」を収録した第一作品集『人造美人』が刊行されて新進作家として注目されてから見られるもので、「ボッコちゃん」を書いた昭和三十三年には、依然として「セキストラ」の手法をそのまま応用した時事風俗臭の残るオムニバス形式の作品を純文学系の同人誌で発表しているからである。

新聞社の懸賞クイズを題材にとった、すべて手紙だけで構成される「ミラー・ボール」という作品である。掲載されたのは、劇場同人会の「劇場」第四号（昭和三十三年八月発行）だが、「劇場」のバックナンバーが保管されている東京駒場《こまば》の日本近代文学館では「ミラー・ボール」が掲載された第四号だけが欠番となっており存在しない。新一一〇〇一編の中にも採用されておらず、その存在を知る読者はほとんどいない。新一は「セキストラ」の二番煎《にばんせん》じととられかねない「ミラー・ボール」を試行錯誤の産物として抹消したかったのだろうか。

とはいえ、この斬新《ざんしん》な手法とアイデア自体はやはり注目を集め、作家への登龍門といわれた「文学界」の同人雑誌評で、辛口ながら林富士馬に採り上げられた。

「劇場」（四集）星新一「ミラー・ボール」も、一から千までの数のひとつを選んで投票させ、それで最も得票の少い数に投票した者を当選者とするというアマノジャク・クイズを発案して売り込む発明狂、それをとりあげた新聞社の企画部長宛《あ》てに、予想屋、各種類の愛読者、学者、主婦、学生、企画部長の友人、等々の手紙を蒐集《しゅうしゅう》し、そのクイズが反響を得て、世間に惹《ひ》き起こされた渦も変化も考えられ、一種の諷刺《ふうし》小説でもあるが、やはり手紙体だけでは、既に小説の最も面白いところを支えるのには、単調で、弱いのである。

ちなみに、「劇場」で毎集、桁外《けたはず》れな野心作を、体当たりに発表していることは注目された。（「文学界」昭和三十三年九月特別号）

評が載った「文学界」九月特別号は勤労者文学の特集が組まれており、目次の右トップには岩田まきの「長屋哀歌」と各務《かがみ》秀雄の「蠅《はえ》」が置かれ、職場詩集の紹介や「勤労者文学は成長する」と題し、野間宏、黒井千次、野田邦夫らが座談会を行っている。

勤労者文学が流行した背景には、労働運動がある。戦後の復興期は終わり、神武《じんむ》景気が昭和三十二年の後半に入って冷え始め、ナベ底不況へと転落した。しかし、完全雇用や生活水準の向上といった新たな経済成長への基盤づくりを目指す「新長期経済計画」が十二月に閣議決定され、昭和三十三年後半から再び景気が上昇し、高度経済成長期へと転換していく。こうした時代の急激な変化が労働運動を高揚させ、労働運動あるところにサークルありといわれるほど、さまざまなサークル活動を活性化させていた。

一方、同人雑誌評欄に採り上げられた小説には、恋愛小説のほか、復員兵を主人公にしたものや共産党員の家族が近隣から疎《うと》んじられることを扱ったものなどがあり、新一の作品はそれらのどれとも似ていない、かなり異質でユニークな印象を与えるものである。

「ミラー・ボール」が掲載された同人誌「劇場」の編集は劇場編集委員会で、発行人は星新一となっている。同人誌は会費のほか、著者自身が掲載料を支払うことで成り立つものだが、発行人は毎号十数名の同人の持ち回りとなっており、この号では新一が印刷代金などを主に負担したということか。

林富士馬の評には、桁外れな野心作を毎号発表しているとあるが、バックナンバーを調べても、新一の作品は「ミラー・ボール」以外にはあとひとつ、昭和三十五年の第五号に掲載された「天国からの道」があるのみである。「宝石」に発表されたほかの作品と勘違いしたのかもしれない。ちなみに、「天国は長いあいだ独占企業だったので、天使たちはしだいに役人臭を帯びてきた」という特異な書き出しで始まる「天国からの道」は後年、手を加えられて「天使考」と改題され、一〇〇一編の中に数えられている。

それにしてもなぜ、新一はこのときすでに「セキストラ」が新聞で評価されていたにもかかわらず、「劇場」の同人になったのだろうか。SFを専門にする「宇宙塵」だけに身を置くことに迷いを感じたのだろうか。それとも、空想科学小説などに関心のない書き手の中で自分の作品がどう読まれるのか、通用するのか、試してみたかったのだろうか。あるいは、明快な理由などなくちょっと寄り道してみただけ、ということか。

劇場同人会は昭和三十一年に発足、主宰の日夏光彦は「劇場」創刊号に発表した第一作の「未完の塔」が「文学界」同人雑誌評で「思惟《しい》と観念と仏教用語が氾濫《はんらん》し、泉鏡花と中里介山《かいざん》とドストエフスキイが併存」(小松伸六)と激賞された注目の書き手だった。

創刊号では編集後記の冒頭に「ストロンチウム九〇！ これこそ存在に対する唯一《ゆいいつ》

の条件、お互いの世代を規制する全部ですよ。長崎や広島の大きな傷口をかかえながら、それなのにどうしてお互はこうまで底抜けに人間不感症なんでしょう」と書き、人工授精で生まれた人間を主人公に科学と宗教と人間の尊厳を問うものや、アイヌ民族の娘との恋愛を題材にしたものなど野心的な作品を次々と発表し、いずれも「文学界」同人雑誌評に採り上げられている。原爆や核実験、戦後まもなく慶応義塾大学で始まった人工授精や日本人の単一民族幻想などの新しい問題意識を、日夏は文学のテーマとして昇華させようとしていた。その試みに、新一は大いに共鳴するところがあったのではないか。

日本近代文学館にある「劇場」のバックナンバーの大半が高見順の寄贈である。新一はこの同人誌の存在を高見から教えられた可能性もあるだろう。高見を担当した講談社の編集者、大久保房男の『終戦後文壇見聞記』には、高見は同人誌を貴重な文学史の資料とみなして鎌倉の自邸に大量に保管し、散逸してしまうのを心配したことが日本近代文学館設立の原動力になっていたのではないかとある。新一が関心を示す分野に近い純文学の同人誌だからと、あるいは一冊手渡されたかもしれない。

きっかけは不明であるが、新一は最初、四谷にある劇場同人会の事務所に出かけて入会を申し出、「宝石」に掲載された「セキストラ」を日夏に送っている。そのとき日夏から送られた礼状には、新一の才能を高く評価しつつも、その内包する危険性を予見する一文が簡潔に織り込まれていた。

先日は失礼しました。貴作及御贈与の御本拝読しました。科学とか空想とかいうレッテルの小説の世界をはじめてのぞかせていただきました。あなたのセキストラはやはり面白いものだと思いました。あなたの才気(これは劇場では比肩《ひけん》するものがないでしょう)が縦横にとびまわっていて、それがまた面白い理由になったようでした。しかし、こういう機智《きち》機能性はマスコミと競合する性質であること請合いで、その点問題かと思いました。八日にはまた大いにやりましょう。

小岩日夏　(昭和三十三年一月二十四日付消印)

この手紙からわかるのは、日夏はそもそも海野《うんの》十三《じゅうざ》のような空想科学小説の読者ではなかったということである。かといって、戦後アメリカから入ってきたペーパーバックの読者だったわけでもないようだ。

日夏の指摘する、「マスコミと競合する」「機智機能性」とは、たとえば漫画や映画、ラジオ、テレビなどの媒体でも表現が可能、悪くいえば小説で表現するものでもないといっているのか。新一の才気は必ずしも文学にとどまらず、小説という表現に固執する必要はない、つまり、「セキストラ」が文学ではないと疑問を呈しているようにも読める。

日夏は、戦前には山本行雄（のちに峯生《みねお》）という名前で活躍する洋画家であり、日本画研究者だった。

明治三十五年北海道の国後島《くなしりとう》に生まれ、函館中学卒業の年に二科展で初入選。弱冠十七歳の才能は新聞各紙で報道され、以後有島武郎《たけお》の後援を受け、パリ帰りの中川紀《き》元《げん》に認められたときから洋画家の道へ進み、中川らと「アクション」という近代絵画の運動を起こした。一方で、第一回聖徳太子奉賛美術展覧会に壁画「浴泉」を出品、これが横山大観の目に留まり、洋画一辺倒の近代絵画に日本の民族性を探求するきっかけとなった。

戦後は銀座資生堂で個展を開くなど活動を再開、友人の洋画家、猪熊弦一郎《いのくまげんいちろう》によれば「第一線級の作家だった山本君」の「カム・バックは大いに期待された」が、まもなく肺結核で病床に倒れ、その道を断念せざるをえなかった。

文学を志すことになった理由は判然としない。が、甥《おい》の伊東暁は、「過去の破壊」「自己清算」ではなかったかと「劇場」第八号掲載の追悼文に記している。

「劇場」同人たちの作品に添えられた挿し絵は、すべて日夏（山本峯生）の手によるもので、新一の「ミラー・ボール」にも「天国からの道」にも、「Mineo. H」のサインが入ったカットが添えられている。

こうして「宇宙塵」と「劇場」というふたつの同人誌で活動を始めた新一であるが、「天国からの道」以降は「劇場」には小説を発表していない。ジュヴナイル小説の連載や、矢野の紹介で始まった新潮社の「少国民の科学」シリーズの執筆で多忙となったのが理由の一つと思われる。

「きのう中島河太郎さんに引導を渡されました」

宝石社にいた中原弓彦は、編集部に現れた新一が初対面の自分にいきなり大声で話しかけてきたのでぎょっとした。意味がよくわからずにいると、なんでも、日本探偵作家クラブ賞（のちの日本推理作家協会賞）の選考委員だった評論家の中島河太郎に自分の作品が賞に値するかどうかを訊《たず》ねたというのである。ところが、中島はけんもほろろに、「あなたの書いているものは推理小説ではないから、この賞には関係ない」「空想科学の愛好者仲間で会を作って賞を出したらどうか」と告げたらしい。

「中島さんは日本の推理小説には詳しい人だったけど、星さんの作品を読んで、なんだこれと思ったんでしょう。『宝石』に書いてるといっても、ちょっと違う。まだ名前も全然知られていません。だからある意味、親切でいったのでしょう。賞がないからしょうがない。欲しかったら自分たちでつくりなさいと。星さんはショック受けてたけど、当時としては当然だったのかもしれません」

　中原は、昭和三十四年六月二十五日に発売が予定されていた「ヒッチコックマガジン」創刊に向けて準備の真っ最中だった。そもそも「宝石」の読者として編集部宛に「こんなつまらない編集をやって」などと批判の手紙をたびたび出していたところ、乱歩から編集に知恵を貸さないかと依頼があり、毎月五千円の謝礼で顧問、すなわちアイデアマンとして編集部に顔を出していた。宝石社が米国の「アルフレッド・ヒッチコックス・ミステリ・マガジン」の短編の翻訳を毎月三、四編ずつ「ヒッチコック・ミステリーズ」と題して紹介していた関係から、日本版の編集・販売権を優先的に取得。二十六歳にして乱歩から編集長を任されていたのだった。

　中原弓彦というのはペンネームで、本名は小林信彦（以後、小林）である。筆名を使用していたのは、失業保険をもらっている期間中で公然と給料をもらうわけにはいかなかったためだった。新一が「処刑」を発表した「宝石」昭和三十四年二月号で初めて中原弓彦名で「消えた動機」を、スコット貝谷名で「みすてりい・ガイド」というコラムを連載するなど、編集をしながら同時に作家活動を行っていた。

「処刑」に添えられた乱歩のルーブリックには、「星さんには一月号から三月号まで連続短篇を書いていただくことになった」とある。小林によれば、これには、テストとしての意味があるのだという。たしかに新一は、一月号「治療」、二月号「処刑」、三月号「奴隷《どれい》」と毎月一編ずつ連続で研ぎ澄まされた短編を次々と発表している。

「どの作家にもやっていたことなんですけど、乱歩さんはこうして若い新人に場を与えるんですね。テスト、つまり、抜擢《ばってき》したということです。商品にしようとした。この二月号の『処刑』は星さんにしては長い作品で気合いを入れて書いていたことがわかる。ただし、乱歩さんの認識はどうかというと、ルーブリックに〝科学風刺小説〟とあるように、風刺という認識なんですね。まだまだ空想科学小説という言葉のほうが主流で、SFという言葉は一般的じゃなかった」

SFが当初、探偵小説雑誌の庇《ひさし》を借りてスタートしたことは先述したが、SFに寛容な「宝石」でさえも新一の作品を明確に「SF」とは打ち出さず、かといって探偵小説でもなく、「科学ファンタジー」「科学風刺小説」などといった名称で紹介していた。

新人作家を集めて開催された座談会（「宝石」昭和三十四年八月号、主催は江戸川乱歩と城昌幸）でも、出席した多岐川恭《たきがわきょう》や樹下《きのした》太郎、竹村直伸、佐野洋、斎藤哲夫らが探偵小説というジャンルの中での今後の抱負を語っているのに対し、新一ひとりが「怪談」「科学的怪談」といったり「ナンセンス・スリラー」といったりして、何度か言葉を換えて説明を繰り返すが、自分の立ち位置がうまく理解されずにいる様子がよくわかる。ただし、創作のアイデアはあふれんばかり。乱歩に「ああいうのは書くのは大へんだからね。そんなに量がいくかしら。まだまだありますか、タネは」と訊ねられると、「いやいや、いつタネ切れになるかわからないけれども、いまのところは出てきます」と笑って答えている。

　この座談会が掲載されている号でも総タイトルを「幻の花火」と題して「廃墟《はいきょ》」「たのしみ」「泉」「患者」という四編の、乱歩曰《いわ》く「ファンタジー掌編」を発表。今後の方向性について聞かれると、「日本の落語で、とんでもないオチを最後につけて終るというような、なにか超自然的な結末と出発を、頭の中にいまとり入れて、あれをあのまま移したらだめですから、あれを新しい形にして現代に合うようなものにしたらいいんじゃないかと思うのです」、あるいは、映画「お熱いのがお好き」を挙げ、「ああいう、なにかウィットが非常にあって、ウィットとユーモアと残虐《ざんぎゃく》とがまざって、しかも陰惨な感じが少いという探偵小説がいまのところはないので、そういう競争のない奴《やつ》を書こうと思って」と笑い、「ポパイのマンガなんかみてると、残虐なことはローラーで轢《ひ》いたりダイナマイトで爆破したりいろいろあるのですが、しかも残虐な感じがない。ああいうのが小説にしたら面白いんじゃないかと思うのですが」などと、アイデアを次々に披露し、高い執筆意欲を示している。

姿かたちもほかの作家たちとはずいぶん違う。すらりと高い背に麻製なのか薄い色のスーツを着て、ストライプのネクタイを締めている。この座談会は座談会といいつつ同時にみなが話すことはなく、面接のように乱歩の質問に対して緊張しながら一対一でぽつりぽつりと答えているのが奇妙なのだが、それでも新一は自分から言葉をときどきはさみ、終始ひょうひょうとしている。『少年探偵団』は子供のころに読んで大変ショックを受けたとか、城昌幸の短編小説を模範にして書いている、と両大先輩への称賛も忘れない。乱歩が二頁《ページ》見開きで読めるようなコントがほしいといえば、「原稿料にならないから」と笑い、乱歩が作品の冒頭に書く紹介文に対しても、「先生のルーブリックはなにかタネを割っちゃうような気がして」などと注文をつけてもいる。

佐野洋は、この日初めて新一と会った。ひとり場から浮いた様子の新一を見て、なんとも人を喰ったおぼっちゃんだなあ、と感じていた。

昭和三十四年九月、新潮社の「少国民の科学」シリーズ第八巻『生命のふしぎ』が刊行されると、週刊朝日が「週刊図書館」という書評欄のトップで新一の顔写真とともに採り上げた。

その欄は、浦松佐美太郎、中島健蔵、河盛好蔵《よしぞう》、中野好夫《よしお》、臼井《うすい》吉見《よしみ》、白石凡《ぼん》が毎週、交替で一冊を採り上げる形式となっており、匿名《とくめい》記事だったが、のちに『生命のふしぎ』を評したのは評論家の中島健蔵だったことが判明し、「いまでも感謝している」(『星新一の世界』自筆年譜)と新一自身が回想している。

中島がもっとも評価したのは、この本が生命の起源や進化、人体の機能などについてのたんなる科学解説書ではなく、科学的な記述が届かないところは伝説や歴史・空想科学小説を時折はさみ込んで読み物としておもしろく仕上げている点だった。科学がすでに解明したものとそうでないものを明確に区別し、科学的な解説が至らない部分には科学へ親しみを感じてもらうために物語を挿入する。この工夫は同じ「少国民の科学」シリーズでは、矢野徹が中心となって執筆した『雷からテレビまで』に新一が協力したときに初めて試みられたアイデアで、他の巻にはない独自のスタイルだった。

担当編集者は、当時四十一歳になる出版部の石川光男だった。石川は戦前には児童文化研究所で少年少女雑誌の編集をしながら同人誌で児童文学を発表していて、戦後まもなく山本有三が新潮社で少年雑誌「銀河」を始めるときに採用され、一貫して児童雑誌の編集に携わっていた。

昭和二、三十年代は児童雑誌が花盛りで、「おれたちおとなはしくじった。これからは子どもたちにたのもう」(『花咲く島・國境　石川光男詩文集』)といわんばかりの熱気で、新世界社の「子供の広場」のように歴史や経済、文化を専門家たちが論ずる文章も掲載された高踏的ともいえる児童雑誌から、小学館の学年別雑誌や講談社の「少年クラブ」「少女クラブ」まで続々と刊行されていた。

石川の携わった「銀河」は軍国化する社会情勢からせめて子供たちだけでも守りたいと山本有三が企画し、名著とうたわれた「日本少国民文庫」シリーズの雑誌版をねらったもので、「国際聯合《れんごう》のこと」(中野好夫)、「新憲法の話」(宮沢俊義)、詩、漫画、スポーツ読み物、執筆者を変えた「世界文化史」の連載など、社会教養、科学、文芸から質の高い読み物を選りすぐって編集していた。

「少国民の科学」全十巻シリーズは、石川が出版部に異動してから手がけた「日本少国民文庫」の姉妹編というべきもので、専門家による科学解説書では難解になりかねず、なかなか興味をもたれそうにないため、探偵小説や科学小説の書き手に執筆させてやさしくしておもしろい読み物になることを狙《ねら》った企画だった。

全十巻のうち第一巻が原田三夫『明日の宇宙旅行』、第二巻が鈴木敬信『生きている宇宙』、第三巻が渡辺啓助『海・陸・空のなぞ』。矢野の『雷からテレビまで』を新一が手伝ったことがきっかけとなり、石川に紹介された。

新一は当初、「少国民だなんて戦争中の言葉じゃないか」とひどく拒絶反応を示したが、それでも、一冊の本を執筆するのは大きな意味があると考え、『生命のふしぎ』に打ち込んだ。大学で素粒子論を研究するなど最先端の科学情報に詳しかった「宇宙塵」仲間の齋藤守弘に相談し、データを集めてくれるよう協力を要請した。

齋藤は、オパーリンの生命の起源説からダーウィンの進化論、人工臓器、遺伝子改変まで、当時入手できた科学情報とその先ともいえる最先端の前衛科学まで含んだ厚さ数センチにもなるデータ原稿を作成した。それをもとに新一が本文を執筆。編集者が原稿を読んでいったん戻されたあと矢野が文章に手を入れ、紆余《うよ》曲折を経て、最終稿に至るには四名が関わったという。石川自身、山本有三に文才を認められて児童文学の作家となった書き手でもあったため、石川の直しが加わったのもほぼ間違いないだろう。

科学論文の共同執筆のようで新一の単独著作とはいいがたい面もあるが、中島健蔵が評価した工夫、すなわち、生命の本質を抽象化してわかりやすくするため、シェクリイの「ひる」やアルフレッド・ベスターの「イヴのいないアダム」など、海外の短編小説を挿入したのはもちろん新一独自のアイデアだった。科学と聞いただけで読者に拒絶反応を示されないよう、生命とは何かという問いのもと、進化も遺伝も生態系も、さらには宗教と科学の関係についても文章の流れから自然に理解できるように工夫されている。全体は次の五章で構成される。

第一章「生命についての考え方の歴史」は、宗教や神話を通して昔の人々が生命をどのように考えていたか、それが、自然科学が進歩した十六世紀以降、どう変化したかをたどる。粘土人形に魂を吹き込むような神秘的なものでしかなかった生命が、タンパク質という物質としてとらえられていく歴史である。

第二章「生命のできるまで」は、生命の起源についての解説である。原始の海で無機物が化学変化を起こして有機物となった結果、タンパク質ができて、やがて生命体が形づくられていったというオパーリンの生命の起源説を中心に展開されている。

第三章「生物は進化する」は、ダーウィンの進化論から、遺伝と環境、品種改良、人工授精といった動植物の改造について解説される。

第四章「人間という生命現象」では、生体現象が語られる。タンパク質や脂肪、炭水化物、無機物、ビタミンの五大栄養素が体内でどのように消費されるのか、触覚、嗅覚《きゅうかく》、聴覚、視覚、脳の機能はどこまで解明されているのか。臓器移植や人工臓器、人体の冷凍保存や遺伝子改変といった人体改造にまで想像力を広げる。

第五章「未来につづく生命」のテーマは環境。地球全体の気温の上昇や大気汚染、核など未来に影響を与える自然破壊の問題点を説く。この章で新一が強調するのは、人類は全生物の運命を握る存在にまで進化したのだから、われわれはそのことをよくわきまえ、「科学を進めるうえにしんちょうな心がまえを持たなければならない」「むろん人類はさらにすぐれた機械の出現によって得られた余裕を、人類をふくめた全生物の向上のために、さらに未知の世界の探究のために、そそぎこむようになるだろう」ということだった。それが「あなたがたの仕事」であると——。

そして、最終節「地上最後の人間」に、アルフレッド・ベスターの「イヴのいないアダム」が置かれる。

舞台は、核爆発後を思わせる地球である。生き残ったのは、その技術を開発した原子科学者クレインただひとりだった。

　クレインは最後の力をふりしぼり、海に向かって這《は》っていた。なぜだかはわからなかった。ただ体が海を目指していた。途中、朦朧《もうろう》とした意識のなかで、妻の幻を見た。妻は、海こそ私たちの家、海こそ帰るところよと誘った。

　たどりついた海は一度沸騰《ふっとう》したあとであり、生物はいない。妻の幻によってようやく海に引き込まれたクレインは、自分がついに最後の生物となるのかと深く絶望していた。

　海は、おだやかにクレインの体を洗う。波に揺れ、漂うクレイン。それは母の手に包まれるようだった。あおむけになって空を見上げると、やがて、雲が切れ、夜の星がまたたき始めた。

　そのとき、クレインは知った。自分が生命の終わりではない。たとえ自分が死んでも、海で腐敗していくからだの細胞や細菌やウイルスが新しい生命の源となり、いつまでも生き続けると。

　かれが海にやってきたのは、海がかれを呼びもどしたからだった。生命をうみだした母である海が、生命をふたたびつくりだすために、かれを海に呼びもどしたのだった。

壮大な生命の連鎖を描く『生命のふしぎ』から読みとることができるのは、地球誕生から生命の発生と進化の不思議についてデータを積み重ねて見きわめていこうとする透徹した科学的思考であり、純粋な好奇心と探究心である。最後にベスターの物語を置いたのは、理不尽な死を目にした新一が、この物語のなかに、死とは何かという問いに対する答えと、死を自分の手にすることの自由と救いが描かれていると伝えようとしたためだろうか。『生命のふしぎ』は処女単行本にして、三十二歳、星新一の遺言を読んでいるかのような恬淡《てんたん》とした趣をもち、「少国民の科学」シリーズでも異色の一冊である。

ちなみに『生命のふしぎ』に続く第九巻は核分裂と核融合によるエネルギーの夢を平明に語った桐村郷子の『人類のゆめ原子力』、第十巻が日本の楽園化計画を科学的な見地から冷静に検証した今野源八郎の『日本を楽園に』(未刊)である。このラインナップを見ると、科学を正しく、そして楽しく理解することが未来を支えるという考え方を戦後生まれの新しい世代に伝えようとする編集者や作家たちの意気込みが感じられる。新一がその中のひとりに位置付けられ、とりわけ高く評価されたことは、その後の仕事に大きな影響を与えた。昭和三十四年二月に開局した日本教育テレビ(NET、現・テレビ朝日)から、学校放送番組「動く実験室」の台本執筆を依頼されたのもこのころである。

「劇場」第五号の編集後記には、さっそく同人のひとりがやっかみ半分の一文を寄せた。

『宝石』で稼いでいる星が、今度は新潮社から「生命のふしぎ」を処女出版した。著者紹介に探偵作家クラブ会員とあって劇場同人とないのは玉にキズだが。出版祝いに半額もたせる手もあるし。(Z)

切磋琢磨《せっさたくま》しつつ、だれかひとりでも注目されると、同人たちの間に複雑な感情が生まれるのが同人誌の常である。すでに「宝石」誌で活動していた新一は最初から頭ひとつ抜け出ていたものの、小説ではないとはいえ著者名が印刷された単行本が新潮社という老舗《しにせ》の出版社から刊行されるのは、大変な快挙といえた。新一は『生命のふしぎ』の後も、日夏のもとへはたびたび訪れているが、やがて同人から誌友となり、まもなく退会している。新一の遺品の中に、ある女性の同人から寄せられた、「星さんのような方がおやめになると、みんな落胆のあまり小説を書かなくなってしまいます」と引き留める葉書が残っている。

一九五〇年代が終わりを告げようとする昭和三十四年十二月、早川書房は「SFマガジン」を創刊した。日本で最も長い歴史をもつSF専門誌の誕生である。編集長は福島正実。アメリカ三大SF専門誌のひとつ、「ファンタジイ・アンド・サイエンス・フィクション」(F&SF)と特約を結び、ここに掲載された米英の第一線の作品を中心に現代SFを紹介すると銘打ち、創刊号にはブラッドベリの「七年に一度の夏」やA・C・クラーク「太陽系最後の日」、シェクリイの「危険の報酬」などが掲載された。

長年入手困難な状態が続いていたこの幻の創刊号を平成七年に復刻した「SFマガジン」編集長の阿部毅(当時)は、その復刻版冒頭で、SFを読み始めた中学生のころから、まだ見ぬ創刊号には「一種畏敬《いけい》の念」さえおぼえていたと記している。

いまになって思えば、それは日本にSFを根づかせようとした先達への敬意と、そのはじまりに立ち会うことのできた人たちに対する憧憬《しょうけい》がないまぜになったものだったのでしょう。

（『復刻S-Fマガジン No.1-3』）

とはいえ、改めてこの創刊号を見ると、福島が本当に広く多くの読者を獲得したいと思っていたのか、またSFを日本社会に根づかせようとしていたのか、という点には疑問がわく。

まず、表紙絵である。描いたのは、画家の中島靖侃《せいかん》。中島に依頼する際、福島は幻想的な作風で知られるフランスのジャン・カルズー風にしてくれないかと相談した。抽象的で何が描かれているのかわかりにくい絵から受ける印象は親しみやすさとはほど遠く、どちらかといえば暗く排他的であり、読者ターゲットを絞ろうとしているように思える。

SFファンダムを意識し、エンターテインメントの要素を強くもつ大衆小説として発展したアメリカSFの雑誌と提携しながらも、日本の読者層には、他の文学形式では表現できない現代文学の可能性をSFに期待する、知的で文学好きの大人を視野に置いていた、といった矛盾がある。未来にもたらされるものは、「科学・技術が、人間を否応《いやおう》なしに自己の中に取り込もうとするところに生ずる、どうにもならない空虚さ、頽廃《たいはい》」(福島正実『未踏の時代』)であるというイメージを抱いていた福島の内面が色濃く現れている。

原爆を投下して戦争に勝利し、核開発競争に突き進むアメリカと、原爆で地獄を見た敗戦国の日本では、科学と未来のとらえ方に対して始めから大きな断絶があったことを、奇《く》しくも「SFマガジン」の表紙絵が映し出しているかのようである。

ただ、現代文学の新たな可能性を切り拓《ひら》くSFといいながら、創刊の辞を読むと、福島がどこまでそのことを意識していたのかと思わざるをえない。あくまでも翻訳作品が中心で、日本の作家をほとんどあてにしていなかったことは目次を見れば明らかである。

福島も当初はSFかそれに近い作品を発表していた作家たちに盛んに声をかけ、執筆を打診してはいた。新田次郎、倉橋由美子、北杜夫、ミステリでは高木彬光、佐野洋、多岐川恭……。しかし、折からのミステリ・ブームで、書き手たちがSFに関心をもつ余裕はなかった。『この子の父は宇宙線』などSF作品も執筆していた新田には「SFほど労多くして功少ないものもない。もうSFを書く気はない。きみたちも、SFは諦《あきら》めた方がいいだろう」と忠告され、刊行の相談を持ちかけた乱歩からも「商業的に成り立っていく目算があるのか」と詰問《きつもん》されるなど、大半が首を傾《かし》げ先行きを危ぶむ反応だった。

ただひとり、SFは現代小説の新しいジャンルになるだろうと福島以上に強い確信をもって支持したのが、安部公房だった。安部は昭和三十三年から三十四年春にかけて、岩波書店の月刊誌「世界」に「予言機械」が映し出す過酷な未来を前に葛藤《かっとう》する現代人を描いた長編SF「第四間氷期」を連載し、七月に講談社からその単行本を刊行したばかりだった。安部に相談に行って大いに励まされた福島は、その帰途、かなり昂揚《こうよう》した気持ちであれこれと考えながら歩いたと『未踏の時代』に記している。

たしかに、安部が創刊に寄せた祝辞は、同じく祝辞を寄せたアシモフやハインライン、文芸評論家の荒正人らのように、たんにSF専門雑誌の創刊を喜び、祝う言葉ではない。SFを子供だましの絵物語のように見下す評価に一矢《いっし》を報いようとする一文である。

空想科学小説は、きわめて合理的な仮説の設定と、空想というきわめて非合理的な情熱との結合という点でコロンブスの発見にも似ている。

その知的な緊張と、冒険への誘いの衝突からうみ出されるポエジーは、単に現代的であるばかりでなく、同時に文学本来の精神にもつながるものだ。

（「SFマガジン」昭和三十五年三月号）

安部の主張は、昭和二十九年に大脳生理学者でもあった木々高太郎を顧問に日本科学小説協会が設立されたときのように、科学技術時代の反映としての新しい文学の誕生を意味するものではない。原子爆弾を扱ったから、ロボットを登場させたから、SFとなるのではない。科学知識によって書かれるのがSFなのではない。科学技術用語をふんだんに採り入れたからSFなのではない。日常性を超えた発見への驚きの感情を読者にどれだけ引き起こしうるか。仮説を持ち込むことによって人間の存在がいかにひび割れ、安定感を失うか。その屈折した情景がどれだけ読者を揺さぶるか。SFのSはサイエンス、Fはフィクション、すなわちつくり話、仮説を生むための材料のひとつと安部は考えた。だがそれは今に始まったことではない。仮説の設定を小説の方法に自覚的に採り入れたのは、エドガー・アラン・ポー。もっと時代を遡《さかのぼ》れば、スウィフト、セルバンテス、シェイクスピア、ダンテ……ギリシア時代から存在した仮説文学の系譜がある。それが新たな科学時代の到来によって大いに刺激され復活しつつある。安部は、「SFマガジン」の創刊をその兆《きざ》しとみなし、高く評価したのである。

安部が「SFマガジン」創刊にこのような祝辞を寄せ、SFへの支持を表明したことは、福島はもちろんのこと、新一にとっても、また、のちにSFを目指すことになる小松左京や眉村卓《まゆむらたく》、筒井康隆《つついやすたか》ら関西に住む若き読者にとっても、大きな刺激となった。当時、産経新聞で翻訳ミステリ評を書きながら小説を細々と書いていた小松は、創刊号の巻頭に掲載されたシェクリイの「危険の報酬」を読み「一発でイカレちゃった」と語っている（小松左京『SFへの遺言』）。自分たちが歴史の転換点で味わったことをSFの手法を使えばうまく文学として形作ることができるのではないか。彼らにとってはまさしく〝発見〟であった。

創刊号巻末の編集後記にあたる「編集ノート」からは、視界のよくない荒海に手探りで漕《こ》ぎ出そうとする福島の強い決意と不安が感じられる。

> 本邦最初のSF雑誌をというアイデアが、編集者の頭の中に浮かびあがってまず二年、編集プランが机上にのぼってまた一年、そして刊行に踏みきっての数十日、寝ては夢、起きては現《うつつ》まぼろしの月日を重ねて、それでもどうやらここまで来ました。SFの面白さ楽しさを、この雑誌で日本の皆様に知って頂こうと精一杯の努力はしてみたつもりですが、こうして出来上ってみると、やっぱり怖い。

こんな弱気の瞬間を、なにより力強く支えてくれるのは、ＳＦファンの皆様からの多数のおたよりでした。とまれ、かくまれ、一号は出来た。送りだします。さらば行け！　（編集部　福島　三戸森）

ＳＦはおもしろいと思ってもらえる自信はある。だが、雑誌を維持するだけの読者が果たして集められるのか。売れるのか。三号雑誌に終わりはしないか。福島はただただ不安であった。

（下巻へつづく）

参考文献

星新一

全編にわたり参考にしたもの

『祖父・小金井良精の記』星新一（一九七四・河出書房新社）

『人民は弱し 官吏は強し』星新一（一九七八・新潮文庫）

『明治・父・アメリカ』星新一（一九七八・新潮文庫）

『磐城百年史』荒川禎三編（一九六八・マルトモ書店）

『きまぐれ星のメモ』星新一（一九七一・角川文庫）

『きまぐれフレンドシップ』星新一（一九八〇・奇想天外社）

『星新一の世界』（一九八〇・新評社）

『星薬科大学八十年史』星薬科大学史編纂委員会編（一九九一・学校法人星薬科大学）

『SFの時代』石川喬司（一九九六・双葉文庫）

『きまぐれ博物誌』星新一（一九七六・角川文庫）

『出澤珊太郎句集』出澤珊太郎（一九九一・卯辰山文庫）

『塵も積もれば　宇宙塵40年史』「宇宙塵四十年史」編集委員会編（一九九七・出版芸術社）

「星くずのかご№1〜18」星新一――『星新一の作品集』付録（一九七四〜一九七五・新潮社）

『終戦後文壇見聞記』大久保房男（二〇〇六・紅書房）

『未踏の時代』福島正実（一九七七・早川書房）

『日本SF論争史』巽孝之（二〇〇〇・勁草書房）

『SF入門』福島正実編（一九六六・早川書房）

『SFへの遺言』小松左京、対談者＝石川喬司・大原まり子・笠井潔・高橋良平・巽孝之・森下一仁（一九九七・光文社）

『文藝春秋七十年史　本篇』（一九九一・文藝春秋）

『ブランコのむこうで』星新一（一九七八・新潮文庫）

『あなたもSF作家になれるわけではない』豊田有恒（一九八六・徳間文庫）

『銀座界隈ドキドキの日々』和田誠（一九九七・文春文庫）

『新潮社一〇〇年』（二〇〇五・新潮社）

序章

『妄想銀行』星新一（一九七八・新潮文庫）
『凶夢など30』星新一（一九九一・新潮文庫）
『きまぐれ体験紀行』星新一（一九八五・角川文庫）

第一章

『努力と信念の世界人　星一評伝』大山恵佐（一九四九・共和書房）
『鷗外全集』第三十五巻（一九七五・岩波書店）
『父親としての森鷗外』森於菟（一九九三・ちくま文庫）
『森鷗外の系族』小金井喜美子（二〇〇一・岩波文庫）
『鷗外の思い出』小金井喜美子（一九九九・岩波文庫）
『講座森鷗外1　鷗外の人と周辺』平川祐弘・平岡敏夫・竹盛天雄編（一九九七・新曜社）
『明治大正翻訳ワンダーランド』鴻巣友季子（二〇〇五・新潮新書）
『明治の人物誌』星新一（一九九八・新潮文庫）
『雲に立つ　頭山満の「場所」』松本健一（一九九六・文藝春秋）
『ボッコちゃん』星新一（一九七一・新潮文庫）
「本能と理性」星新一――『世界SF全集第10巻　ハックスリイ／すばらしい新世界　オーウェル／一九八四年』月報（一九六八・早川書房）

第二章

『大漢和辞典と我が九十年』鎌田正（二〇〇一・大修館書店）
『新聞記事回顧』杉村廣太郎・楚人冠全集第十四巻（一九三八・日本評論社）
『戦に使して　越後記　ひとみの旅』杉村廣太郎・楚人冠全集第三巻（一九三七・日本評論社）
『湖畔吟』杉村廣太郎・楚人冠全集第五巻（一九三七・日本評論社）
『きまぐれエトセトラ』星新一（二〇〇〇・角川e文庫）
『あれこれ好奇心』星新一（一九八八・角川文庫）

『東京高等学校史』東京高等学校史刊行委員会編（一九七〇・東京高等学校同窓会）
『旧制東京高等学校ジェントルマン教育の軌跡』東京高等学校同窓会編（二〇〇一・小学館スクウェア）
『旧制高校物語』秦郁彦（二〇〇三・文春新書）
『渡邉恒雄回顧録』インタビュー・構成　伊藤隆・御厨貴・飯尾潤（二〇〇〇・中央公論新社）
『渡邉恒雄　メディアと権力』魚住昭（二〇〇三・講談社文庫）
『わが青春旧制高校』篠原央憲等編（一九六九・ノーベル書房）
『鎮魂　吉田満とその時代』粕谷一希（二〇〇五・文春新書）
『GHQ日本占領史第22巻　公衆衛生』連合国最高司令官総司令部編纂・天川晃ほか編、竹前栄治・中村隆英監修（一九九六・日本図書センター）
『戦争と日本阿片史　阿片王　二反長音蔵の生涯』二反長半（一九七七・すばる書房）
『満洲国の断面』武藤富男（一九五六・近代社）
『日本占領史研究序説』荒敬（一九九四・柏書房）
『碧素・日本ペニシリン物語』角田房子（一九七八・新潮社）
『毒ガス開発の父ハーバー』宮田親平（二〇〇七・朝日新聞社）
「ある未来の都市」星新一――「うえの」昭和三十七年六月一日号（上野のれん会）
「COLLEGE LOOK」星新一――「がくせいふく」NIKKE MODE 17（日本毛織）
「戦中戦後」（東京大学農学部農芸化学科二三四会幹事・伊藤力雄氏提供）
『あるジャーナリストの敗戦日記』森正蔵著、有山輝雄編（二〇〇五・ゆまに書房）
『陸軍中野学校終戦秘史』畠山清行著、保阪正康編（二〇〇四・新潮文庫）
『東京大学第二工学部』今岡和彦（一九八七・講談社）
『私の昭和史』中村稔（二〇〇四・青土社）
No. 775018 GHQ/SCAP Records（RG 331, National Archives and Records Service), Box no. 6504 [Crude Opium-China]（Jun. 1950–Dec. 1950）
No. 775019 GHQ/SCAP Records（RG 331, National Archives and Records Service), Box no. 7387 [Hoshi

Pharmaceutical College]
No. 3667 GHQ/SCAP Records (RG 331, National Archives and Records Service), Box no. 3667 [Hoshi Drug Manufacturing Co. Hosken-Hoshi Drug Manufacturing Co.]

第三章

「想ひ出 一周忌を迎へて」辻彰一（一九四八）

『斜陽 人間失格 桜桃 走れメロス 外七篇』太宰治（二〇〇〇・文春文庫）

「アスペルギルス属のカビの液内培養によるアミラーゼ生産に関する研究」朝井勇宣・星親一・宮坂作平・泉田又蔵――「日本農芸化学会誌」第25巻第7冊（昭和二十七年二月一日発行）

『悪魔のいる天国』星新一（一九七五・新潮文庫）

『天の夕顔』中河与一（一九五四・新潮文庫）

『天国からの道』星新一（二〇〇五・新潮文庫）

第四章

「ブルーノート 紐育へ飛んだ日本企業の研究日誌」協和発酵バイオフロンティア研究所・中野洋文――「科学者の論文捏造事件の背景とその防止策」BTJジャーナル創刊記念セミナー配布資料（二〇〇六・二・二四 日経BP社）

『ツルマョに就いて』星一（一九三八・星製薬株式会社）

『日本人ペルー移住の記録』田中重太郎（一九六九・社団法人ラテン・アメリカ協会）

『日華交友録』高木陸郎（一九四三・救護会出版部）

『私と中国』高木陸郎（一九五六・高木翁喜寿祝賀会）

『20年の歩み』（一九七一・日本国土開発株式会社）

『いまソステヌートに』高木三郎（一九九一・創造書房）

『随想 風蘭』佐渡卓（一九七六・非売品）

『洋上の点 情報戦略家森恪の半生』小島直記（一九八二・中公文庫）

『日中アヘン戦争』江口圭一（一九八八・岩波新書）

『財閥と帝国主義 三井物産と中国』坂本雅子（二〇〇三・ミネルヴァ書房）

『戦時下アジアの日本経済団体』柳沢遊・木村健二編著（二〇〇四・日本経済評論社）

「民国初期の政治過程と日本の対華投資 とくに中

日実業会社の設立をめぐって」野沢豊――「東京教育大学文学部紀要」16号（一九五八）
『ようこそ地球さん』星新一（一九七二・新潮文庫）
『きまぐれ博物誌・続』星新一（一九七六・角川文庫）
『木内四郎　忘れ得ぬ日々』牧野光雄（二〇〇三・信毎書籍出版センター・非売品）
『一心　大谷米太郎』大谷米太郎追想録刊行委員会編（一九六九・ダイヤモンド社・非売品）
『尼崎相撲ものがたり』井上眞理子（二〇〇三・神戸新聞総合出版センター）
『追想の広川弘禅』広川シズエ事務所内「追想の広川弘禅」刊行委員会編（一九六八・非売品）
「製薬企業における経営『近代化』の展開」桑原幹夫――「立命館経営学」第10巻第2号（一九七一・立命館大学経営学会）
「E製薬会社のケース　戦後の企業再建方針」中島省吾――「ビジネスレビュー」Vol.2 No.4（一九五四・一橋大学産業経営研究所）
星製薬関連資料および日村豊蔵ファイル（星薬科大学星一資料室提供）
高岡國夫ファイル
『矢野徹・SFの翻訳』矢野徹（一九八一・奇想天外社）
『推理文壇戦後史』山村正夫（一九七三・双葉社）
『江戸川乱歩全集第27巻　続・幻影城』江戸川乱歩（二〇〇四・光文社文庫）
『SF事典』横田順彌（一九七七・廣済堂出版）
『銀座名バーテンダー物語　古川緑郎とバー「クール」の昭和史』伊藤精介（一九八九・晶文社）
『きまぐれ暦』星新一（一九七九・新潮文庫）
『根岸寛一』岩崎昶編（一九六九・根岸寛一伝刊行会）

第五章

『続・推理文壇戦後史』山村正夫（一九七八・双葉社）
『人類はなぜUFOと遭遇するのか』カーティス・ピーブルズ著、皆神龍太郎訳（二〇〇二・文春文庫）
『UFOとポストモダン』木原善彦（二〇〇六・平凡社新書）
『UFOこそわがロマン　荒井欣一自分史』荒井欣一著、並木伸一郎・岡静夫編集制作（二〇〇〇・自

費出版）
「レイ・ブラッドベリ大全集」――「別冊奇想天外」昭和五十六年第十四号（奇想天外社）
『死の淵より』高見順（一九九三・講談社文芸文庫）
『「話の特集」と仲間たち』矢崎泰久（二〇〇五・新潮社）
「宇宙塵創刊のころ」（宮崎惇『空想科学小説の諸相』――「星鶴の巣」収録（一九七七・東京エヌ氏の会）
「江戸川乱歩と大衆の20世紀展」カタログ（二〇〇四・「江戸川乱歩と大衆の20世紀展」実行委員会発行）
『江戸川乱歩全集第29巻　探偵小説四十年（下）』江戸川乱歩（二〇〇六・光文社文庫）
『回想の江戸川乱歩』小林信彦（一九九七・文春文庫）

第六章
『〈民主〉と〈愛国〉　戦後日本のナショナリズムと公共性』小熊英二（二〇〇二・新曜社）
「ASTEROID」VOL. 16（一九八五・ワセダミステリクラブ）
『浪漫疾風録』生島治郎（一九九六・講談社文庫）
『日本SFの世界』福島正実編（一九七七・角川書店）
『遠いアメリカ』常盤新平（一九八九・講談社文庫）
「エヌ氏の内宇宙・6　特集ボッコちゃん」林敏夫編集・発行（一九七七・エヌ氏の会出版局）
『コミュニケーションを科学する　チューリングテストを超えて』NTTコミュニケーション科学基礎研究所監修、石井健一郎編著（二〇〇二・NTT出版）
『われはロボット』アイザック・アシモフ著、小尾芙佐訳（一九八三・ハヤカワ文庫）
『ブラッドベリがやってくる　小説の愉快』レイ・ブラッドベリ著、小川高義訳（一九九六・晶文社）
『ショートショートの世界』高井信（二〇〇五・集英社新書）
「宇宙塵195」柴野拓美・山岡謙編集、柴野拓美発行（一九九九）
『花咲く島・國境　石川光男詩文集』石川光男（一九八二・私家版）
「びわの実ノート」第24号、松谷みよ子責任編集（二〇〇四・びわの実ノート編集室）

『生命のふしぎ』星新一（一九五九・新潮社）
『あのころの未来　星新一の預言』最相葉月（二〇〇五・新潮文庫）
『復刻S-Fマガジン　No.1-3』S-Fマガジン編集部編（一九九五・早川書房）

星新一年譜

西暦（年号） 満年齢	出来事	雑誌／単行本／文庫	文壇／SF文芸界のできごと（★は海外関連）
1926（大正15 昭和元）⓪	9・6 午前2時5分、東京市本郷区駒込曙町に星一・精夫妻の長男として誕生（寅年、二黒土星、おとめ座） 12・25 昭和に元号改まる		幼年倶楽部創刊 ★米SF専門誌アメージング・ストーリーズ創刊
1930（昭和5）			★米SF専門誌アスタウンディング・ストーリーズ・オブ・スーパーサイエンス創刊
1933（昭和8）⑥	4月 東京女子高等師範附属小学校入学		海野十三「キド効果」、南沢十七「氷人」が新青年に発表される
⑦	9・12 父・星一が興した星製薬、日本初の強制和議成立		
1937（昭和12）			海野十三「十八時の音楽浴」（モダン日本増刊号）、「海底大陸」（子供の科学で連載）
1939（昭和14）⑫	4月 東京高等師範附属中学校入学		★米国でSFブーム ★SFパルプ雑誌全盛 ★第一回世界SF大会開催

1940（昭和15）⑭	9・27 日独伊三国同盟締結 防共のための三国同盟はいいことだと学校で教えられる		
1941（昭和16）⑮	12・1 星薬学専門学校開校（のちの星薬科大学） 12・8 真珠湾攻撃（午前7時ラジオ臨時ニュース） 日本、米英と開戦（太平洋戦争始まる）		★レイ・ブラッドベリがデビュー 横溝正史「二千六百万年後」（新青年）
1943（昭和18）⑯	4月 東京高等学校入学（当初は寮生活）		2月 キング、富士に改題へ 7月『近代の超克』刊行
⑰	秋 半年間の入寮義務を終えて自宅より通う 学徒出陣始まる		
	＊この年、父親の配給のタバコをきっかけに35年間の喫煙がスタート		
1944（昭和19）	春 2年に進級 5月に授業がなくなり、日立製作所の亀有工場へ勤労動員に（胸部要注意で倉庫番） 工場に行くときは本を1冊ずつ持っていく（『椿姫』『金色夜叉』『渋江抽斎』やゲーテなど） 浅草で映画も観る		
⑱	10・16 祖父・小金井良精、逝去		
	秋 徴兵年齢「満17歳以上」まで引下げられる 第一乙種合格、理系徴兵猶予で待機		
	11・24 東京空襲、B29が80機来襲		

1945（昭和20）	3・9〜10　9日夜から10日未明、東京大空襲（下町全焼、10万人以上死亡） 3・20　曙町の家に強制疎開の指令　消失は免れるが、延焼防止のため家を壊すことになり、後日荏原区平塚へ転居 3・25　この日の空襲で東京高校全焼、成績表も焼ける		
	4月　焼夷弾で曙町の家屋、庭木など全焼（このあたりは一軒残らず焼け、135人死亡） 東京帝国大学農学部農芸化学科へ入学（無試験、高校の推薦で）		
	5・24〜25　東京大空襲（7千人以上死亡、これまでに東京の全都面積の½が焼失　停電、断水）		
	6・3〜4　広田弘毅・ソ連大使マリク会談（強羅ホテル）		
	7・16　米ニューメキシコ州で原子核爆発実験に成功 7・26　ポツダム宣言発表		
	8・6　広島に原爆、約20数万人死亡 8・9　長崎に原爆、7万人以上死亡 8・15　終戦　正午、玉音放送　鈴木貫太郎内閣総辞職 東大安田講堂で玉音放送を聞く　総長訓辞を聞いた後、14：30頃に宮城前広場に行くが人はいない　今次の戦争で小金井家から死者はなし 8月下旬　父・一、弟・協一らと北海道へ（青函連絡船で広島の被爆者に遭遇）		★SFの大きな曲がり角（原子爆弾と科学の驚異で科学に対する理想のあり方が変化）

⑲	9・28 第8軍（Eighth Army）により星薬学専門学校が宿舎として接収される		
	11月 星製薬、米軍司令部の指令に違反し閉鎖処分		11月 オール読物復刊
1946（昭和21）	1・1 昭和天皇の人間宣言 「一日火ハレ 平和の才一年才一日である。アサカイシヤのジンジヤマイリ」（日記より）		1月 富士がキングに復題 ★この年、英SF雑誌ハミルトン社から2誌創刊
	4・10 星薬学専門学校男女共学に		4月 宝石（岩谷書店）創刊
	5・3 東京裁判第一回公判		★アメージング・ストーリーズ5月号にログ・フィリップスの「原子戦争」掲載
	9・4 「4水 ハレ アサ 東京サイバンニユク」（日記より）		
1947（昭和22）⑳	4・20 父・一73歳、第1回参議院議員選挙全国区487、612票でトップ当選 民主党に所属し同党顧問に		★2月 ハインライン「地球の緑の丘」サタデー・イブニング・ポスト誌に掲載
	5・3 日本国憲法施行		4月 黒猫創刊 5月 日本小説創刊
	石坂洋次郎「青い山脈」（朝日新聞連載）を読み、空襲のなかった地方都市に憧れた また、太宰治にも熱中、ストーリーものより文体が魅力だった 9月 大学名が東京大学へ改称		6・21 探偵作家クラブが江戸川乱歩会長で発足→昭和38年に社団法人日本推理作家協会に改組、乱歩が初代理事長に ★空飛ぶ円盤の噂がアメリカで 9月 小説新潮創刊

1948（昭和23）㉑	3月 東京大学卒業（卒論の「ペニシリンの固形物化」は実用ならず）大学院へ（発酵生産学教室に在籍）		1月 海野十三「怪星ガン」（冒険少年に連載、〜翌年3月）＊この年面白倶楽部創刊
	7・20 星製薬長野県支部長会に社長代理として出席、挨拶を行う		6・19 太宰治の遺体発見（玉川上水で入水自殺）
1949（昭和24）㉒		リンデン月報9月号「狐のためいき」（自ら「作品第一号」とする）	★NYのダブルデイ社が大手出版社初のSF刊行続行決定
㉓	12・22「辞令 星親一 営業部長を命ず。星製薬株式会社 社長 星一」（星製薬辞令より）		
1950（昭和25）	3月 東京大学大学院（旧制）前期修了		★アシモフ『われはロボット』でロボット工学三原則を発表 4月 誠文堂新光社怪奇小説叢書アメージング・ストーリーズ日本語版刊行（非英語圏初のSF叢書アメージング・ストーリーズとファンタスティック・アドヴェンチャーズを翻訳）
1951（昭和26）㉔	1・19 父・一、米ロサンゼルス市で逝去、享年77 自宅にて緊急の取締役会、諸処の対応が協議される 1・21 親一、星製薬社長に就任		1月 三島由紀夫「禁色」（群像連載、〜10月）
	3・26 論文「アスペルギルス属のカビの液内培養によるアミラーゼ生産に関する研究」（日本農芸化学会誌に受理さる）		
		「小さな十字架」某雑誌に投稿するが没、その後『きまぐれ博物誌』に書き直して収録（のちに『ようこそ地球さん』に）	7月 源氏鶏太「英語屋さん」その他で直木賞受賞 安部公房「壁 S・カルマ氏の犯罪」で芥川賞受賞

㉕	9・8 サンフランシスコ講和条約・日米安保条約調印		8月 シュレーディンガー『生命とは何か』翻訳刊行（岩波新書）
	秋 星製薬、債権者より破産申請提起される		
	12・10 星親一社長に対し、株式処分に異議申立て		
	星親一社長に対し、越年資金の件回答なし、再度申立て		
1952（昭和27）	6・10 臨時株主総会 星親一、代表取締役社長を辞任し副社長に		
	この頃、映画と碁会所通いと短編小説の月刊誌を2日に1冊のペースで読むのが気晴らし 当時は「作家になるつもりなどまったくなかった」		
1953（昭和28）㉖	2・1 NHKテレビ放送開始 DNA二重らせん発見 5・21 第五次吉田内閣成立		1月 松本清張「或る『小倉日記』伝」で芥川賞受賞 ★5月 矢野徹（29）、アメリカのSFファンクラブに招かれ渡米 ロスの第6回太平洋岸SF会議に参加
1954（昭和29）㉗	3・1 第五福竜丸事件 7月 米で初のロボット特許		7月 吉行淳之介「驟雨」で芥川賞受賞 10月 日本科学小説協会設立 11月 映画「ゴジラ」公開
㉘	12・7 吉田内閣総辞職		12月 矢野徹ら、日本初のSF雑誌星雲を創刊（森の道社、2号以降は出ず）

1955（昭和30）	7月 日本空飛ぶ円盤研究会発足		＊この年、世界空想科学小説全集（室町書房）刊行開始（2冊で中絶、クラーク『火星の砂』、アシモフ『遊星フロリナの悲劇』） 少年少女科学小説選集（石泉社）
1956（昭和31）㉙	7月 宇宙機創刊号が出る 7・9 朝日新聞「素描」欄に円盤研究会、宇宙機の紹介記事掲載される		＊この年少年少女世界科学冒険全集（講談社） 最新科学小説全集（元々社） 1月 石原慎太郎「太陽の季節」で芥川賞受賞 6月 日本版エラリイ・クイーンズ・ミステリ・マガジン創刊（初代編集長都筑道夫）
㉚	秋 日本空飛ぶ円盤研究会に入会、柴野拓美と出会う（会員番号柴野45、星143） 柴野、宇宙機の別冊（宇宙塵）をつくろうと原稿依頼を開始 齋藤守弘とすぐに執筆を名乗り出る		
1957（昭和32）	1・23「ハレ カゼヒイテウチニネテイル 火星人記録ヨム コンナ面白いのはめつたにない」（日記より）		『トム・スイフトの冒険』シリーズ（銀河書房／石泉社）2〜4月3冊で中断
	5・15 宇宙塵創刊 同人は20人 最初のころは星製薬副社長室で校正も手伝う	宇宙塵1号5月創刊号にエッセイ「ある考え方」を「星新一」の名で発表 続けて2号6月号に「セキストラ」、3号7月号に「落語・知慧の実」を発表	5月 宇宙塵創刊
㉛	9・30「月 クモリアメ 矢ノ氏ヨリデンワ 宝石社 国税局 神ボー町 ヤノ氏 イズミ」（日記より 矢野徹、宝石社の名が初めて登場）		江戸川乱歩、宝石8月号より編集に携わる

	宇宙塵に書いた「セキストラ」が大下宇陀児の目にとまり、江戸川乱歩編集の宝石に転載されると知らされた 10・1「火 ハレ 参院会カン トミケン 10年式 シブヤ シバノ氏 イケブクロ 大下先生 江戸川先生 プラネタリウム 草下氏 望月氏」（日記より 大下、江戸川の名が初めて登場） 「セキストラ」が宝石11月号に転載（同人初の商業誌デビュー）乱歩の紹介文を記念にもらう「この時はじめて、私は作家になろうと思った。それ以外に道はないのだ。会社をつぶした男を、まともな会社がやとってくれるわけがない。背水の陣。やむをえずなった」 10・4 ソ連、人工衛星スプートニク1号打ち上げ成功 10・31 東京新聞夕刊に荒正人の時評「未来小説について」が掲載され、「セキストラ」が評価される（新聞最初の批評） 12・28「土 ハレ 大内女史 探偵作家クラブ 上ノ ヤノ氏 日カゲ 村ノ 他」（日記より 探偵作家クラブの名が初めて登場）	宇宙塵6号（10月）「火星航路 上」 宝石11月号「セキストラ」※（以下、※は同人誌からの転載を示す） 宇宙塵7号（11月）「火星航路 下」	10月 ワセダミステリクラブできる 11月 おめがクラブ、科学小説創刊 宇宙科学小説シリーズ（東京元々社）10月、12月に2冊刊行して中断 12月 ハヤカワ・ファンタジイシリーズ刊行開始
1958（昭和33）	1月 ボッコちゃん書きあがり、「これだ」と叫ぶ「自己を発見したような気分。能力を神からさずかったという感じ」 1・28 星製薬取締役退任	宝石2月号「殉教」	＊この年講談社S．F．シリーズ刊行開始 1月 開高健「裸の王様」で芥川賞受賞

	2月　「ボッコちゃん」すぐに宝石に買われて、「ミスター・ショートショート」の道を歩みだす　これを機会に時折宝石に執筆（1枚100円、手取り80円の原稿料）	宇宙塵9号（2月）「ボッコちゃん」	宝石3月号より松本清張「零の焦点」連載開始
		宇宙塵10号（3月）「空への門」、11号（4月）「環」　科学の教室4月〜8月「黒い光」	
		宝石5月号「ボッコちゃん」「空への門」 ※	
		宇宙塵13号（6月）「愛の鍵」	
	7月　NETテレビの小学生むけ理科番組の台本を書く仕事が入り始める	宇宙塵14号（7月）「弱い光」→「蛍」　劇場4号（8月）「ミラー・ボール」	7月　大江健三郎「飼育」で芥川賞受賞
	文学界9月号同人雑誌評で「ミラー・ボール」取上げられる	宇宙塵15号（8月）「おーいでてこい」	8月　マンハント（久保書店）創刊
㉜		宇宙機21号（9月）エッセイ「円盤に警戒せよ」　宝石10月号「おーいでてこい」 ※（真鍋博との初のコラボ）	宝石10月号に佐野洋「銅婚式」
		宇宙塵16号（10月）「栓」（16、17号は柴野入院で、星と矢野編集）	
	12月　東京タワー完工	＊この年「Q星人来る！」を実話臨時増刊に掲載	
	＊このころ他殺クラブに入会	宝石1月号「治療」	
1959（昭和34）	都筑道夫がEQMM1月号で初めて「ショートショート」という言葉を紹介	宇宙塵18号（1月）「収穫」　宝石2月号「処刑」	1月　城山三郎「総会屋錦城」、多岐川恭「落ちる」で直木賞受賞
	1・2　ソ連、ルナ1号打ち上げ	宝石3月号「奴隷」	

		宇宙塵20号（3月）「タイム・マシン」	3月　週刊少年マガジン、週刊少年サンデー創刊
	4・10　皇太子明仁親王結婚	宇宙塵22号（5月）「泉」	4月　東京創元社創元推理文庫創刊（日本初の推理小説シリーズ）
		宝石8月号「幻の花火〜廃墟、たのしみ、泉、患者」 宇宙塵24号（8月）「遺品」	8月　ヒッチコックマガジン創刊 都筑道夫、早川書房退社
㉝	9月『生命のふしぎ』週刊朝日の書評欄に載る	9月『生命のふしぎ』（新潮社、少国民の科学シリーズ）	★9月　フィリップ・モリソン「恒星間通信の探索」をネイチャー誌に発表（SETI計画誕生のきっかけ）
		産経新聞11・27「未来から来た男」宝石12月増刊号「ペット〜水音、早春の土、月の光、鏡」	
	＊この頃から15年間は碁会所に行かなくなる	ヒッチコックマガジン（以下、「ヒッチコック」）1月号「年賀の客」宝石1月号「鬼」　週刊読売1・3、10号「太ったねずみ」	12月　SFマガジン創刊（初代編集長・福島正実）
1960（昭和35）		宝石2月号「遺品」※　劇場5号「天国からの道」→「天使考」	60年代には米英SFが大量流入
		宝石3月号「冬の蝶」	
		宝石4月号「開拓者たち」　別冊アサヒ芸能4月号「憎悪の惑星」　ヒッチコック4月号「殺人者さま」	
	この春頃から妻となる村尾香代子と交際	宝石5月号「天使考」※	
	5月　衆議院で新安保条約の強行採決（60年安保闘争激化へ）	宝石6月号「運河」	

		宝石7月号「お地蔵さまのくれた熊」 ヒッチコック7月号「包囲」	6月 筒井康隆らが関西でヌル創刊
	7月 池田勇人内閣成立（年末、所得倍増政策決定）	宝石8月号「凝視」 ヒッチコック8月号「雨」 文藝春秋夏の増刊号「星から星への宇宙旅行 二十一世紀の落語〜ツキ計画、文明の証拠」 漫画読本8月号「宇宙の霊長たち〜一方通信（→宇宙通信）、見なれぬ家、探検隊、悪循環（→宇宙をわが手に）、最高の作戦」	6月 筒井康隆、宝石8月号の「お助け」でデビュー
	「その子を殺すな！」（→「誘拐」）でカタカナ人名「エストレラ氏」初登場→のち、縮めて「エス氏」に	宝石9月号「弱点」 ヒッチコック9月号「その子を殺すな！」→「誘拐」 SFマガジン9月号「TO BUILD OR NOT TO BUILD」→「作るべきか」	
㉞	9・5 NHKで原案を手がけた「宇宙船シリカ」の放映始まる 秋 『人造美人』（新潮社）の編集始まる	宝石10月号「親善キッス」 ヒッチコック10月号「信用ある製品」 宝石11月号「生活維持省」 ヒッチコック11月号「食事前の授業」	10月 ディズニーの国創刊
		宝石12月号「最後の事業」 SFマガジン12月号「ずれ・ずれ・ずれ・ずれ」→「ずれ」 ヒッチコック12月号「悪を呪おう」 宇宙塵39号（12月）「黒幕」	
	*この年、真鍋博が講談社さしえ賞受賞 *前年創刊のヒッチコックマガジン（小林信彦編集長）、漫画読本（桐島洋子編集担当）からも執筆依頼あり（翌年には週刊朝日コラムで扇谷正造から声援も送られる）	宝石1月号「テレビ・ショー」 ヒッチコック1月号「傲慢な客」 週刊読売1・8号「友好使節」 週刊漫画サンデー1・14号「開業」 国際建築1月号「潤滑油のムード」	12月 面白倶楽部終刊

1961 （昭和36）	1・11「弱点」「生活維持省」など6編が第44回直木賞候補作となる 1・23 直木賞受賞ならず 2月「やっと作品が本になった。忘れられぬ思い出である」（『人造美人』刊行に際し） ＊作家として一躍表舞台に 劇場同人を脱会しようとしたため、関係が微妙に 3・11 日活国際ホテルで結婚式 気象庁長官の和達清夫夫妻の媒酌 新婚旅行は志摩勝浦、南紀白浜へ 3・14 婚姻届を品川区役所に届出 当初2年間は麻布十番の都住宅公社の高層アパート2DKに住んだ 4月 ガガーリン大気圏外一周 宇宙への関心高まる（東大農学部の同級生らが結婚の祝いに来訪するが、ガガーリンの件で電話が絶えず、お祝いの会どころではなかった）	宝石2月号「西部に生きる男」 サッポロ11号（2月）「友情」 ヒッチコック2月号「霧の星で」 マンハント2月号エッセイ「シャーロック・ホームズの内幕」 日本読書新聞2・27号「来訪者」 ヒッチコック3月号「通信販売」 宝石3月号「証人」 サンデー毎日3月特別号「見失った表情」 2月『人造美人 ショート・ミステリィ』（新潮社）短編30 オール読物4月号「思索販売業」 宝石4月号「猫と鼠」 ヒッチコック4月号「人類愛」 週刊朝日4月増刊号「ようこそ地球さん〜不満、神々の作法、すばらしい天体」 東京中日新聞4・1「リンゴ」 朝日新聞4・8「約束」 週刊公論4・17号「もとで」 宝石5月号「待機」 サンデー毎日5月特別号「賢明な女性たち」 ヒッチコック5月号「デラックスな拳銃」 SFマガジン5月号「闇の眼」 週刊公論5・15号「デラックスな金庫」 別冊文藝春秋夏号「帰郷」 宝石6月号「黒幕」※ 婦人画報6月号「宇宙からの客」 ヒッチコック6月号「狙われた星」 中学生の友2年6月号「歓迎ぜめ」	1月 第44回直木賞（昭和35年度下半期）寺内大吉と黒岩重吾が受賞 3月 三島由紀夫「宴のあと」プライバシー侵害で訴えられる

		宝石7月号「マネー・エイジ」ヒッチコック7月号「地球の文化」高校時代7月号「神意」別冊宝石7月号「鏡」ほか3編　週刊公論7・17号「こん」	6月　科学画報終刊
		宝石8月号「情熱」朝日新聞7・12「帰路」オール読物8月号「キチガイ指南」ヒッチコック8月号「暑さ」SFマガジン8月号「銀河製薬からまいりました」→「健康の販売員」週刊公論8・14号「契約者」	
		講談倶楽部9月号「宇宙の指導員」宝石9月号「天国」ヒッチコック9月号「恋がたき」 8月『ようこそ地球さん　ショート・ショート28選』(新潮社)	8月　空想科学小説コンテストで小松左京「地には平和を」が選外努力賞に
㉟	9・27『ようこそ地球さん』の出版記念会（高輪プリンスホテルにて　新潮社・石川光男、宝石社・大坪直行、矢野徹らが発起人）出席者は乱歩、木々高太郎、大下宇陀児、城昌幸、北村小松、高木彬光、多岐川恭、佐野洋、村松剛、山川方夫ら約130人	別冊小説新潮（10月）「すばらしい食事」宝石10月号「ポーリー」→「かわいいポーリー」小説中央公論秋季号「ある声」別冊週刊漫画10・19号「悪夢」ヒッチコック10月号「景品」こども家の光10月号「なぞの星座」(連載、～翌年9月号)　別冊週刊明星10・15号「尾行」5年の学習10月号「オイル博士地底を行く」小学二年生10月号「鏡のなかの犬」	
		宝石11月号「殉職」　ヒッチコック11月号「診断」	

	11月「合理主義者」（ヒッチコック12月号）で初めて「エフ博士」登場	宝石12月号「老後の仕事」講談倶楽部12月号「エル氏の最期」宇宙塵50号（11月）「抑制」→「抑制心」 ヒッチコック12月号「合理主義者」たのしい四年生12月号「あばれロボットのなぞ」	
	12月「夢の男」（婦人画報1月号）で初めて「エヌ氏」登場	別冊小説新潮（1月）「悪魔のささやき」小説中央公論1月号「顔のうえの軌道」婦人画報1月号「夢の男」 ヒッチコック1月号「専門家」 漫画読本1月号「女の効用」（漫画読本連載開始〜'64・8月号まで） SFマガジン1月号「白昼の襲撃」 12月『悪魔のいる天国』（中央公論社）短編36（すべて真鍋博のイラストつき）	★この年ハインライン『異星の客』大ベストセラーに ポーランドのスタニスワフ・レム『ソラリスの陽のもとに』西ドイツ「宇宙英雄ペリー・ローダン」シリーズ開始

最相葉月原案をもとに、編集部で作成しました。雑誌掲載については、原則としてショートショート作品をあげていますが、一〇〇一編を網羅したものではありません。
のちにタイトルが初出から変わった作品は「→」で示しました。

［参考文献］　＊著者名のないものは星新一著
『祖父・小金井良精の記』河出書房新社
『明治・父・アメリカ』新潮文庫
『きまぐれフレンドシップ』奇想天外社
『あれこれ好奇心』角川文庫
『鷗外の思い出』小金井喜美子　岩波文庫
『塵も積もれば　宇宙塵40年史』「宇宙塵四十年史」編集委員会編　出版芸術社
『SFの時代』石川喬司　双葉文庫
『私の昭和史』中村稔　青土社
『未踏の時代』福島正実　早川書房
『矢野徹・SFの翻訳』矢野徹　奇想天外社
『SF雑誌の歴史』マイク・アシュリー／牧眞司訳　東京創元社
その他、本人の「日記」「手帳」「自筆年譜」等、多数

●ま行

●な行

●は行

●さ行

●た行

●か行

人名索引（五十音順）

○人名（五十音順）を柱とし、本文中に登場する頁を付した。
○外国人名は日本での普通の呼び方に留意しながら、原音に忠実な表記を用いた。

●あ行

星新一著

人民は弱し 官吏は強し

明治末、合理精神を学んでアメリカから帰った星一（はじめ）は製薬会社を興した――官僚組織と闘い敗れた父の姿を愛情こめて描く。

星新一著

未来いそっぷ

時代が変れば、話も変る！ 語りつがれてきた寓話も、星新一の手にかかるとこんなお話に……。楽しい笑いで別世界へ案内する33編。

星新一著

たくさんのタブー

幽霊にささやかれ自分が自分でなくなってあの世とこの世がつながった。日常生活の背後にひそむ異次元に誘うショートショート20編。

星新一著

ありふれた手法

かくされた能力を引き出すための計画。それはよくある、ありふれたものだったが……。ユニークな発想が縦横無尽にかけめぐる30編。

星新一著

これからの出来事

想像のなかでしかスリルを味わえない絶対に安全な生活はいかがですか？ 痛烈な風刺で未来社会を描いたショートショート21編。

星新一著

安全のカード

青年が買ったのは、なんと絶対的な安全を保障するという不思議なカードだった……。悪夢とロマンの交錯する16のショートショート。

星新一著
エヌ氏の遊園地

卓抜なアイデアと奇想天外なユーモアで、夢想と現実の交錯する超現実の不思議な世界にあなたを招待する31編のショートショート。

星新一著
なりそこない王子

おとぎ話の主人公総出演の表題作をはじめ、現実と非現実のはざまの世界でくりひろげられる不思議なショートショート12編を収録。

星新一著
ひとにぎりの未来

脳波を調べ、食べたい料理を作る自動調理機、眠っている間に会社に着く人間用コンテナなど、未来社会をのぞくショート・ショート集。

沢木耕太郎著
深夜特急1
―香港・マカオ―

デリーからロンドンまで、乗合いバスで行こう――。26歳の〈私〉の、ユーラシア放浪が今始まった。いざ、遠路二万キロの彼方へ！

沢木耕太郎著
杯
〈カップ〉
―緑の海へ―

緑薫るピッチの大海原へ――漂流するように日韓を往復し、サッカーを通して匂い立つ土地と人を活写した日韓W杯観戦記／旅行記。

沢木耕太郎著
凍
講談社ノンフィクション賞受賞

「最強のクライマー」山野井が夫妻で挑んだ魔の高峰は、絶望的選択を強いた――奇跡の登山行と人間の絆を描く、圧巻の感動作。

筒井康隆著
虚航船団
鼬族と文房具の戦闘による世界の終わり――。宇宙と歴史のすべてを呑み込んだ驚異の文学、鬼才が放つ、世紀末への戦慄のメッセージ。

筒井康隆著
パプリカ
ヒロインは他人の夢に侵入できる夢探偵パプリカ。究極の精神医療マシンの争奪戦は夢と現実の境界を壊し、世界は未体験ゾーンに！

筒井康隆著
旅のラゴス
集団転移、壁抜けなど不思議な体験を繰り返し、二度も奴隷の身に落とされながら、生涯をかけて旅を続ける男・ラゴスの目的は何か？

太宰治著
晩年
妻の裏切りを知らされ、共産主義運動から脱落し、心中から生き残った著者が、自殺を前提に遺書のつもりで書き綴った処女創作集。

太宰治著
斜陽
〝斜陽族〟という言葉を生んだ名作。没落貴族の家庭を舞台に麻薬中毒で自滅していく直治など四人の人物による滅びの交響楽を奏でる。

太宰治著
グッド・バイ
被災・疎開・敗戦という未曽有の極限状況下の経験を我が身を燃焼させつつ書き残した後期の短編集。「苦悩の年鑑」「眉山」等16編。

太宰治著
ヴィヨンの妻
新生への希望と、戦争の後も変らぬ現実への絶望感との間を揺れ動きながら、命をかけて新しい倫理を求めようとした文学的総決算。

太宰治著
津軽
著者が故郷の津軽を旅行したときに生れた本書は、旧家に生れた宿命を背負う自分の姿を凝視し、あるいは懐しく回想する異色の一巻。

太宰治著
パンドラの匣《はこ》
風変りな結核療養所で闘病生活を送る少年を描く「パンドラの匣」。社会への門出に当って揺れ動く中学生の内面を綴る「正義と微笑」。

司馬遼太郎著
梟の城
直木賞受賞
信長、秀吉……権力者たちの陰で、凄絶な死闘を展開する二人の忍者の生きざまを通して、かげろうの如き彼らの実像を活写した長編。

司馬遼太郎著
国盗り物語
（一〜四）
貧しい油売りから美濃国主になった斎藤道三、天才的な知略で天下統一を計った織田信長。新時代を拓く先鋒となった英雄たちの生涯。

司馬遼太郎著
関ケ原
（上・中・下）
古今最大の戦闘となった天下分け目の決戦の過程を描いて、家康・三成の権謀の渦中で命運を賭した戦国諸雄の人間像を浮彫りにする。

司馬遼太郎著
燃えよ剣（上・下）
組織作りの異才によって、新選組を最強の集団へ作りあげてゆく"バラガキのトシ"——剣に生き剣に死んだ新選組副長土方歳三の生涯。

司馬遼太郎著
項羽と劉邦（上・中・下）
秦の始皇帝没後の動乱中国で覇を争う項羽と劉邦。天下を制する"人望"とは何かを、史上最高の典型によってきわめつくした歴史大作。

司馬遼太郎著
アメリカ素描
初めてこの地を旅した著者が、「文明」と「文化」を見分ける独自の透徹した視点から、人類史上稀有な人工国家の全体像に肉迫する。

竹内薫
茂木健一郎著
脳のからくり
気鋭のサイエンスライターと脳科学者がタッグを組んだ！ニューロンからクオリアまで、わかりやすいのに最先端、脳の「超」入門書！

茂木健一郎著
脳と仮想
小林秀雄賞受賞
「サンタさんていると思う？」見知らぬ少女の声をきっかけに、著者は「仮想」の謎に取り憑かれる。気鋭の脳科学者による画期的論考。

瀬名秀明著
八月の博物館
小学生最後の夏休み、少年トオルは時空を超える旅に出る——。科学と歴史を魔法のように融合させた、壮大なスケールの冒険小説。

新潮文庫最新刊

池波正太郎著
江戸の味を食べたくなって
春の浅蜊、秋の松茸、冬の牡蠣……季節折々の食の喜びを綴る「味の歳時記」ほか、江戸の粋を愛した著者の、食と旅をめぐる随筆集。

佐藤隆介著
池波正太郎直伝 男の心得
蕎麦屋でのマナー、贈り物の流儀、女房との付き合い方、旅を楽しむコツ……人生の達人、池波正太郎に学ぶ、大人の男の生きる術。

斎藤由香著
窓際OL 人事考課でガケっぷち
グループ会社に出向決定（ガーン！）。老齢の父は入院。仕事&家庭、重なる試練をどう乗り切るか窓際OL？　好評エッセイ第4弾。

日垣隆著
知的ストレッチ入門 ―すいすい読める 書ける アイデアが出る―
この方法で、仕事が、人生が変わる！　今を生き抜く知力を効果的に鍛える、究極のビジネス生産術。書下ろし iPhone/Twitter 論を増補。

齋藤孝著
「一流」をつくる法則
あらゆる古今の勝ち組を検証し、見えてきた「基本技の共有」というシステム。才能を増産しチームを不死身にする、最強の組織論！

ナガオカケンメイ著
ナガオカケンメイの考え
「人」と「物」とを結ぶ活動を展開する個性派デザイナーが、温かくも鋭い言葉で綴る、人生や仕事を見つめ直すヒントが詰まった日記。

星《ほし》 新《しん》 一《いち》（上）

一〇〇一話をつくった人

新潮文庫　さ－53－5

平成二十二年四月一日発行

著者　最《さい》相《しょう》葉《は》月《づき》

発行者　佐藤隆信

発行所　株式会社新潮社

郵便番号　一六二―八七一一
東京都新宿区矢来町七一
電話 編集部(〇三)三二六六―五四四〇
読者係(〇三)三二六六―五一一一
http://www.shinchosha.co.jp

価格はカバーに表示してあります。

乱丁・落丁本は、ご面倒ですが小社読者係宛ご送付ください。送料小社負担にてお取替えいたします。

印刷・株式会社精興社　製本・加藤製本株式会社

ISBN978-4-10-148225-5　C0195